FRANK HERBERT

L'auteur de *Dune*, le livre suprême de la S.-F. — comme *Le Seigneur des Anneaux* pour la fantasy —, est né en 1920 à Tacoma (État de Washington), au nord-ouest des U.S.A. Sa mère est de la région, son père y est venu enfant avant d'y exercer les professions de policier puis d'inspecteur du travail ; de jeunes Indiens Chinooks lui apprennent à pêcher dans les rivières voisines. Études de littérature (université de Washington) où il rate tous ses examens mais forme son style à l'école d'Edgar Poe, d'O'Henry et d'Ezra Pound : un idéal d'écriture à la fois concise et précise. Alors il entre dans le journalisme, dont il vivra pendant trente ans ; il se marie (1946) : trois enfants, cinq petits-enfants ; tout du patriarche, y compris la barbe fleurie. « La société a plus besoin de généralistes que de spécialistes », dit-il en se dotant d'une culture encyclopédique (écologie, biologie, génétique, sémantique...). En 1952, il publie sa première nouvelle de S.-F. dans *Astounding* ; la même année, il « étudie » la psychanalyse jungienne — après quoi il devient analyste lui-même pendant deux ans et familier de la psychologie des profondeurs. Premier roman, *Le Dragon sous la mer*, en 1955 ; la même année, il devient rédacteur en chef du *San Francisco Examiner* (édition du dimanche). Le triomphe de *Dune* (1963-1965) puis du *Messie de Dune* (1969) fait de lui un écrivain à plein temps : en 1972, près de Tacoma, il crée une ferme expérimentale écologique. En 1984 sort le film *Dune* ; il réagit à la mort de sa femme en se remariant et en partant pour Hawaii où il écrit *La Maison des Mères* (1985). C'est là qu'il meurt le 11 février 1986.

FRANK HERBERT

L'auteur de *Dune*, le livre suprême de la S.-F. — comme *Le Seigneur des Anneaux* pour la fantasy — est né en 1920 à Tacoma (État de Washington), au nord-ouest des U.S.A. Sa mère est de la région, son père y est venu enfant avant d'y exercer les professions de policier puis d'inspecteur du travail ; de jeunes Indiens Chinooks lui apprennent à pêcher dans les rivières voisines. Études de littérature (université de Washington) où il rate tous ses examens mais forme son style à l'école d'Edgar Poe et d'O. Henry ; quand éclate, son incapacité chronique à l'obéissance le précède. Alors il entre dans le journalisme, dont il vivra pendant trente ans ; il se marie (1946) : trois enfants, cinq petits-enfants ; tout du pur américain, y compris la famille heureuse et la société a plus besoin de généralistes que de spécialistes », il se dote d'une culture encyclopédique (géographie, biologie, génétique, sémantique...). En 1952, il publie sa première nouvelle de S.-F. dans *Startling* ; la même année, il s'initie à la psychanalyse jungienne — après quoi il devient analyste lui-même pendant deux ans et se familiarise de la psychologie des profondeurs. Premier roman, *Le Dragon sous la mer* en 1955 ; la même année, il devient rédacteur en chef du *Chronicle* — *Los Angeles Examiner* (édition du dimanche). Le triomphe de *Dune* (1963-1965) puis du *Messie de Dune* (1969) fait de lui un écrivain à plein temps ; en 1972, près de Tacoma, il crée une ferme expérimentale écologique. En 1984, il réagit à la mort de sa femme en se remariant et en partant pour Hawaii où il écrit *La Maison des Mères* (1985). C'est là qu'il meurt le 11 février 1986.

# LE DRAGON SOUS LA MER

## DU MÊME AUTEUR
## *CHEZ POCKET*

*PRÉLUDE À DUNE*

ET L'HOMME CRÉA UN DIEU

*CYCLE DE DUNE*

1. DUNE, tome 1
2. DUNE, tome 2
3. LE MESSIE DE DUNE
4. LES ENFANTS DE DUNE
5. L'EMPEREUR-DIEU DE DUNE
6. LES HÉRÉTIQUES DE DUNE
7. LA MAISON DES MÈRES

*LE PROGRAMME CONSCIENCE*

1. DESTINATION VIDE
2. L'INCIDENT JÉSUS

LE PRENEUR D'ÂMES
LES PRÊTRES DU PSI
CHAMP MENTAL
LA BARRIÈRE SANTAROGA
LES FABRICANTS D'ÉDEN
LE DRAGON SOUS LA MER
LES YEUX D'HEISENBERG

SCIENCE-FICTION

*Collection dirigée par Bénédicte Lombardo*

FRANK HERBERT

# LE DRAGON SOUS LA MER

*Traduit de l'américain*
*par Paul Chwat*

POCKET

Titre original :
*THE DRAGON IN THE SEA*

Ce livre a été publié par Street & Smith Publications

*Titre de la première édition française*
LE MONSTRE SOUS LA MER


ISBN : 2-266-14189-9

CE LIVRE EST TRÈS RESPECTUEUSEMENT DÉDIÉ AUX « SPÉCIAUX » DU SERVICE AMÉRICAIN DES SOUS-MARINS, DÉSIGNÉS POUR CONSTITUER LES ÉQUIPAGES DES PREMIERS SOUS-MARINS ATOMIQUES.

La WAVE[1] blonde, assise à la réception, éloigna de sa bouche le micro la reliant à une machine à écrire acoustique, se pencha sur l'interphone.

« L'enseigne Ramsey est arrivé, monsieur », dit-elle.

Elle se redressa, leva les yeux sur l'officier roux debout près de son bureau. Son col portait, au-dessus des initiales P. B. — Bureau Psychologique — le zigzag de spécialiste en électronique. L'homme était grand, la tête ronde, l'aspect doux et mou des gens trop gros. Son visage rosé était piqueté de taches de rousseur qui lui donnaient l'air d'un Tom Sawyer adulte.

« L'amiral met généralement un certain temps à répondre », dit la réceptionniste.

Ramsey acquiesça de la tête, regarda la porte placée derrière elle. En lettres d'or sur un épais panneau de chêne : *SALLE DE CONFÉRENCE — Sec. I.* Sécurité, Premier Bureau. Couvrant le brouhaha provenant de cette pièce, il distinguait le claquement de dents d'un perturbateur de détection. Les questions qu'il ne pouvait en aucune circonstance éviter de se poser à son propre sujet, les doutes qui avaient fait de lui un psychologue s'emparèrent de son esprit : *Si l'on devait me confier un boulot difficile, est-ce que je serais à la hauteur ? Et si je refusais, que se passerait-il ?*

« Vous pouvez poser ça sur le bureau », dit la réceptionniste. Elle désignait une boîte noire en bois, d'environ

1. Auxiliaire féminine de la Marine américaine. *(N. d. T.)*

trente centimètres de long, que Ramsey tenait sous son bras gauche.

« Ce n'est pas lourd, dit-il. Peut-être l'amiral ne vous a-t-il pas entendue la première fois. Vous ne voudriez pas essayer de nouveau?

— Il m'a entendue, dit-elle. Il discute avec un tas de galonnés. » Elle regarda la boîte. « C'est ça qu'ils attendent? »

Ramsey grimaça un sourire. « Et pourquoi ne serait-ce pas moi qu'ils attendraient? »

Elle renifla. « Il y a là-dedans assez de galonnés pour couler un remorqueur sous-marin. C'est obligatoirement un *enseigne* qu'*ils* attendent. Nous sommes en guerre, monsieur. C'est vous le garçon de courses. »

Ramsey sentit monter la colère. *Insolente petite garce*, pensa-t-il. *Je suis prêt à parier que tu n'acceptes pas de rendez-vous au-dessous du grade de commandant.* Il aurait voulu lui dire quelque chose de bien mordant, mais les mots ne vinrent pas.

La réceptionniste remit le micro en position devant sa bouche et reprit son travail.

*Je suis enseigne depuis si longtemps que même un garde-mites me traiterait de haut*, pensa-t-il. Il tourna le dos à la fille, se prit à rêvasser. *Que me veulent-ils? S'agirait-il du truc du* Dolphin? *Non. Obe me l'aurait dit. Pourtant, c'est peut-être important. Il se pourrait que ce soit la chance de ma vie.*

Il entendit la réceptionniste enlever une feuille de sa machine, en mettre une autre.

*Si l'on me confie une mission importante et qu'au retour je sois un héros, elle a tout à fait le genre à essayer de m'enlever à Janet. Le monde pullule de filles comme ça.*

*Qu'attend-on de moi à Sec. I?*

Obe lui avait simplement dit d'apporter l'instrument de télémétrie destiné au manomètre-vampire télécommandé et de se présenter à Sec. I à 14 heures. Rien de plus. Ramsey jeta un coup d'œil à sa montre-bracelet. Une minute encore.

« Enseigne Ramsey? » Une voix d'homme se fit entendre dans son dos.

Ramsey pirouetta. La porte de la salle de conférence

était ouverte. Un capitaine grisonnant, la main sur la porte, sortait la tête. Derrière lui, Ramsey entrevit une longue table parsemée de papiers, de cartes, de crayons, de cendriers archipleins. Des hommes en uniforme, dans de lourds fauteuils, étaient installés autour. Ils avaient presque l'air de faire partie du mobilier. Au-dessus du décor flottait un nuage bleu de fumée de tabac.

« Oui, je suis l'enseigne Ramsey. »

Le capitaine dirigea son regard sur la boîte que Ramsey avait sous le bras, s'écarta. « Donnez-vous la peine d'entrer. »

Ramsey contourna le bureau de réception, pénétra dans la pièce. Le capitaine referma la porte, lui indiqua un siège au bas bout de la table. « Veuillez prendre place. »

*Où est le patron?* se demanda Ramsey. Il fit du regard le tour de la salle; c'est alors qu'il vit Obe : un petit civil aux joues creuses, une barbiche aux poils rares, de fins traits d'oiseau, assis comme un prisonnier sous bonne garde entre deux solides commodores. Le petit civil dirigeait droit devant lui son regard aveugle, les radiations lui ayant fait perdre la vue. Le renflement que formait le logement de l'œil de radar posé sur son épaule lui donnait curieusement l'air d'être en déséquilibre.

Ramsey s'assit dans le fauteuil qui lui avait été indiqué, se permit de rire intérieurement à l'idée qu'il avait comparé les deux commodores à des gardiens du Dr Richmond Oberhausen, directeur du Bureau psychologique. *En dix mots, Obe pourrait les transformer en gelée tremblotante.*

Le capitaine, qui avait introduit Ramsey, prit un fauteuil à l'extrême bout de la table. Ramsey posa sa boîte noire sur ses genoux, observa les regards qui suivaient son geste.

*Obe les a entretenus de mon invention*, pensa-t-il.

Dans la pièce, le grincement du perturbateur de détection se faisait puissamment entendre, déclenchant chez Ramsey une rage de dents. Il ferma les yeux un instant, fit taire la douleur, rouvrit les yeux et rendit regard pour regard aux hommes qui le scrutaient. Plusieurs visages ne lui étaient pas inconnus.

De très hauts gradés.

Juste en face de lui, à l'autre bout de la table, se tenait l'amiral Belland, l'empereur de la Sécurité, un géant aux yeux d'acier, au nez busqué, aux lèvres minces.

*Il a tout l'air d'un pirate*, pensa Ramsey.

L'amiral Belland s'éclaircit bruyamment la voix et déclara : « C'est l'enseigne dont nous avons parlé, messieurs. »

Les sourcils de Ramsey s'élevèrent d'un cran. Il regarda le visage impassible du Dr Oberhausen. Le chef du Bureau psychologique semblait attendre.

« Vous connaissez l'avis de la Sécurité sur cet enseigne », dit Belland. « On peut, semble-t-il, parler librement devant lui. Quelqu'un d'entre vous désirerait-il lui poser...

— Je vous demande pardon. » D'un mouvement lent, plein d'assurance, le Dr Oberhausen se dressa entre les deux commodores. « Je n'ai informé M. Ramsey d'aucun des détails de cette réunion. Étant donné la mission que nous avons l'intention de lui confier, peut-être serait-il plus humain de ne pas le traiter comme un vulgaire torchon. » Le regard vide se dirigea vers Belland. « N'est-ce pas, amiral? »

Belland s'inclina. « Certainement, docteur. J'en arrivais justement au fait. »

La voix de l'amiral trahissait un sentiment oscillant entre la crainte et le respect.

Ramsey pensa : *Obe dirige cette réunion dans une large mesure comme il l'entend et sans que ces pierrots aient tout à fait conscience d'être roulés dans la farine. Sans doute cherche-t-il à ce que je prenne la balle au bond et que je l'aide à leur river le clou.*

Le Dr Oberhausen reprit place sur son fauteuil, raide comme un piquet. Une manière de souligner ses mots.

Le siège de Belland racla le plancher. Il se leva, alla au mur de gauche, montra une carte en relief du pôle Nord. « Enseigne Ramsey, nous avons perdu vingt remorqueurs sous-marins dans ces eaux au cours des vingt dernières semaines », dit-il. Il se tourna d'un bloc vers Ramsey dans l'attitude de l'instituteur sur le point de poser un problème « Vous êtes au courant de notre pressant besoin d'essence? »

*Au courant?* Ramsey réprima un sourire. Il revit en

esprit la liste presque interminable des règlements en matière de préservation de l'essence : inspections, bons de sortie, catégories spéciales, récompenses aux idées nouvelles. Il acquiesça d'un mouvement de tête.

De sa sourde voix de basse, l'amiral poursuivit : « Voilà maintenant près de deux ans que nous tirons un supplément d'essence des réserves contenues sous les mers bordières du plateau continental des Puissances orientales. » Il survola la carte d'un geste vague de la main gauche.

Ramsey écarquilla les yeux. *Les rumeurs étaient donc fondées : les services sous-marins se comportaient en pirates à l'égard du pétrole de l'ennemi!*

« Nous avons mis au point une technique subaquatique de forage fonctionnant à partir de remorqueurs sous-marins améliorés, dit Belland. Une pompe rapide à faible frottement et un nouveau type de péniche en matière plastique complètent le tableau. »

La bouche de l'animal s'épanouit en ce qu'il imaginait probablement être un sourire désarmant, et qui ne fit qu'accentuer encore son allure de pirate. « Les hommes ont donné à la péniche le nom de *godet*, et à la pompe celui de *moustique*. »

La pièce retentit de ricanements de commande. Cette réaction forcée fit sourire Ramsey, qui remarqua que le Dr Oberhausen demeurait fidèle à sa réputation de Vieux Visage de Pierre.

L'amiral Belland déclara : « Un *godet* peut transporter environ un million de barrels [1] d'essence. Les Puissances orientales n'ignorent pas qu'il y a des fuites. Elles savent à quoi elles sont dues mais elles ne savent jamais avec certitude le moment et le lieu où elles se produiront. C'est un tour de notre façon. » La voix de l'amiral s'éleva d'un ton. « Notre système de détection est le meilleur. Nos amortisseurs de bruit... »

La voix cassante du Dr Oberhausen l'interrompit. « Chez nous, tout est supérieur, sauf notre aptitude à éviter la perte de nos bâtiments. »

1. 1 barrel (mot passé dans la langue française) : 158,98 l. *(N. d. T.)*

L'amiral se renfrogna.

Ramsey prit la parole, profitant de l'interruption. « Quel a été le pourcentage de victimes sur les vingt remorqueurs que nous avons perdus, monsieur? »

Un capitaine à visage de chouette, assis près de Belland, répondit d'un ton sec : « Sur les vingt dernières missions, vingt ont été perdues. »

« Cent pour cent », dit le D^r^ Oberhausen. Le regard aveugle parut traverser la pièce pour se poser sur un lieutenant de vaisseau au teint de betterave. « Commandant Turner, voulez-vous montrer à M. Ramsey le gadget que vos hommes ont trouvé? »

Le lieutenant de vaisseau poussa sur la table un cylindre noir de la taille approximative d'un crayon. Passant de main en main, l'objet parvint à Ramsey qui le considéra.

« L'électronique entre, bien entendu, dans le travail de M. Ramsey, dit le D^r^ Oberhausen. Il est spécialiste des instruments d'auscultation des mémoires sous l'effet d'un choc. »

Cette indication, Ramsey en saisit la portée. Il était l'électronicien omniscient du Bureau psychologique. L'homme-qui-connaît-vos-pensées-les-plus-secrètes. *Ergo :* en présence de cet homme, on ne peut avoir de pensées secrètes. D'un geste très étudié, Ramsey posa sa boîte noire sur la table. Il mit le cylindre à côté, s'arrangeant pour donner l'impression qu'il avait sondé les mystères de ce truc et qu'il les avait trouvés, d'une certaine manière, sans grande valeur.

*Que peut bien être cette diable de chose?* se demanda-t-il.

« Vous avez probablement reconnu là un émetteur à faisceau étroit », dit Belland. Ramsey jeta un coup d'œil sur l'extérieur du cylindre noir, qui n'avait rien de particulier. *Que diraient ces gens si je prétendais avoir un œil radiographique?* se demanda-t-il. *Obe les a sûrement hypnotisés.*

C'est sur un ton de déférence et de crainte mêlées que Belland s'adressa également à Ramsey. « Les Puissances orientales sont parvenues à installer ces choses à bord de nos remorqueurs sous-marins. Nous pensons qu'il y a un système de retardement qui les fait se déclencher en mer.

Malheureusement, nous n'avons jamais pu, jusqu'à présent, en démonter un sans faire exploser la charge de contre-sabotage. »

Ramsey posa son regard sur le Dr Oberhausen, le ramena sur Belland, signifiant sans qu'il fût besoin de mots : « Si vous aviez soumis ces problèmes au Bureau psychologique... »

L'honneur de son service reprenant quelque peu le dessus, l'amiral déclara : « Turner croit toutefois avoir trouvé la solution. »

Ramsey tourna les yeux vers le lieutenant de vaisseau au teint de betterave. *Et tu ne seras plus que la dernière des andouilles si tu échoues*, pensa-t-il. Le lieutenant de vaisseau tentait de passer inaperçu.

Le commodore assis à la droite du Dr Oberhausen déclara : « Il se pourrait que le déclenchement fût opéré par des agents de l'ennemi placés à bord des remorqueurs. »

Le Dr Oberhausen dit : « Trêve de longs discours. Ces trucs ont conduit l'ennemi à nos puits secrets.

— L'ennui, déclara Belland, c'est que nous sommes infestés d'hibernants, de ces gens que les Puissances orientales ont mis en place depuis des années — bien avant la guerre — avec ordre d'attendre le moment propice pour intervenir. Et à quels satanés postes! » Son air s'assombrit. « Tenez, mon chauffeur... » Il se tut, dirigea son regard noir vers Ramsey. « Nous sommes raisonnablement certains que vous n'êtes pas un de ces hibernants.

— Raisonnablement certains? interrogea Ramsey.

— Je suis raisonnablement assuré que nul dans cette pièce n'est un hibernant, grommela Belland. Mais pas plus. » Il se retourna vers la carte murale, désigna une position dans la mer de Barents. « Voici l'île Novaya Zemlya. Au large de la côte occidentale, il y a un étroit plateau. La bordure s'en trouve à environ cent brasses. Il est abrupt. Nous avons, au flanc de ce plateau, un puits qui est alimenté par l'une des plus riches réserves de pétrole que nous ayons jamais rencontrées. Les P.O. (Puissances Orientales) ne savent pas qu'il s'y trouve, pas encore. »

Le Dr Oberhausen posa une main osseuse sur la table

qu'il frappa une fois du doigt. « Nous devons nous assurer que M. Ramsey saisit bien le facteur moral. » Il se tourna vers Ramsey. « Vous comprenez qu'il n'a pas été possible de tenir nos pertes absolument secrètes. En conséquence, à bord des remorqueurs sous-marins, le moral est presque tombé au point zéro. Il nous faut de *bonnes* nouvelles. »

Belland dit : « Turner, enchaînez. » L'amiral regagna sa place, s'enfonça dans son fauteuil comme un navire de combat entrant en cale sèche.

Turner dirigea son regard bleu délavé sur Ramsey et dit : « Nous avons filtré, filtré et refiltré les équipages de nos remorqueurs sous-marins. Nous en avons découvert un qui semble bon. Les hommes sont actuellement au camp de repos de Garden Glenn et le quitteront dans cinq semaines. Mais il n'y a pas parmi eux d'officier électronicien. »

Ramsey pensa : *Grand Freud de malheur! Vais-je me retrouver dans la peau d'un sous-marinier?*

Comme s'il avait lu dans la pensée de Ramsey, le Dr Oberhausen déclara : « Voilà où vous intervenez, Ramsey. » Puis, à Turner : « Pardonnez-moi, commandant, nous consacrons trop de temps à cette affaire. »

Turner jeta un regard à Belland, replongea dans son siège. « Bien sûr, docteur. »

Le Dr Oberhausen se leva, arborant une fois de plus cet air d'immense assurance. « De toute façon, c'est mon domaine. Voyez-vous, Ramsey, l'ancien officier électronicien, à la fin de la dernière mission, a fait une brusque psychose. C'est le même problème que celui sur lequel vous avez travaillé avec les hommes du *Dolphin*. Aggravé. Les remorqueurs sous-marins sont plus petits, l'effectif étant réduit à quatre hommes. Les principaux symptômes laissent supposer qu'il s'agit d'une sorte de paranoïa provoquée.

— Le capitaine? demanda Ramsey.

— Précisément », dit le Dr Oberhausen.

*Nous sommes en train d'impressionner les indigènes avec notre science de sorciers*, pensa Ramsey. Il dit : « J'ai noté des états similaires dans le syndrome d'épuisement au combat lorsque j'étais sur le *Dolphin*. » Il caressa la boîte qu'il avait devant lui.

« Les écarts d'émotivité du capitaine se répercutaient, à des degrés divers, sur l'ensemble du personnel à bord.

— Le Dr Oberhausen nous a parlé à grands traits de votre travail avec les hommes du *Dolphin* », dit Turner.

Ramsey inclina la tête. « Une chose me chagrine dans votre histoire. Vous dites que cet équipage est de haute valeur. Mais cela n'est pas possible si le capitaine est à la limite de la psychose.

— C'est encore là que vous intervenez, dit le Dr Oberhausen. Nous étions sur le point de ramener ce capitaine à terre. Mais voilà que le département des Opérations nous dit que lui et son équipage possèdent, et de loin, les plus grandes chances de réussite dans cette mission à Novaya Zemlya. Mais seulement si d'autres conditions sont également remplies. » Il s'arrêta, se tira le lobe de l'oreille.

Ce signe n'échappa pas à Ramsey qui pensa : *C'est donc à cet hameçon-là qu'il faut mordre. Quelqu'un d'important n'est pas d'accord avec cette combinaison et il est essentiel pour Obe que je m'embarque avec cet équipage. De qui se joue-t-on? De l'amiral? Non, il y serait allé lui-même si Obe lui en avait donné l'ordre.* Brusquement, Ramsey capta le regard noir du commodore à la gauche du Dr Oberhausen et, au même instant, remarqua pour la première fois le soleil sur son col. *Un assistant du président! Ce sera lui!*

« L'une des autres conditions serait l'existence d'un contrôle psychologique secret, dit Ramsey. « Comment aviez-vous envisagé de relier, sans qu'il s'en rende compte, mon manomètre-vampire télécommandé à ce capitaine qui va et vient en permanence?

— L'amiral Belland a proposé une solution ingénieuse, dit le Dr Oberhausen. La Sécurité possède un nouvel instrument de repérage pour lutter contre ces émetteurs espions. Une pastille de haut-parleur est chirurgicalement enfoncée dans le cou et raccordée à des analyseurs d'ondes insérés de la même façon sous les aisselles. Les micro-instruments nous permettront de placer avec le haut-parleur les enregistreurs dont vous avez besoin. »

Ramsey tourna la tête vers l'amiral. « Ingénieux. Vous

gréez ce capitaine de cette façon et vous m'envoyez pour maintenir son équilibre.

— Oui », dit le Dr Oberhausen. Toutefois, on a soulevé une objection. »

Le regard aveugle sembla s'abaisser sur le commodore de gauche.

« Compte tenu de ce que vous n'avez pas une grande expérience des remorqueurs sous-marins au combat. C'est un service spécial. »

Le commodore émit un grognement, regarda Ramsey. « Voilà seize ans que nous sommes en guerre, dit-il. Comment se fait-il que vous n'ayez jamais combattu? »

*La vieille querelle des services*, pensa Ramsey. Il tourna son télémètre de telle sorte qu'une de ses surfaces planes fît face à Turner qu'il regarda furtivement par-dessus la boîte. *Quand on ne sait pas quoi dire, il faut en remettre.*

« Chaque homme mis en réserve pour le combat est un pas de plus vers la victoire », dit Ramsey.

Le cuir du visage du commodore s'assombrit.

« M. Ramsey a une double formation de spécialiste? — de psychologue et d'électronicien — qui lui confère une valeur telle qu'on ne saurait l'exposer, dit le Dr Oberhausen. Il n'a participé qu'aux campagnes les plus nécessaires — comme celle du *Dolphin* — lorsque cela était absolument indispensable.

— S'il a une telle valeur, pourquoi prenons-nous aujourd'hui un risque? interrogea le commodore. Tout cela me semble parfaitement contraire aux règlements! »

L'amiral Belland soupira, prit le commodore sous son regard. « La vérité, Lewis, c'est que ce nouveau télémètre destiné à jauger le degré d'émotivité des individus, mis au point par M. Ramsey, peut être utilisé par d'autres que par lui. Mais ce qui donne tout leur prix aux services qu'il peut nous rendre présentement, ce sont ses dons d'imagination.

— Peut-être allez-vous me trouver grossier, dit le commodore, mais je voudrais savoir pourquoi ce jeune homme, s'il a toutes les qualités que vous dites, est toujours — il dirigea les yeux vers les barrettes ornant le col de Ramsey — enseigne? »

Le Dr Oberhausen leva la main et déclara. « Permettez, mon cher amiral. » Il se tourna vers le commodore. « C'est parce qu'il y a des gens qui n'ont pas digéré le fait que j'aie pu tenir mes principaux chefs de service, comme moi-même, à l'écart des uniformes. Il existe des gens qui ne voient pas la nécessité d'une telle distinction, pourtant essentielle. Cela explique, et c'est regrettable, que, à l'échelon inférieur, ceux de mes hommes dont on exige qu'ils portent l'uniforme éprouvent parfois des difficultés à obtenir de l'avancement, quel que soit leur mérite. »

Le commodore paraissait sur le point d'éclater.

« En bonne justice, déclara le Dr Oberhausen, M. Ramsey devrait être au moins commodore. »

Une cascade de toussotements se fit entendre autour de la table.

Ramsey se prit brusquement à souhaiter de se trouver ailleurs, et surtout pas sous le regard du commodore. Celui-ci déclara : « Parfait, je retire mon objection. » Ce qu'on pouvait traduire, d'après le ton de sa voix : *Je rendrai ma sentence devant mon propre tribunal.*

« J'ai envisagé, reprit le Dr Oberhausen, de relever M. Ramsey du service après cette mission pour l'installer à la tête d'un nouveau département qui s'occupera des problèmes relatifs aux sous-mariniers. »

Les coins de la bouche du commodore s'étirèrent en un aigre sourire. « S'il en réchappe », dit-il.

Ramsey avala sa salive.

Comme s'il n'avait rien entendu, le Dr Oberhausen dit : « Sa formation posera un problème, mais nous disposons de cinq semaines et de toutes les installations du Bureau psychologique. »

Belland souleva sa masse de la chaise, fit un pas de côté. « S'il n'y a plus de questions, messieurs, j'estimerai que M. Ramsey donne satisfaction à tout le monde. » Il jeta un coup d'œil sur sa montre-bracelet. « Les docteurs l'attendent maintenant et il n'aura pas une minute à perdre pendant ces cinq semaines. »

Ramsey se leva, mit son télémètre sous le bras, une question se lisant dans ses yeux.

« Vous serez aussi bourré d'instruments qu'un système ambulant de détection », dit Belland.

Le Dr Oberhausen jaillit près de Ramsey, tel un fantôme prenant brusquement chair. « Si vous voulez bien me suivre, John. » Il prit le bras de Ramsey. « J'ai appris, réduit à l'absolu minimum, l'essentiel sur le commandant Sparrow — c'est le capitaine de ce remorqueur sous-marin — et sur les deux autres hommes d'équipage. Nous avons écarté au bureau l'idée de vous mettre sous surveillance spéciale. Vous serez notre malade numéro Un pour... »

Ramsey entendit Turner qui parlait derrière lui. « Le Dr Oberhausen a appelé cet enseigne John. S'agit-il de Long John Ramsey qui... »

La fin de la phrase fut couverte par la voix du Dr Oberhausen qui avait haussé le ton. « Votre tâche va être rude, John. » Ils pénétrèrent dans le couloir extérieur. « Votre femme en a été informée. » Le Dr Oberhausen baissa la voix. « Très bien, votre comportement pendant la réunion. »

Ramsey prit soudain conscience qu'il se laissait guider par un aveugle. Il rit, comprit qu'il fallait s'en expliquer. « Je pensais à la façon dont vous avez manœuvré cet effronté commodore, dit-il.

— Vous mentez très mal, dit le Dr Oberhausen. Mais je passerai là-dessus. Maintenant, au sujet du commodore : il appartient au comité qui formule les propositions d'avancement des gens du Bureau psychologique. »

L'*enseigne* Ramsey s'aperçut soudain qu'il avait cessé de rire. De ses cinq semaines d'instruction en vue de sa mission à bord du remorqueur sous-marin, Ramsey disait souvent : « C'est l'époque où j'ai perdu dix kilos. »

On lui avait donné trois pièces dans l'aile sud de l'hôpital maritime Unadilla : murs blancs nus, meubles de rotin et d'acajou tachés de brûlures de cigarettes, un poste de télévision fonctionnel et un lit d'hôpital également fonctionnel, juché sur de hauts pieds. Une pièce était destinée à la formation : hypnophone, diagrammes muraux, maquettes, bandes, films.

On accorda à sa femme Janet, une blonde infirmière, un temps de visite pour les week-ends : soirées de samedi et dimanche. Leurs enfants —John junior, deux ans, et Peggy, quatre ans — n'étaient pas admis à l'hôpital et on dut les expédier à leur grand-mère à Fort Linton, Mississippi.

Janet, vêtue d'une robe rouge, fit une entrée en trombe dans le petit salon de l'appartement de Ramsey au cours de la soirée du premier samedi. Elle l'embrassa et lui dit : « Je le savais!

— Qu'est-ce que tu savais?

— Que tôt ou tard, la marine et cet affreux Obe prendraient en main notre vie sexuelle. »

Ramsey, conscient que tout ce qu'il disait et faisait à l'hôpital était contrôlé, tenta de la faire taire.

« Je sais bien, va, qu'on nous écoute », dit-elle. Elle se jeta sur le divan de rotin, croisa les jambes, alluma une cigarette sur laquelle elle se mit à tirer rageusement.

« Cet Obe me met les nerfs en pelote, dit-elle.

— Parce que tu le veux bien, dit Ramsey.

— Et parce que c'est l'effet qu'il cherche à produire, répliqua-t-elle.

— Bien... oui », reconnut Ramsey.

Janet se leva d'un bond, se jeta dans ses bras. « Je suis folle. On m'a recommandé de ne pas t'énerver. »

Il l'embrassa, lui caressa les cheveux. « Je ne suis pas énervé.

— Je leur ai dit que je ne parviendrais pas à t'énerver même si je faisais tout pour cela. » Elle s'écarta de lui. « Chéri, de quoi s'agit-il cette fois? C'est dangereux? Ce n'est pas encore un de ces horribles sous-marins?

— Je vais travailler avec des gens du pétrole », dit-il.

Elle sourit. « Ça ne me paraît pas si mal. Vas-tu forer un puits?

— Le puits est déjà foré, dit-il. Nous allons chercher à en augmenter la production. »

Janet lui posa un baiser sur le menton. « Un vieux spécialiste de l'efficacité.

— Allons dîner, dit-il. Comment vont les gosses? »

Ils sortirent, bras dessus bras dessous, bavardant au sujet des enfants.

La routine quotidienne commençait à cinq heures au moment où l'infirmière venait lui faire sa piqûre du réveil pour dissiper les effets des drogues hypnophoniques. Petit déjeuner riche en protéines. Nouvelles piqûres. Analyse du sang.

« Cela va vous faire un peu mal.

— Eh laaaaa! Comme vous y allez : un petit peu! Prévenez, la prochaine fois!

— Ne faites pas le bébé. »

Diagrammes. Plans des aires des remorqueurs sous-marins de la classe Plongée du Diable.

On le remit entre les mains d'un spécialiste ès gros remorqueurs sous-marins et appartenant au service de la Sécurité, Clinton Reed. Chauve comme un œuf. Yeux étroits, nez étroit, bouche étroite, peau épaisse. Un sens du devoir aussi solide que l'encolure. Absence totale d'humour.

« C'est important, Ramsey. Vous devez être capable de vous rendre en n'importe quel endroit de ce bâtiment, de manipuler n'importe quelle commande, les yeux bandés. Dans deux jours, nous aurons une maquette à votre usage. Mais vous devez d'abord en avoir l'image ancrée dans l'esprit. Tâchez d'enregistrer ces plans, nous mettrons ensuite votre mémoire à l'épreuve.

— Okay. J'en ai terminé avec la disposition générale. Faites un essai.

— Où est le compartiment du réacteur?

— Posez-moi une question difficile.

— Répondez.

— Bon, ça va. A l'avant, dans le nez en forme de bulbe; dans les trente-deux premiers pieds.

— Pourquoi?

— En raison de la forme de larme qu'a cette classe, et pour l'équilibre. C'est dans le nez qu'il y a le plus de place pour le logement.

— Quelle est l'épaisseur de la cloison de protection arrière du comportement du réacteur?

— Cela m'échappe.

— Douze pieds. Souvenez-vous-en. Douze pieds.

— Je peux, par contre, vous dire de quoi il est fait : hafnium, plomb, graphite et porocène.

— Qu'y a-t-il à l'arrière de la cloison de protection?

— Des indicateurs à lecture directe du réacteur. Les répétiteurs sont dans le poste central, cloison avant à droite du premier parquet. Il y a ensuite les armoires de tenues ABG, les coffres à outils, les portes d'accès aux tunnels menant au compartiment du réacteur.

— Vous y êtes. Par combien de tunnels accède-t-on au compartiment du réacteur?

— Quatre. Deux en haut; deux en bas. On ne peut y rester pendant plus de douze minutes consécutives sans une tenue ABG.

— Bien. Quelle est la puissance normale?

— Deux cent soixante-treize mille chevaux, ramenés à environ deux cent soixante mille par les amortisseurs de bruit placés derrière l'hélice.

— Excellent! Quelle longueur, la salle des machines?

— Euh... non. Cela m'échappe aussi.

— Voyons, Ramsey, ce sont des choses importantes. Il faut que vous reteniez ces distances. Vous devez en prendre conscience. Que se passerait-il si vous étiez privé de lumière?

— C'est bon, c'est bon. Combien mesure cette foutue chose?

— Vingt-deux pieds. Elle occupe tout le milieu du navire. Les quatre moteurs électriques sont logés deux à deux au niveau de la boîte de vitesse au milieu de l'arrière.

— Bon Dieu! Laissez-moi jeter un coup d'œil sur la partie arrière. Okay. Posez-moi des questions.

— Combien de coursives dans la salle des machines et où sont-elles situées?

— Eh, je viens juste de donner un coup d'œil sur la partie *arrière*.

— Combien de coursives et...

— Ça vaaaaa. Voyons : une au centre du pont de commande et se dirigeant vers l'avant. Une partant du centre en direction des magasins de machines au second niveau inférieur. Une appelée niveau A menant aux magasins supérieurs. Même chose pour le niveau inférieur : on l'appelle niveau B. Petites coursives d'enjambement allant des niveaux A et B aux machines et aux réservoirs à oxygène. Et une, très courte, conduisant au kiosque rentré qui, lorsqu'il est sorti, la prolonge de quelques marches.

— Bien. Vous voyez que vous y arriverez si vous le voulez vraiment. A présent, dites-moi comment sont disposées les cabines.

— Les cabines maintenant!

— Cessez d'éluder les questions.

— Gros malin! Voyons : le capitaine est au niveau supérieur à tribord derrière la hutte électronique. L'officier en second, à babord, derrière la salle de repos de l'infirmerie. L'officier mécanicien, à tribord, au-dessous des quartiers et derrière la salle des machines. L'officier électronicien, à babord, au-dessous de l'officier en second et derrière les cuisines. C'est là que je me trouve! On m'a ménagé une porte personnelle vers les cuisines.

— Où est la cuisine?

— Je peux répondre à ça. Elle est à l'extrême babord, au niveau supérieur, on y entre par le carré des officiers. Les commandes de sélection pour les repas préconditionnés sont contre la cloison séparant la cuisine du carré des officiers. L'ensemble cuisine-carré des officiers est entre le pont de commande et la salle de repos.

— Qu'y a-t-il derrière les cabines?

— Les appareils de transmission Palmer par induction.

— Pourquoi une transmission par induction?

— Parce qu'à l'immersion limite pour les Plongeurs du Diable, il ne peut y avoir aucun point faible dans la coque, par conséquent pas d'arbre de transmission à travers la coque.

— Ce soir, c'est la transmission qui sera sur l'hypnophone. Tout homme sur un Plongeur du Diable doit être capable de la démonter et de la remonter les yeux fermés. Nous mettrons à votre disposition après-demain une maquette sur laquelle vous pourrez travailler.

— Chouette!

— Quelle est la limite de résistance de la coque épaisse pour les Plongeurs du Diable?

— Trois mille dix livres par pouce carré ou 7 000 pieds.

— Tenez-vous-en à votre première réponse. La pression varie en fonction des différents états de l'eau. Vous pourrez vous sentir très bien à 7 000 pieds en un endroit, et mourir à 6 900 dans un autre. Apprenez à compter sur votre manomètre. Passons maintenant à la composition de l'atmosphère. Qu'est-ce qu'un manomètre-vampire?

— Un petit dispositif fixé à votre poignet en plongée profonde. Une aiguille pénètre dans votre veine, et vous indique si votre diffusion de $CO_2$ s'effectue assez rapidement pour vous éviter toute perte de connaissance. Elle donne également des informations concernant l'azote.

— Quel est le taux minimum de diffusion?

— Lorsqu'on descend au-dessous de 2 % de $CO_2$, on est étourdi. Si la teneur en $CO_2$ du sang s'élève à 4 %, on éprouve un malaise. Pour l'azote, c'est différent. L'atmosphère du remorqueur sous-marin est censée en être totalement débarrassée. On y substitue une petite quantité d'hélium.

— Comment s'accommode-t-on de la haute pression atmosphérique?

— L'anhydrase carbonique aérobie est distribuée par le système de ventilation. Elle accélère les échanges de gaz carbonique et on évite ainsi la formation de bulles de gaz dans le sang.

— Vous possédez bien ce sujet. Vous le connaissiez avant?

— Mon télémètre d'émotivité n'est qu'un manomètre-vampire perfectionné.

— Évidemment. Maintenant, dites-moi pourquoi l'officier électronicien a une telle importance?

— La liaison avec les moteurs extérieurs de commande se fait par pulsation codée. Si le système électronique se détraque au moment où le remorqueur est en immersion, il ne peut remonter.

— Bien. Et maintenant, revoyons les plans à fond.

— Ah, non!

— Commencez par le compartiment du réacteur. En détail!

— Négrier! »

Les séances nocturnes d'hypnophone inondaient le cerveau de Ramsey de nouvelles connaissances : coque épaisse, coque réfléchissante, parois des ballasts... compensateur de pression... boîte de retour... commande du réacteur... recherche et sondage... commande des barres de plongée... commande de vannes... vérificateur du réacteur... tableau de navigation automatique « sonoran »... commande de régénération de l'air... loch chronométrique automatique, modèle IX... regards de T.V. extérieure et intérieure, instructions pour l'utilisation de... commande du gyro... commande de la remorque... péniche en matière plastique, pétrole, éléments de... torpilles-aiguilles, crémaillère extérieure... systèmes d'autoguidage des torpilles... systèmes de brouillage... systèmes... systèmes... systèmes...

Parfois, Ramsey avait l'impression qu'on lui bourrait le crâne de tant de choses que celui-ci finirait par éclater.

Le Dr Oberhausen vint aux quartiers de Ramsey au quatrième jour de la période d'instruction. Dans ses vêtements froissés, il avait l'air d'un pierrot dépenaillé. Il entra sans bruit, prit place auprès de Ramsey qui était assis au milieu d'une batterie de visionneuses passant des programmes conjugués d'initiation.

Ramsey écarta la diapositive enclenchée et se tourna vers le Dr Oberhausen.

« Ah, le chef inquisiteur.

— Est-ce que vous vous plaisez ici, Johnny? » Le regard aveugle semblait le transpercer.

« Non.

— Parfait. Vous n'êtes pas ici pour votre plaisir. » La chaise du docteur grinça lorsqu'il y déposa sa masse. « Je suis venu au sujet de ce Garcia qui est l'officier mécanicien de cet équipage.

— Qu'est-ce qui cloche de ce côté-là?

— Qui cloche? Ai-je dit que quelque chose clochait? »

Ramsey abandonna complètement la visionneuse et se rassit. « Venez-en au fait.

— Ah, l'impatience de la jeunesse! » Le Dr Oberhausen soupira. « Avez-vous un dossier sur Garcia?

— Vous le savez bien.

— Prenez-le et lisez-le-moi. »

Ramsey s'inclina vers la droite, prit un dossier sur le plateau inférieur de sa table à café, l'ouvrit. D'après la photo collée sur le verso de la première page de couverture, Garcia paraissait de petite taille — environ cinq pieds sept pouces —, mince. Des traits de Latin, peau mate. Cheveux noirs ondulés. Sourire sardonique. La photo donnait l'impression qu'on avait affaire à une tête brûlée. Au-dessous de la main de Ramsey : « Membre de l'équipe du championnat de water-polo d'Easton. Aime le handball. »

« Lisez », dit le Dr Oberhausen.

Ramsey tourna la page et lut : « Trente-neuf ans. Sorti du rang. Premier maître machiniste. Brevet radio. Né à Puerto Madryn, Argentine. Père éleveur de bétail : José Pedro Garcia y Aguinaldo. Mère décédée à la naissance d'une fille alors que Garcia avait trois ans. Religion : catholique. Porte un chapelet autour du cou. Se fait bénir par un prêtre avant chaque mission. Épouse : Béatrice, trente et un ans. »

« Avez-vous sa photo? demanda le Dr Oberhausen.

— Non.

— Dommage. J'ai entendu dire qu'elle était très belle. Continuez. »

Ramsey dit : « Études à New Oxford. Ce qui explique son accent anglais. »

« J'ai eu beaucoup de peine lorsque les îles Britanniques ont été détruites, dit le Dr Oberhausen. Une si charmante culture, en vérité. Si fondamentalement solide. Immuable. Mais c'est aussi une faiblesse. Poursuivez, s'il vous plaît. »

« Joue de la cornemuse », dit Ramsey. Il regarda le docteur : « Il y a là quelque chose : un Latino-Américain qui joue de la cornemuse!

— Je ne vois aucun mal à ça, Johnny. Il n'y a rien de plus apaisant quand on se trouve dans un certain état d'esprit. »

Ramsey leva les yeux au plafond. « Apaisant! » Il reposa

son regard sur le chef du Bureau psychologique. « Pourquoi est-ce que je lis ça?

— Je désirais me faire une idée précise de ce Garcia avant de vous lâcher le dernier morceau de la Sécurité.

— Et c'est?

— Que Garcia pourrait bien être un de ces hibernants qui valent à la Sécurité tant de nuits sans sommeil. »

Ramsey renâcla. « Garcia! C'est stupide! Autant me suspecter, moi!

— Mais l'enquête sur *vous* se poursuit, dit le Dr Oberhausen. Quant à Garcia, peut-être bien que oui, peut-être bien que non. Le contre-espionnage nous a fait le portrait d'un hibernant qu'on croit être dans les remorqueurs sous-marins. Il correspond à celui de Garcia. La Sécurité a failli annuler la mission. J'ai obtenu qu'on la maintienne en suggérant qu'on vous affecte à la surveillance de Garcia. »

Ramsey reprit la photo en couleur de son dossier, observa le sourire sardonique. « Je dis que nous chassons des ombres. Et c'est peut-être ce que veulent les Puissances orientales. En la poussant à l'extrême limite de l'illogisme, certaine façon de voir de la Sécurité est une cousine germaine de la paranoïa, du genre démence précoce. »

Le Dr Oberhausen se leva de sa chaise en rotin, ce qui produisit un craquement grêle. « N'allez pas dire ça aux gens de la Sécurité quand ils viendront vous parler de Garcia, dit-il. Oh, autre chose encore : le commodore affûte les couteaux avec lesquels il vous mettra en petits morceaux au cas où une erreur se produirait au cours de la mission.

— C'est vous que j'en dois remercier, dit Ramsey.

— Je m'en charge moi-même, dit le Dr Oberhausen. Ne vous faites pas de souci pour cela. » Il fit un geste en direction de la visionneuse. « Poursuivez vos études. J'ai autre chose à faire. »

Ramsey attendit que la porte fût refermée, jeta le dossier sur la table à café, prit une vingtaine d'inspirations profondes pour se calmer les nerfs. Il s'inclina alors vers la droite, s'empara du dossier des deux autres membres de l'équipage, les examina.

« Commandant Harvey Acton Sparrow. Quarante et un ans. » Photo d'un homme grand, mince, à la chevelure blond-roux commençant à s'éclaircir, visage à angles aigus, épaules voûtées.

*Il ressemble à un professeur d'université de petite ville,* pensa Ramsey. *Dans quelle mesure doit-on attribuer à cela son premier désir d'enseigner les mathématiques? Souffre-t-il du fait que sa famille aux vieilles traditions de marins l'ait obligé à suivre la voie de son père?*

« Père : vice-amiral Acton Orwell Sparrow, disparu avec le croiseur sous-marin *Plunger* pendant la bataille de la mer d'Irlande, le 16 octobre 2018. Mère : Genene Cobe Sparrow. Malade (cœur), vit à la maison de santé d'État de Watters Point. Épouse : Rita. Trente-six ans. Blonde. Sans enfant. »

*Sparrow sait-il que sa femme le trompe?* se demande Ramsey. *La plupart de leurs amis ne l'ignorent pas.*

« Aptitudes : navigateur : supérieur; officier de tir : supérieur; officier médecin (premiers soins jusqu'à un stade avancé et syndrome de pression) : excellent; compétence générale sous-marine : supérieure. »

Ramsey consulta l'autre dossier.

« Lieutenant de vaisseau Leslie (pas de second prénom) Bonnett. Trente-huit ans. » Photo d'un homme corpulent (à peine moins de six pieds) à la chevelure châtain ondulée (ondulations artificielles?), nez aquilin, sourcils broussailleux, regard d'aigle.

« Orphelin de l'Assistance publique. Élevé au foyer des enfants abandonnés de Cape Neston. »

*Enfant abandonné!* pensa Ramsey.

« Quatre mariages. Deux enfants — un de chacun des deux premiers lits. Entretient des rapports matrimoniaux avec sa quatrième épouse : Hélène Davis Bonnett. Vingt-neuf ans. Miss Georgie 2021. »

*L'enfant abandonné*, pensa Ramsey. Il se venge inconsciemment des femmes qu'il met sur le même plan que sa mère qui le délaissa.

« Aptitudes : navigateur : bon; officier d'intendance : excellent; officier de tir : supérieur (meilleur officier torpilleur de remorqueurs sous-marins quatre années consécutives); compétence générale sous-marine : mieux qu'excellente. »

Ramsey jeta un coup d'œil sur la note du dossier psychologique : « N'a pas obtenu d'avancement à sa propre demande en raison d'une imparfaite adaptation à des sentiments profonds d'insécurité. »

*L'enfant abandonné*, pensa-t-il. *Bonnett ne désire probablement pas d'avancement. De cette façon, son commandant exerce l'autorité paternelle dont il a été privé dans sa jeunesse.*

Ramsey relança les dossiers sur la table à café, se redressa pour réfléchir.

*Un tissu de fils tordus et emmêlés.*

*Sparrow et Bonnett étaient protestants, Garcia catholique. Aucune preuve de querelle religieuse.*

*Ces hommes sont parvenus à une collaboration étroite. Le prouve le fait que leur bâtiment a le taux d'efficacité le plus élevé de tout le service.*

*Quelle répercussion a eue la perte d'Heppner, l'autre officier électronicien? Vont-ils prendre ombrage de son remplacement?*

*Du diable! Ce n'est pas Heppner qui aurait dû perdre la raison! Un état signalétique sans indices apparents. Enfance calme. Vie familiale calme. Deux fausses notes : une aventure sentimentale rompue à l'âge de vingt-quatre ans; une brusque psychose à trente-deux ans. Ce devait être quelqu'un dans le genre de Bonnett. L'enfant abandonné. Ou du capitaine Sparrow. Le mathématicien frustré.*

« On dort? »

C'était Reed, le vigilant initiateur.

« Il est trois heures, dit-il. J'ai apporté un plan d'implantation de la hutte électronique sur ces Plongeurs du Diable. »

Il remit un bleu à Ramsey, désignant du doigt les points à mesure qu'il les énumérait. « Ici, l'établi. Là, l'étau. La trousse des clés à écrous. Le micro-tour. Les pompes à vide. Les fiches de connexion du tableau de contrôle.

— Merci, je sais lire.

— Vous devez être capable de placer une fiche dans ce tableau de contrôle dans l'obscurité totale », dit Reed. Il s'installa confortablement sur la chaise en rotin précédemment occupée par le Dr Oberhausen. « Demain, vous commencerez votre instruction sur une maquette.

— Demain, c'est samedi, Clint! » Ramsey le regarda furibond.

« Vous ne sortez pas d'ici avant 18 heures », dit Reed. Il se pencha sur le plan. « Maintenant, considérez attentivement cette disposition des fiches. Ici, l'éclairage de secours. Il faudra que vous le trouviez du premier coup.

— Qu'est-ce qui se passera, s'il faut que je m'y reprenne à deux fois? »

Reed se releva, dirigea sur Ramsey un regard sans douceur. « M. Ramsey, il y a une chose que vous devez comprendre parfaitement au point qu'elle soit pour vous une seconde nature.

— Ouais? Et cette chose, c'est quoi?

— Que sur un sous-marin, il n'existe pas d'accident *mineur*. »

Le commandant Sparrow dégringola la rampe de débarquement, ralentit en entrant dans le mouillage souterrain du sous-marin, antre obscur qu'éclairaient des projecteurs. Une fine poussière de condensation tombant du plafond de rochers, très haut dans les ténèbres, frappa son visage. Il s'engagea dans la foule des microbus circulant en tous sens et des gens fonçant d'un pas résolu. Devant lui, le corps renflé de baleine de son sous-marin s'élevait au-dessus du quai; cantatrice wagnérienne de cent quarante pieds au milieu d'un plateau sous une batterie de projecteurs.

Les instructions de la dernière réunion de la Sécurité s'entrechoquaient dans sa tête.

« Votre équipage vient au premier rang du service en matière de sécurité, mais vous devez rester vigilant contre les hibernants.

— Dans mon équipage? Allons donc, je les connais tous depuis des années. Cela fait huit ans que Bonnett travaille avec moi. Joe Garcia et moi avons servi ensemble avant la guerre. Heppner et... » Son visage s'était empourpré. « Qu'en est-il de ce nouvel officier électronicien?

— Vous n'avez aucun souci à vous faire à son sujet. Les inspecteurs nous affirment qu'il n'y a pas de systèmes de signalisation ennemis à votre bord.

— Alors pourquoi ce truc dans mon cou?

— Simple précaution supplémentaire.

— Qu'est-ce que c'est que ce nouveau? Quelles sont ses connaissances en électronique?

— C'est l'un des meilleurs du service. Tenez, voici son dossier.

— Peu d'expérience au combat en patrouille sous-marine! On pourrait dire qu'il a les pieds secs!

— Mais vous avez vu ses connaissances en électronique.

— Peu d'expérience au combat! »

Un chauffeur de microbus apostropha Sparrow, le tirant de sa rêverie. Il regarda sa montre-bracelet : 7 h 38 — dans vingt-deux minutes, on largue les amarres. Son estomac se serra. Il pressa le pas.

*Sacrés détails de dernière minute de la Sécurité!*

Au-delà du velours ébène du mouillage, il pouvait apercevoir les lampes aux lueurs glauques limitant le tunnel maritime. Au bas de la pente de ce tunnel, dans les profondeurs sous-marines du canyon De Soto et du golfe du Mexique — et de l'autre côté — était rangé l'ennemi.

Un ennemi qui, brusquement, de façon terrifiante, était devenu d'une efficacité à cent pour cent contre des bâtiments comme le sien.

Sparrow songea que le tunnel maritime formait une grotesque trompe de Fallope. Cette caverne creusée sous une montagne de Georgie était nichée dans la terre comme une fantastique matrice. Quand on en sortait le bateau pour aller au combat, les hommes naissaient à un monde terrible qu'ils n'avaient pas souhaité.

Il se demandait ce que penserait le Bureau psychologique d'une pareille idée. *Ils y verraient probablement un indice de faiblesse*, pensa-t-il. *Mais pourquoi ne pourrais-je pas avoir une faiblesse? Le fait de faire la guerre à un mille et demi de profondeur — sous la pression incessante de l'eau environnante — expose un homme à toutes les faiblesses. C'est la pression. La pression constante. Quatre hommes isolés sous cette pression, prisonniers de l'acier comme ils le sont de leurs âmes.*

Un second microbus traversa rapidement le chemin de Sparrow. Il s'écarta, leva le regard sur son bateau. Il était maintenant assez près pour déchiffrer l'inscription placée sur le kiosque rétractable bien au-dessus de lui : *Fenian Ram S1881.* La rampe d'embarquement descendait du kiosque en décrivant une courbe gracieuse.

Le capitaine des docks, un lieutenant de vaisseau à face de lune, en treillis, se précipita sur Sparrow, liste de contrôle en main.

« Capitaine Sparrow? »

Sparrow tourna la tête sans s'arrêter. « Oui? Oh, salut, Myers. Tous les équipages prêts sont-ils partis? »

Myers lui emboîta le pas. « Pour la plupart, oui. Vous avez maigri, Sparrow.

— Un peu de dysenterie, dit Sparrow. J'ai avalé un mauvais fruit à Garden Glenn. Mon nouvel officier électronicien a-t-il montré le bout de son nez?

— Je ne l'ai pas vu. Son équipement est arrivé avant lui. Drôle de truc. Il y avait une boîte scellée avec son saint-frusquin. A peu près longue comme ça et large comme ça. » Il indiqua les mesures d'un geste des mains. « Admis par l'amiral Belland.

— De la commission de Sécurité?

— Lui-même.

— Pourquoi cette boîte était-elle scellée?

— Elle est censée contenir des instruments extrêmement délicats destinés à contrôler votre nouvel équipement de recherche à longue distance. Elle a été scellée pour empêcher un fouilleur trop zélé d'en détraquer le mécanisme.

— Oh! J'en déduis que le nouvel appareil à long rayon d'action est installé?

— Oui. C'est vous qui l'expérimenterez sur le terrain. » Sparrow inclina la tête.

Les hommes rassemblés au pied de la rampe d'embarquement se mirent au garde-à-vous à l'approche des deux officiers. Sparrow et Myers s'arrêtèrent. Sparrow dit : « Repos. »

Myers dit : « Seize minutes, capitaine. » Il tendit la main, serra celle de Sparrow. « Bonne chance. Faites-leur en voir de toutes les couleurs.

— D'accord, dit Sparrow.

Myers se dirigea vers le pied de l'embarcadère.

Sparrow se tourna vers un homme corpulent, à face de rapace, debout près de la rampe, l'officier en second Bonnett.

« Salut, Les.

— Heureux de vous voir, capitaine », dit Bonnett. Il fourra sous son bras gauche une feuille agrafée sur une planche, congédia les trois matelots qui étaient avec lui et se retourna vers Sparrow.

« Où êtes-vous allés, Rita et vous, après la réception?

— A la maison.

— Nous aussi », dit Bonnett. Il désigna du pouce le sous-marin auquel il tournait le dos. « Dernière ronde de sécurité terminée. Accessoires de rechange vérifiés. Mais il y a un petit peu de retard. Le remplaçant de Heppner ne s'est pas présenté. »

Sparrow jura intérieurement, éprouva un mélange de colère et de déception qui lui serra l'estomac. « Où est-il? »

Bonnett haussa les épaules. « Tout ce que je sais, c'est que la Sécurité a appelé pour dire qu'il pourrait y avoir du retard. Je leur ai dit...

— La Sécurité?

— Parfaitement.

— Doux Jésus!, aboya Sparrow. Faut-il donc qu'ils attendent toujours la dernière minute? Ils m'avaient... » Il s'interrompit. Cela était secret.

« Ils ont dit qu'ils feraient de leur mieux », dit Bonnett.

Sparrow se représenta les difficultés qu'il aurait à faire franchir au *Fenian Ram* leur propre réseau de défense en direction de l'extérieur.

« Fixer un nouvel horaire de passage va demander un jour de plus. »

Bonnett regarda sa montre-bracelet, respira profondément.

« Je leur ai dit 8 heures au plus tard. Ils ne répondront à l'une de mes sacrées... » Un bruit de pas descendant la rampe le fit taire.

Les deux hommes levèrent les yeux, virent trois personnes en train de descendre : deux matelots portant un appareil de détection électronique à grand rendement, suivis d'un homme de petite taille, sec et nerveux, aux traits bruns de Latin. Il était vêtu d'un treillis taché, portait un petit coffret de recherche électronique sous le bras droit.

« Don José Garcia », dit Sparrow.

Garcia passa la boîte sous son bras gauche, descendit sur l'embarcadère. « Capitaine! Comme je suis content de vous voir! »

Sparrow recula pour permettre aux matelots de passer avec leur chargement, lança un regard inquisiteur en direction du coffret que Garcia avait sous le bras.

Garcia secoua la tête. « Pour Dieu et la patrie, dit-il. Mais il m'arrive parfois de penser que je tire des chèques sans provision sur mon compte avec Dieu. » Il se signa. « Les gars de la Sécurité nous ont gardés la moitié de la nuit sur ce boyau d'égoût flottant. A quatre reprises différentes, nous l'avons parcouru de la proue à la poupe. Pas le moindre " blip ". Maintenant, je vais vous dire une chose : ils veulent que je l'explore à nouveau avant que nous descendions le tunnel. » Il souleva les sourcils. « Je vous demande un peu!

— Il faudra le faire, dit Sparrow. J'ai un délai pour une inspection générale en grande profondeur avant notre premier point de contact.

— Je vois », dit Garcia. Il sourit. « Vous savez, je me suis déjà équipé pour ça. »

Sparrow répondit au sourire, sentit que son estomac commençait à se dénouer. Bonnett jeta un regard significatif à sa montre. « Douze min... »

Le vrombissement du moteur électrique d'un microbus de commandement l'interrompit. Les trois hommes tournèrent la tête en direction du bruit. Le véhicule descendait la rangée noire des points d'amarrage, son phare unique projetant une fantastique lueur cyclopéenne sur le ciment humide. Le microbus se rangea le long de la rampe, hoqueta en s'arrêtant. Un homme aux cheveux roux et au visage rond candide était assis à côté du chauffeur, triturant sa casquette d'uniforme.

Sparrow vit les marques de l'enseigne sur le col de l'homme et pensa : « Ce sera mon nouvel officier électronicien. » Sparrow sourit à l'évident soulagement qu'éprouvait l'homme d'être arrivé sain et sauf. La témérité des conducteurs de microbus de la base était un objet classique de plaisanterie dans le service.

Le nouvel arrivant posa sa casquette sur ses cheveux roux, sortit du microbus. Le véhicule, soulagé de son poids, se redressa. Le chauffeur remit le bus dans la direction d'où ils étaient venus.

L'enseigne grimpa jusqu'à Sparrow, salua et se présenta : « Ramsey. »

Sparrow rendit le salut et dit :

« Heureux de vous accueillir à bord. »

Ramsey tendit à Sparrow ses états de service, dit : « Je n'ai pas eu le temps de vous les faire parvenir par les voies normales. »

Sparrow remit les papiers à Bonnett, dit : « C'est M. Bonnett, officier en second. » Il se tourna vers Garcia. « M. Garcia, ingénieur.

— Très heureux, dit Ramsey.

— Nous vous ferons bientôt revenir de cette illusion », déclara Garcia.

Sparrow sourit, tendit la main à Ramsey, fut surpris de sentir que le nouveau venu avait une poigne solidement musclée. Ce garçon avait seulement l'*air* mou. Bonnett et Garcia échangèrent également des poignées de main avec lui.

Ramsey s'occupait à cataloguer ses premières impressions visuelles des trois hommes en chair et en os. Il était étrange de rencontrer ces gens pour la première fois alors qu'il avait le sentiment de les connaître déjà. De cela, il le savait, il ne faudrait pas parler. Un nouveau venu ne pouvait avoir en mémoire des faits relatifs à l'existence personnelle de ces trois hommes — y compris le nom de leurs femmes.

« La Sécurité nous a dit que vous pourriez être en retard, dit Sparrow.

— Qu'est-ce qui a bien pu parvenir aux oreilles de la Sécurité?, demanda Ramsey. Je croyais qu'ils allaient m'autopsier.

— Nous en parlerons plus tard », dit Sparrow. Il frotta la mince balafre de son cou, là où les chirurgiens de la Sécurité avaient inséré le micro du système de détection. « Le départ est pour 8 heures. M. Garcia vous conduira à bord. Mettez-vous en treillis. Vous l'aiderez, quand nous nous mettrons en route, dans sa dernière recherche de rayon-espion.

— Bien, monsieur, dit Ramsey.

— Votre appareil est arrivé voilà plusieurs heures », dit Garcia. Il prit le bras de Ramsey, le dirigea vers la rampe. « Allons-y. » Ils escaladèrent la rampe rapidement.

Ramsey se demanda quand il pourrait s'éloigner pour examiner son télémètre. Il ressentit une angoisse — le besoin d'étudier les premiers enregistrements de Sparrow. *Cette façon de se frotter le cou*, pensa Ramsey. *Extrême tension nerveuse bien dissimulée. Mais les gestes raides la laissent deviner.*

Sur la jetée, Sparrow se retourna pour regarder, de l'autre côté du bassin d'arrimage, une enfilade de lumières en mouvement.

« Voici qu'arrive notre remorqueur, Les.

— Pensez-vous que nous réussirons, capitaine?

— Nous avons toujours réussi.

— Oui, mais...

— Puisque le salut est maintenant plus près de nous que lorsque nous avons cru, dit Sparrow. La nuit est avancée, le jour approche : dépouillons-nous donc des œuvres des ténèbres et revêtons les armes de la lumière. » Il regarda Bonnett. « Paul écrivit cela aux Romains, il y a deux mille ans.

— Un très astucieux garçon », dit Bonnett.

Un coup de sifflet du maître d'équipage retentit au bout

du quai. Une grue s'avança rapidement pour enlever la rampe d'embarquement. Des matelots se précipitèrent pour attacher les crochets, interrogèrent du regard les deux officiers.

Des hommes couraient le long de la jetée, mus par un regain de résolution. Sparrow promena son regard sur cette scène. « On nous demande d'entrer en jeu », dit-il. D'un geste, il invita Bonnett à le précéder sur la rampe. « Comme dit l'autre : allons-y! »

Ils escaladèrent le kiosque. Bonnett se baissa pour éviter la crémaillère qui hissait le flotteur de leur périscope T.V. Par routine, il jeta un coup d'œil au lusin, vit qu'il était prêt pour la plongée. Il saisit les montants de l'échelle, se laissa glisser dans le remorqueur sous-marin.

Sparrow resta sur le pont supérieur. Autour de lui, le bassin d'arrimage ressemblait à un vaste lac. Il leva le regard vers les ténèbres du plafond de rochers.

*Il doit y avoir des étoiles*, pensa-t-il. *Les hommes devraient regarder une dernière fois les étoiles avant de s'enfoncer sous les mers.*

En bas, sur le quai, des silhouettes s'agitaient pour enlever les grappins magnétiques. Un instant, Sparrow se fit l'effet d'un pion inutile et mis en situation de sacrifice. Il avait existé une époque, il le savait, où les capitaines contrôlaient la sortie de leurs navires, lançant des ordres par mégaphone. Aujourd'hui, tout était automatique, tout était fait par les machines et par des hommes agissant comme des machines. Un remorqueur de surface se rangea à l'avant, leur lança ses grappins d'accrochage. L'eau s'agitait en bouillons blancs sous la proue du remorqueur. Le *Fenian Ram* résista un moment, comme s'il répugnait à partir, puis amorça un lent et pesant mouvement pour pénétrer dans le bassin.

Ils évacuèrent l'amarrage et un autre remorqueur se glissa le long de leur arrière. Les hommes aux chaussures magnétiques bondirent vers les amortisseurs de bruit du *Ram*, remontèrent les câbles de remorque et de guidage du long tube de plastique qui s'étirait dans l'eau sombre du bassin. Leurs cris parvenaient à Sparrow par le kiosque, ressemblant à des voix claires d'enfants. Il sentit soudain une brise chargée de pétrole et sut qu'ils venaient de franchir une conduite de ventilation.

*Pas de fanfare particulière, pas de clique, pas de cérémonie au départ d'un navire de course*, pensa-t-il. *Nous sommes un roseau agité par le vent. Et qu'allons-nous chercher dans le désert? Nul Jean-Baptiste ne nous attend. Mais c'est tout de même une sorte de baptême.*

Quelque part dans l'obscurité un klaxon se fit entendre. *Tourne-toi et identifie ton voisin. Encore une combine de la Sécurité : exhibez vos papiers d'identité quand retentit la corne. Sécurité du diable! Ici, je ne décline mon identité qu'à mon Dieu et à nul autre.*

Sparrow regarda à l'arrière l'appareillage de la remorque. *Le pétrole. La guerre exigeait que lui fût livrée la pure substance créée dans le sédiment d'un continent naissant. Le pétrole végétal ne conviendrait pas. La guerre n'était pas végétarienne. La guerre était carnivore.*

Le remorqueur de touée se rangea le long du Ram et le submersible était maintenant dirigé à l'aveuglette vers la cage de la grue qui le ferait descendre dans le canyon et l'abîme sous-marins.

Sparrow regarda le pupitre de commande du kiosque et la lampe verte signalant que tout était paré. Il dirigea le signal « paré » vers le remorqueur et, d'un geste exercé, effleura la commande pour rentrer le kiosque. Il glissa doucement dans le submersible, sa coque de plasticacier se lovant dans le creux des marches.

Un microphone pectoral était accroché près du pupitre du kiosque. Sparrow se le passa autour du cou et s'en servit pour dire : « Prenez les dispositions de plongée. »

Il concentra son attention sur le tableau de plongée placé devant lui.

La voix de Bonnett revint en écho, privée de toute vie par les sourdines métalliques de l'interphone : « Pression dans la coque. »

Une à une, les lampes du tableau de plongée de Sparrow passèrent du rouge au vert. « Tableau vert », dit-il. « Paré! attention! » Il sentait maintenant la pression de la coque et un autre genre de pression dans l'estomac. Il ferma le circuit de signalisation, ce qui indiquait aux équipages extérieurs que le remorqueur sous-marin était prêt à descendre dans le tunnel.

Le *Ram* vira de bord, eut un mouvement de roulis. Le bateau retentit d'un son lugubre. Le sommet du tableau de plongée fut traversé d'éclairs de lumière ambre : ils étaient pris dans l'élévateur du tunnel. Vingt heures de course libre.

Sparrow saisit une poignée près du tableau de plongée et sauta sur la coursive de la salle des machines. Sur le revêtement de la coursive, ses pieds firent un bruit de glissade alors qu'il se rendait vers l'arrière, franchissait en rampant la porte du poste central et la refermait derrière lui. Son regard s'attarda un instant sur la plaque de cuivre gravée à la main qu'Heppner avait accrochée à côté de la porte — citation de quelque pontife des lettres du XIX^e^ siècle :

« Il n'y aurait qu'un fou pour perdre son temps à inventer un sous-marin et qu'un dément pour y descendre s'il était inventé. »

Traversant le plateau sous-marin là où la Floride dessine un coude, le canyon Do Soto fait dans la pierre tendre de la péninsule une entaille pareille à une tranchée de chemin de fer : quatorze brasses au départ dans la baie d'Apalachie, plus de deux cent soixante brasses lorsqu'il plonge dans les profondeurs de l'océan au sud du cap San Blas et à l'est de Tampa.

La sortie du tunnel maritime s'ouvre dans la paroi du canyon à cinquante brasses : un monde crépusculaire peuplé de varech agité comme un éventail, des doigts rouges de gorgones, l'étincellement des poissons habitant les récifs.

Le *Fenian Ram* émergea du trou sombre du tunnel comme un monstre marin sortant de son antre, vira, créant la débandade chez les poissons, et s'inclina vers un abri dans la boue terre de Sienne brûlée du fond du canyon. Le bâtiment fut traversé par la vibration d'un sonar. Les détecteurs réagirent dans les triples coques, l'enregistrèrent sur les indicateurs de commande de la passerelle.

Garcia, d'un accent pincé — rendant un son curieusement aigu dans l'atmosphère riche en oxygène —, répéta la liste des vérifications en regardant les lampes de l'arbre de Noël du tableau principal. « ...pas de fuites, poids d'arrimage équilibrés, alimentation en air extérieur dégagée et pression maintenue, atmosphère sans azote, œil T.V. net et fonctionnant, périscope de T.V. en surface et en état de marche, périscope gyroscopique conforme à... » Son rire se répercuta en écho dans l'interphone. « Une mouette! Elle essayait de se poser sur la carcasse du périscope au moment où je commençais à le remonter. Elle est tombée le cul dans l'eau. »

Les inflexions cassantes de Bonnett l'interrompirent. « Comment fait-il là-haut, Joe?

— Clair. Le jour est en train de se lever. Ce sera du beau temps pour la pêche. »

Les haut-parleurs transmirent la voix âpre de Sparrow. « En voilà assez! Y avait-il quelqu'un là-haut pour repérer la chute de la mouette? On pourrait avoir vu notre périscope.

— Négatif, capitaine. »

Sparrow dit : « Les, procédez à un contrôle complet de la régénération d'air et rendez-m'en compte. Que tout le monde mette son manomètre-vampire. Suivez le contrôle. Signalez tout écart. »

La patiente inspection se poursuivit.

Ramsey intervint. « Je suis dans la salle de transmission par induction. Énormément d'électricité statique quand je suis entré. »

Garcia dit : « Êtes-vous revenu par le tunnel inférieur ou par celui de l'arbre?

— Inférieur.

— Moi aussi, je l'avais remarqué. Nous allons monter une masse au paillet. Cela devrait s'arranger.

— J'ai moi-même mis le courant à la masse avant d'entrer. »

Sparrow dit : « Arrangez-moi ça, Joe. Les, où êtes-vous?

— Coursive au second niveau de la salle des machines.

— Relevez Joe au tableau principal. Ramsey, à votre hutte. Contactez la base dans onze minutes.

— Bien, capitaine. »

Sparrow quitta la place qu'il occupait sur le pont de commande, au-dessous de Garcia, pour se rendre à un point du sas, ouvert au premier niveau afin de permettre l'examen oculaire des gros indicateurs placés en face sur la paroi de protection. *Cette salle à l'avant*, pensa-t-il. *C'est elle qui me préoccupe. Nous pouvons la sonder avec nos yeux électroniques; les manomètres nous renseignent sur ce qui s'y passe. Mais il ne nous est pas possible d'y établir un contact manuel. Nous ne sentons pas vraiment cet endroit.*

Il s'épongea le front avec un grand mouchoir rouge. *Il y a quelque part quelque chose qui ne va pas.* Ce capitaine de submersible avait appris à se laisser guider par ses impressions concernant le bâtiment.

Un chapelet de jurons espagnols émis par Garcia, auxquels l'interphone donnait un son métallique, interrompit sa rêverie.

Sparrow aboya : « Joe! Qu'y a-t-il de cassé? » Il se tourna vers la proue comme s'il voulait traverser les cloisons du regard.

« Une serpillière dans le système de rotors. Elle frotte la bague d'induction à chaque tour. Voilà d'où vient l'électricité statique signalée par Ramsey.

— Pensez-vous qu'il s'agisse d'un acte délibéré?

— Avez-vous déjà vu une serpillière *en soie?* » Un grognement sortit de l'interphone. « Juste ciel! »

Sparrow dit : « Mettez ce chiffon de côté. » Puis : « Ramsey, où êtes-vous?

— Dans ma hutte, je chauffe l'émetteur.

— Avez-vous entendu Joe?

— Oui.

— Communiquez à la base l'histoire de ce chiffon. Dites-leur...

— Capitaine! » C'était la voix de Garcia. « L'huile revient dans le système de régénération d'air! »

Sparrow dit : « Un nuage d'huile et une étincelle d'électricité statique, cela équivaut à une explosion! D'où provient cette huile?

— Une minute. » Le tintement du métal contre le métal. « Purgeur ouvert dans le système de lubrification. Très légèrement. Suffisamment pour faire gicler une fine pluie en pleine vitesse. »

Sparrow dit : « Ramsey, rapportez cela aussi à la base.

— Bien, capitaine.

— Joe, je viens vous rejoindre, dit Sparrow. Nous allons examiner la salle de commande au microscope.

— J'ai déjà commencé. »

Bonnett dit : « Capitaine, pourriez-vous m'envoyer Ramsey lorsqu'il aura rompu le contact? J'ai besoin qu'on m'aide à contrôler le tableau principal.

— Vous avez entendu, Ramsey? demanda Sparrow.

— Oui.

— Exécution.

— D'accord. »

Sparrow se rendit à l'arrière, descendit au niveau inférieur, franchit en rampant le tunnel de l'arbre de transmission et la porte de la salle de commande — un endroit conique que dominait l'éclat de la bague d'induction en cuivre, les bobines espacées. Il sentit la lourde odeur d'huile. Garcia était penché dans l'espace entre les bobines, en train d'examiner à la loupe la bague d'induction.

« Ce ne sont que de petits riens, dit Sparrow. Mais, rassemblés... boum! »

Garcia se tourna, le regard étincelant dans la lumière dure des machines. « Je n'aime pas ça, capitaine. Ça commence mal. Ça débute comme une mission de *sacrifiés.* »

Sparrow prit une profonde inspiration, expira lentement. D'un geste brusque, il poussa le bouton de son micro pectoral.

« Ramsey, lorsque vous aurez établi le contact avec la base, demandez l'autorisation de faire demi-tour.

— Bien, capitaine. »

Les réflexions se heurtaient dans la tête de Ramsey. *Quel effet cela produira-t-il sur le moral? Le premier navire de course sortant depuis des mois s'en retourne avant même d'avoir franchi le tunnel*. Il contempla les aiguilles s'agitant sur le cadran. Sa minuterie de contact atteignit la ligne rouge, bourdonna. Dès la première vibration, il modula son message : « Able John à Red Hat. Terminé. »

Au-dessus de sa tête, le haut-parleur siffla avec un bruit de fond ressemblant à celui d'un lointain ressac. Alors, une voix en sortit, couvrant le bruit : « Ici, Red Hat. Terminé. »

« Able John à Red Hat : nous avons découvert un sabotage à bord. Un chiffon de soie a été introduit dans le système de rotors de notre salle de commande. Une étincelle d'électricité statique provenant du chiffon aurait pu nous faire sauter. Terminé. »

« Red Hat à Able John. Ne quittez pas. Nous acheminons votre message sur Bird George. »

*La Sécurité!*

Le haut-parleur se ranima : « Bird George à Able John. Ici, le Professeur. Que se passe-t-il? Terminé. »

*Clint Reed!* Ramsey voyait presque le visage dépourvu d'humour de son maître ès sécurité. *Professeur Reed. Code improvisé.* Ramsey s'inclina sur son propre micro : « Professeur, ici l'Étudiant. » Il répéta l'histoire du sabotage.

« Professeur à Étudiant. Que suggérez-vous? Terminé. »

« Étudiant à Professeur. Permettez-nous de poursuivre ici l'examen à fond. Il y a peu de chance pour qu'existe un facteur inconnu. Seulement nous quatre à bord. Si tout va bien après contrôle, autorisez-vous à poursuivre la mission. Notre retour serait mauvais pour le moral. Terminé. »

« Professeur à Étudiant. C'est aussi notre avis. Mais ne quittez pas. » Un temps. « Autorisation accordée. De combien de temps avez-vous besoin? Terminé. »

Ramsey se tourna vers le micro de l'interphone.

« Capitaine, la base suggère que nous poursuivions l'inspection et que nous ne revenions pas si notre contrôle établit que nous sommes en sûreté.

— Leur avez-vous dit ce que nous avions découvert?

— Oui, monsieur.

— Qu'ont-ils dit?

— Qu'il est peu probable que la Sécurité soit prise en défaut à bord. Peu de personnel. Ils suggèrent que nous nous entre-examinions à nouveau, que nous donnions tous...

— Doux Jésus!

— Ils veulent connaître le temps dont nous aurons besoin. »

Un silence.

« Capitaine, ils...

— Je vous ai entendu. Dites-leur qu'il nous faudra dix heures. »

Ramsey revint à son émetteur. « Étudiant à Professeur. Le capitaine dit que vous nous donniez dix heures. Terminé. »

« Professeur à Étudiant. Continuez comme prescrit. Nous allons vérifier de nouveaux points pour vous. Terminé et fin. »

« Terminé et fin. »

Ramsey se rassit, pensa : *J'ai vraiment pris des risques. Mais Obe a dit qu'il fallait cette fois aller jusqu'au bout.*

La voix rêche de Bonnett se fit entendre dans l'interphone.

« Ramsey, si vous avez rompu le contact, levez le cul de votre chaise et venez me donner un coup de main pour ce tableau!

— J'arrive. »

Dans la salle de commande, Sparrow soupesa une clé tubulaire, regarda Garcia accroupi sous les bobines secondaires :

« Ils veulent que nous allions cette fois jusqu'au bout. Ils insistent beaucoup. »

Garcia brancha une lampe de contact sur deux conducteurs. Elle rougeoya.

« Oui, et ils nous donnent un gars sans expérience comme Ramsey. Qui a presque les pieds secs.

— Ses états de service indiquent une expérience limitée au combat dans les missions de sécurité en plongée.

— Prévenez le prêtre et la paroisse! » Il changea de position. « Curieux, ce type. »

Sparrow ouvrit le plateau d'un condensateur.

« Comment cela?

— Il me fait l'effet d'un gars qui prétend être quelque chose alors qu'il est tout autre chose en réalité.

— Où avez-vous été pêcher ça?

— Je ne saurais vraiment le dire, capitaine. »

Sparrow haussa les épaules, poursuivit son travail. « Je n'en sais rien, Joe. Nous verrons ça plus tard. Passez-moi donc cette clé de huit. »

Garcia lui tendit la clé et retourna à sa propre tâche. Le silence s'installa dans la petite pièce, troublé seulement par le bruit du métal sur le métal et les bourdonnements des circuits témoins.

Sparrow se courba pour passer la porte du poste central, garda le silence tandis que Bonnett et Ramsey remettaient en place le dernier plateau du tableau principal.

Bonnett se redressa, se frotta la nuque. Sa main laissa une tache de graisse. Il s'adressa à Ramsey : « Vous êtes un brave gars, le bleu. On pourra faire de vous un sous-marinier. Il faudra seulement vous rappeler qu'ici on ne peut pas faire deux fois la même erreur. »

Ramsey enfourna un tournevis dans sa boîte à outils qu'il referma, se retourna, vit Sparrow :

« Tout est en ordre, capitaine? »

Sparrow ne répondit pas tout de suite. Il parcourut le poste central du regard, huma l'air. Légère odeur d'ozone. Le murmure lointain des machines au repos. Les yeux ronds des cadrans d'indicateurs comme les prolongements symbiotiques de lui-même. Il garda pour lui l'inquiétude qui le tenaillait.

« Autant que cela est possible à des mortels — j'espère, dit-il. Nous nous retrouverons au carré des officiers. »

Sparrow fit demi-tour, se courba pour sortir comme il était entré.

Ramsey rangea sa boîte à outils dans le placard mural. Le métal frotta contre le métal. Il frissonna, se retourna. Bonnett franchissait la porte. Ramsey traversa le poste central, se pencha pour passer le seuil, suivit Bonnett au carré des officiers. Sparrow et Garcia s'y trouvaient déjà, Garcia assis à droite, Sparrow debout à l'autre extrémité de la table. Ramsey écarquilla les yeux. Une Bible ouverte était posée devant Sparrow.

« Nous invoquerons le secours du Tout-Puissant dans nos misérables efforts », dit Sparrow.

Bonnett se glissa dans un fauteuil à gauche. Sparrow désigna le siège lui faisant face.

« Voulez-vous prendre place, monsieur Ramsey? »

Ramsey s'installa dans le fauteuil, posa une main sur le tapis vert recouvrant la table. A l'autre bout, Sparrow les dominait. *Dispensateur de la Loi, main sur le Livre.*

*Des services religieux*, pensa Ramsey. *C'est l'une des forces unificatrices de cet équipage. Participation mystique! La consécration des guerriers avant la razzia.*

« A quel culte appartenez-vous, monsieur Ramsey? », demanda Sparrow.

Ramsey s'éclaircit la gorge.

« Épiscopalien.

— Ici, cela n'a pas vraiment d'importance, dit Sparrow. Simple curiosité de ma part. Dans les remorqueurs sous-marins, il existe un dicton selon lequel le Seigneur ne permettrait pas à un athée *vivant* de plonger au-delà de mille pieds. »

Ramsey sourit.

Sparrow se pencha sur la Bible. C'est d'une voix sourde qu'il lut : « Malheur à ceux qui appellent mal le bien, et bien le mal; qui prennent l'ombre pour la lumière, et la lumière pour l'ombre; qui prennent l'amertume pour la douceur, et la douceur pour l'amertume! Malheur à ceux qui sont sages à leurs propres yeux, et prudents à leur propre regard. »

Il ferma la Bible, leva la tête. C'était un geste de puissance, d'autorité. Ramsey éprouva une impression de force profonde.

« Nous effectuons notre tâche dans la mesure de nos moyens, dit Sparrow. Nous accomplissons ce que nous croyons être juste. Bien que nous en souffrions, nous le faisons. Nous le faisons pour que les athées disparaissent de la terre. Amen. »

Sparrow se retourna, plaça la Bible sur une étagère contre la cloison. En continuant à leur tourner le dos, il dit :

« Tout le monde à son poste! Monsieur Ramsey, prenez contact avec la base, dites-leur que nous sommes prêts à partir. Prenez l'heure du premier point de contrôle. »

Ramsey se leva. Au premier plan de ses pensées se situait le besoin presque physique de prendre connaissance du premier enregistrement télémétrique de Sparrow. « Oui, monsieur », dit-il. Il fit demi-tour, franchit en se courbant la porte conduisant à l'escalier des cabines et, ayant gagné la sienne, contacta la base.

Premier point de contrôle dans quatre heures.

Ramsey transmit le renseignement à Sparrow.

« Loch chrono automatique à zéro, dit Sparrow. Que chacun se présente.

— Ici, Garcia. Transmission et commande à poste.

— Ici, Bonnett. Tableau principal à poste. »

Ramsey regarda le tableau de la hutte électronique. Il eut l'étrange impression d'être ici chez lui. Un sentiment de familiarité, d'association plus profonde et plus longue que les cinq semaines de formation.

« Tableau électronique à poste, dit-il. Deux atmosphères dans la coque. » Il considéra le manomètre-vampire à son poignet. « Diffusion sans restriction. Pas d'azote. »

L'interphone renvoya la voix de Sparrow. « Les, filez. »

Ramsey sentit rouler le sous-marin, puis une faible vibration. Le pont se redressa légèrement, reprit son assiette. Puis il piqua du nez.

*Nous nous dirigeons vers les profondeurs*, pensa Ramsey. *Physiquement et mentalement. C'est désormais à moi de jouer.*

« Monsieur Ramsey, venez au pont de commande », ordonna Sparrow.

Ramsey ferma son tableau, avança. Sparrow se tenait, mains au dos, pieds légèrement écartés, presque exactement au centre du pont de commande. Il paraissait pris dans un enchevêtrement de tuyaux, de roues, de leviers et de cadrans. A sa droite, Garcia manœuvrait la commande de remorque; à sa gauche, Bonnett tenait la barre de grande vitesse. Le gros manomètre, en haut de la cloison des commandes, marquait 1 310 livres, et continuait de monter; ils étaient à une profondeur de trois mille pieds.

Sans se retourner, Sparrow demanda :

« Qu'y a-t-il dans cette petite boîte arrivée à bord avec vos affaires, M. Ramsey?

— Un matériel d'écoute pour le nouveau système de recherche, monsieur. »

Sparrow bougea la tête pour suivre le vacillement d'un cadran de commande de remorque; il fit demi-tour.

« Pourquoi était-elle fermée?

— C'est extrêmement délicat et emballé en conséquence. On craignait que quelqu'un...

— Je voudrais la voir à la première occasion », dit Sparrow. Il fit une enjambée et se trouva derrière Bonnett.

« Les, s'agit-il d'une fuite dans le compartiment neuf?

— Le degré d'humidité et de pression est stable, capitaine. Ce doit être la condensation.

— Surveillez-moi ça. » Sparrow revint auprès de Ramsey.

*Je vais voir rapidement si le faux système de la boîte satisfait sa curiosité*, pensa Ramsey.

« Quel est votre violon d'Ingres? », demanda Sparrow.

Ramsey plissa les yeux. « L'astronomie. »

Bonnett lança par-dessus son épaule : « Curieux violon d'Ingres pour un sous-marinier. »

Avant que Ramsey eût pu répondre, Sparrow dit :

« Il n'y a rien à redire à l'astronomie pour un homme qui prend la mer.

— La base de la navigation », dit Ramsey.

Sparrow regarda Ramsey du coin de l'œil, reposa les yeux sur le tableau.

« Je songeais, au moment où nous traversions le bassin d'arrimage pour regagner la base, que nous pourrions regarder une dernière fois les étoiles avant de plonger. Elles nous donnent un sens de l'orientation. La nuit précédant notre départ de Garden Glenn, j'ai été frappé par la clarté du ciel. La constellation d'Hercule était... »

Il s'interrompit alors que le *Ram* relevait le nez.

« Le câble de remorque a été pris dans un courant descendant. »

Les mains de Bonnett s'agitèrent sur ses commandes pour corriger la dérive.

« Hercule, dit Ramsey. Vous voulez parler de l'Agenouillé?

— Peu de gens l'appellent encore ainsi, dit Sparrow. J'aime à penser que, pendant des siècles, il a guidé les marins. Les Phéniciens l'adoraient, vous savez. »

Ramsey éprouva brusquement une sympathie personnelle pour Sparrow. Il la combattit. *Je dois rester lucide et objectif*, se dit-il.

Sparrow se déplaça vers la gauche pour mieux voir les indicateurs de barre. Il les examina un moment, se tourna vers Ramsey.

« Vous est-il jamais venu à l'idée, M. Ramsey, que ces remorqueurs sous-marins Plongeurs du Diable sont, de toutes les choses qu'a fabriquées l'homme, celles qui ressemblent le plus à des vaisseaux spatiaux? Nous sommes complètement livrés à nous-mêmes. »

Il regarda à nouveau le tableau des commandes.

« Et que faisons-nous de nos vaisseaux spatiaux? Nous nous en servons pour nous cacher sous le rideau liquide de notre planète. Nous nous en servons pour nous entretuer. »

Ramsey pensa : *Il y a là un problème — une imagination morbide qui s'exprime pour le bien de l'équipage*. Il dit :

« Nous les utilisons en état de légitime défense.

— L'humanité ne possède aucune défense contre elle-même », dit Sparrow.

Ramsey ouvrit la bouche pour parler, s'abstint, pensa : *Voilà une idée à la Jung. Nul n'est à l'abri de lui-même*. Il considéra Sparrow avec un respect accru.

« Notre base souterraine, dit Sparrow. Ça ressemble à une matrice. Et le tunnel maritime. Une trompe de Fallope si j'en ai jamais vu une. »

Ramsey enfonça ses mains dans les poches, serra les poings. *Que se passe-t-il ici?*, se demanda-t-il. *Le Bureau psychologique aurait dû être l'auteur d'une idée pareille. Ou bien ce Sparrow est en train de basculer dans la folie ou bien c'est l'homme le plus sain d'esprit que j'aie jamais rencontré.*

*Il a parfaitement raison en ce qui concerne cette base et le tunnel et nous ne nous étions jamais auparavant avisés de l'analogie. Cela a un rapport avec notre problème. Mais lequel?*

Sparrow dit : « Joe, mettez le tableau de remorque sur l'automatique. Je désire que vous accompagniez maintenant M. Ramsey pour essayer le nouveau mécanisme de détection. Il faut qu'il soit en ordre à notre premier point de contrôle. »

Il regarda le grand tableau de navigation automatique « sonoran » placé sur la cloison avant et le point rouge indiquant leur position estimée.

« Les, sortez le périscope et relevez la position.

— Bien, capitaine. »

Garcia ferma le dernier commutateur de son tableau, se tourna vers Ramsey. « Allons-y, petit gars. »

Ramsey regarda Sparrow, souhaitant par-dessus tout s'intégrer dans cet équipage. Il dit : « Mes amis m'appellent Johnny. »

Sparrow s'adressa à Garcia. « Joe, voulez-vous également initier M. Ramsey aux particularités de notre système de régénération d'air? Vous pourriez utilement commencer par le régulateur d'anhydrase carbonique. »

Ramsey ressentit comme un soufflet le refus de l'appeler par son prénom, se raidit, traversa en se baissant la porte arrière conduisant à l'escalier des cabines.

Garcia suivit, boucla la porte derrière eux, se tourna, dit : « Il y a une chose qu'il est nécessaire que vous sachiez au sujet des remorqueurs sous-marins, Ramsey. Un bleu est toujours désigné par son nom de famille ou par toute autre appellation que l'équipage estime devoir lui donner jusqu'après le premier combat. Il y a des garçons qui espèrent n'être jamais appelés par leur prénom. »

Ramsey jura intérieurement. La Sécurité avait omis ce point. Cela le faisait passer pour un bleu. Puis il pensa : *Mais c'est naturel. Une action unitaire obligatoire de l'équipage. Un peu de magie. N'utilisez pas le nom secret du nouveau venu à moins que les dieux ne le détruisent... lui et ses compagnons.*

Dans le poste principal, Bonnett se tourna vers Sparrow,

renifla. Il se frotta la nuque, retourna au tableau de commande.

« Il est jeune, dit-il.

— Il a l'air de bonne volonté malgré tout, dit Sparrow. On peut en attendre beaucoup. »

Bonnett demanda : « Ce contrôle de dernière minute dont ce gars a fait l'objet de la part de la Sécurité ne vous inquiète-t-il pas?

— Un peu, dit Sparrow.

— Je n'y peux rien, dit Bonnett. Le gars — il y a quelque chose qui m'échappe à son sujet. Il me fait l'effet d'un faux jeton. »

Bonnett baissa pensivement ses sourcils en broussaille.

« Ce pouvait être une question de routine, dit Sparrow. Vous savez à quel minutieux examen ils nous ont soumis. »

— Je n'en continuerai pas moins à avoir l'œil sur lui, dit Bonnett.

— Il faut que je travaille à quelques paperasses, dit Sparrow. Comme ça [1]. Appelez-moi avant le premier point de contrôle.

— Comment s'établit le tour de quart?, demanda Bonnett.

— C'est ce dont je vais m'occuper, dit Sparrow. Je veux le dresser pour pouvoir passer quelques instants avec Ramsey tant que nous sommes encore dans des eaux relativement calmes. Je ne veux pas qu'il fasse le Jacques quand les dés seront jetés. »

Sparrow se pencha pour passer la porte arrière, descendit l'escalier des cabines et pénétra dans le carré des officiers. La première chose qui le frappa en entrant fut la couleur du tapis recouvrant la table — un tapis et une couleur qu'il avait vus des milliers de fois.

*Pourquoi faut-il qu'il y ait toujours des tapis verts dans le carré des officiers de la Marine?* se demanda-t-il. *Est-ce un peu la couleur de l'herbe qui pousse? Est-ce pour nous rappeler notre foyer?*

Dans la hutte électronique, Garcia et Ramsey fermèrent le tableau après avoir essayé l'engin de détection.

1. Expression indiquant qu'il faut maintenir le cap et la vitesse. *(N. d. T.)*

« Et maintenant?, demanda Ramsey.

— Vous feriez aussi bien de roupiller un peu, dit Garcia. C'est Les qui prend le quart. Le capitaine est probablement en train de régler ça. Ce sera peut-être votre tour après. Les choses ne sont pas encore très au point le premier jour. »

Ramsey acquiesça d'un signe de tête et dit : « Je suis fatigué. » Il se tourna vers l'arrière et dit : « A plus tard. » Le « d'accord » de Garcia lui fit escorte.

Ramsey se précipita dans sa pièce, ferma la porte, sortit le télémètre, l'ouvrit, en retira les premiers enregistrements, se rassit pour les étudier. Au début des bandes, la courbe de la pituite et de l'adrénaline culminait. Ramsey observa que l'une était antérieure à son arrivée et que l'autre coïncidait avec le moment où avait débuté l'injection de la pression dans la coque.

*Les premiers instants de tension*, pensa-t-il. *Mais c'est normal.*

Il fit défiler le ruban du télémètre jusqu'à parvenir à l'endroit où se situait la découverte du sabotage, vérifia que l'incident se plaçait bien là et, manœuvrant d'avant en arrière, explora cette partie de l'enregistrement.

*Rien!*

*Mais ce n'est pas possible!*

Ramsey posa le regard sur la rangée de rivets disposés sur la cloison qui lui faisait face. Le léger murmure de la propulsion semblait gagner de l'ampleur. La main qu'il avait posée sur la couverture à son côté sentait chacun des flocons de laine, chacun des fils. Ses narines inventoriaient les odeurs de la pièce : peinture, huile, savon, ozone, sueur, plastique...

*Est-il possible qu'une personne éprouve une angoisse sans modifications glandulaires?* se demanda-t-il. *Oui, dans certaines circonstances pathologiques, dont aucune ne s'applique à Sparrow.*

Ramsey se souvint de la voix du capitaine dans l'interphone au cours de la période de tension : haut perchée, tendue, pincée.

Une nouvelle fois, Ramsey étudia la bande. *Le télémètre serait-il détraqué?*

Il le vérifia. Il fonctionne parfaitement. Serait-ce un mauvais fonctionnement du mécanisme inséré sous la peau de Sparrow? Dans ce cas, les autres fluctuations n'auraient pas été enregistrées.

Ramsey se redressa, se mit une main derrière la tête, réfléchit au problème sous toutes ses coutures. Deux éventualités majeures s'imposaient : *Si Sparrow avait été au courant de cette histoire de chiffon et de projection d'huile, il n'aurait pas été inquiet. Et s'il avait lui-même placé le chiffon et entrouvert le robinet du système de lubrification? Il pourrait avoir agi ainsi afin de rendre le bâtiment inutilisable et d'empêcher la mission parce qu'il avait perdu le contrôle de ses nerfs ou parce qu'il est un espion.*

*Mais il y aurait eu alors d'autres indices psychomoteurs qu'aurait enregistrés le télémètre*, et cela conduisait à l'autre possibilité : *Dans les moments de grande tension, les fonctions glandulaires autonomes de Sparrow sont prises en charge par les centres corticaux supérieurs. Ce pourrait être en rapport avec ce que nous savons des tendances paranoïaques. Il pourrait se produire une rupture systématique de la fonction normale en état de tension : un tel refus de la peur que l'être entier croit à l'impossibilité du danger.*

Ramsey se tenait droit comme un I. *Cela serait conforme à l'attitude religieuse de Sparrow. Une foi totale et complète fournirait l'explication. Il y a eu d'autres paranoïaques religieux avant lui. On a même tenté d'accoler cette étiquette au Christ.* Ramsey fronça les sourcils. *Mais Schweitzer a, bien entendu, fait passer ceux-là pour fous. Il a mis leurs arguments en pièces.*

Un coup sec frappé à sa porte interrompit les réflexions de Ramsey. Il glissa les bandes dans le double fond du coffret du télémètre, rabattit le couvercle, le ferma à clé. Nouveau coup.

« Ramsey? » La voix de Garcia.

« Oui ?

— Ramsey, vous feriez bien de prendre deux comprimés d'amphétamine. C'est vous qui prendrez le prochain quart.

— D'accord. Merci. »

Ramsey glissa le coffret sous son bureau, gagna la porte, l'ouvrit. Il n'y avait personne dans l'escalier des cabines. Il jeta un coup d'œil à la porte de Garcia, de l'autre côté des marches, resta là un moment à renifler le bateau. Une goutte provenant de la condensation lui passa devant les yeux. Brusquement, il lui fallut écarter un sentiment de dépression. Il pouvait presque sentir la terrible pression de l'eau qui l'environnait.

*Sais-je ce qu'est avoir vraiment peur?* se demanda-t-il.

Le *Ram* avançait au rythme lent des courants sous-marins, se dissimulant sous toutes les couches froides que pouvait repérer l'équipage car l'eau froide amortissait le bruit de son hélice, se glissant entre les parois des canyons subaquatiques comme un gros blindage insonore doté d'une queue car les parois faisaient obstacle au bruit de son déplacement.

Les quarts se relayaient, les repas étaient pris. Une partie d'échecs s'engagea entre Sparrow et Garcia. Les aiguilles du loch chronométrique automatique tournaient, tournaient, tournaient, tournaient, la routine mortellement triste du danger. Le point rouge marquant leur position sur la carte sonoran [1] glissa autour de la pointe de la Floride, grimpa le long du littoral atlantique et, de là, plongea dans l'océan — mite rampant en direction de l'Islande.

Cinq jours, treize heures, vingt et une minutes du point de départ.

Sparrow pénétra dans le poste central, se baissant pour en franchir la porte, s'arrêtant dans l'ouverture pour balayer du regard les cadrans — ses *autres* organes des sens. Trop d'humidité dans l'atmosphère. Il nota mentalement de faire vérifier cela à Garcia pendant son quart. Actuellement, c'est

1. Carte bathythermique indiquant les conditions particulières de propagation des sons et des ultra-sons en fonction de la profondeur et de la température de l'eau. Certaines conditions favorables permettent une canalisation des ondes pouvant alors être entendues à des distances considérables. *(N. d. T.)*

Bonnett qui le prenait. Le tableau principal était réglé pour le contrôle à distance. Un tableau répétiteur manquait au râtelier.

Sur la carte sonoran, leur indicateur de position se trouvait presque juste à l'est de l'extrémité septentrionale de Terre-Neuve et sur une ligne au sud de l'extrême pointe méridionale du Groenland : cap soixante et un degrés, vingt minutes. Le manomètre marquait 2 360 livres au pouce carré : environ cinq mille cinq cents pieds de profondeur.

Sparrow traversa le poste central, s'inclina pour passer la porte et emprunta la coursive de la salle des machines. Le revêtement lui en parut doux sous les pieds.

Bonnett se tenait sur la coursive inférieure, tournant le dos à Sparrow, regardant à gauche au-dessous de lui. Sparrow suivit le regard de son officier en second : la porte fermant l'une des galeries auxiliaires conduisant au compartiment du réacteur.

*Les gestes de Bonnett ont quelque chose de curieux*, pensa Sparrow. On dirait qu'il est en train de compter.

Puis Sparrow identifia le geste : Bonnett humait l'air. Sparrow aspira lui-même, comme pour y goûter, une bouffée de cette puanteur omniprésente de leur air recyclé, mêlé à l'ozone et à l'huile, ainsi qu'il est normal dans la salle des machines. Il sortit pour se rendre sur la coursive, se pencha au-dessus de la rampe.

« Quelque chose qui ne va pas, Les? »

Bonnett se retourna, leva les yeux.

« Salut, capitaine. Sais pas. Il y a ici une odeur de pourri qui n'arrête pas de me prendre aux narines. »

Les lèvres de Sparrow se tordirent en un sourire.

« Comment pouvez-vous vous en rendre compte dans cette infection?

— C'est bien pourri que je veux dire, répondit Bonnett. De la charogne. De la viande avariée. Ça fait plusieurs jours que je le sens, chaque fois que je passe par ici.

— Quelqu'un d'autre l'a-t-il remarqué?

— Personne ne m'en a parlé.

— C'est probablement un effet de votre imagination, Les.

Après cinq jours passés dans cette conduite d'égout flottante, tout pue.

— Non, capitaine. Je suis capable de distinguer la plupart des odeurs. Celle-ci n'est pas normale.

— Une minute. » Sparrow alla jusqu'à l'échelle de liaison et rejoignit Bonnett à son niveau.

« Reniflez, capitaine. »

Sparrow aspira un grand coup. Il y avait effectivement une légère odeur de charogne dans l'air, mais la viande se faisandait rapidement dans l'oxygène lourd du submersible. Est-ce que cela pourrait être un rat crevé? se demanda-t-il. Comment aurait-il pu monter à bord? Nous avons en outre passé le *Ram* au peigne fin. Un moustique n'aurait pas pu... Il s'interrompit, se retourna, considéra la cloison de protection.

« Il y a un endroit que nous n'avons pas exploré, dit Sparrow.

— Nous l'avons quand même examiné au moyen de l'œil de télévision intérieure, dit Bonnett. Là... » Il garda le silence.

« Jetons un nouveau coup d'œil », dit Sparrow.

Suivi de Bonnett, il reprit le chemin du poste central, brancha le grand écran à tour de rôle sur tous les détecteurs du compartiment du réacteur.

« Rien », dit Bonnett. Il regarda Sparrow, haussa les épaules.

Sparrow considéra sa montre-bracelet.

« Joe a terminé son tour de garde il y a environ une heure. » Il posa les yeux sur l'écran maintenant blanc. « Réveillez-le et dites-lui, malgré tout, de venir à l'entrée de ce tunnel. Que Ramsey veille ici, dans le poste central. Moi, je vais à l'avant. »

Il s'inclina pour franchir la porte qui y conduit, gagna la coursive et descendit au niveau inférieur.

Dans le poste central, Bonnett se rendit au panneau de communications, sonna Garcia. Une voix endormie sortit du haut-parleur.

« Ouiii?

— Le capitaine vous demande à l'avant. Tunnel numéro un du compartiment du réacteur.

— Qu'est-ce qui se passe?

— Il vous le dira. »

Bonnett interrompit le circuit, brancha le réseau d'appel.

« Ramsey.

— Oui. Dans la salle de repos.

— Rendez-vous sur le pont de commande.

— Tout de suite. »

Bonnett débrancha, rejoignit Sparrow à l'avant, à la porte du tunnel. Garcia fut avec eux presque immédiatement, continuant de boutonner sa chemise, sa chevelure brune en bataille sur le front.

« Qu'est-ce qui ne va pas?

— C'est vous, Joe, qui avez procédé au dernier contrôle du réacteur. Aviez-vous ouvert les portes de la galerie? demanda Sparrow.

— Bien sûr. Mais je ne suis pas entré. L'équipe de la Sécurité nous avait dit que...

— C'est bon. Avez-vous senti quelque chose? »

Garcia fronça les sourcils. « Vous voulez parler d'une odeur quelconque?

— Exact.

— Je ne crois pas. » Garcia se gratta la tête. « Pourquoi?

— Aspirez », dit Bonnett.

Garcia plissa le nez, inhala. Recommença. « Le pourri.

— Ça fait quelques jours que Les le sent.

— Quelqu'un a-t-il vérifié la conduite de ventilation? demanda Garcia.

— Aussitôt, dit Bonnett. Je ne pourrais l'assurer, mais il doit se produire, assez loin à l'intérieur de ce compartiment, une course entre les bactéries et les radiations stérilisatrices.

— Les bactéries prennent le dessus dès que nous atteignons une forte proportion d'oxygène », dit Sparrow. Il désigna l'issue grillagée de la galerie. « C'est à cet endroit-là que c'est le pire. Joe, donnez-moi un morceau du tuyautage de haute pression que nous avons en réserve.

— Quelle longueur?

— Une vingtaine de pieds. Que cela puisse épouser le creux central de la galerie et parvenir jusqu'à la partie libre.

— Très bien. »

Garcia se rendit à l'arrière dans les ateliers. Sparrow se tourna vers un support mural, y suspendit un œil de télévision portatif et un projecteur.

« Il y a un endroit du compartiment du réacteur qui nous échappe à tous. Nous n'aimons pas penser à cela. Nous comptons sur le fait que l'œil fixe est conçu pour se livrer à une investigation maximale. De cette façon, nous perdrons un œil portatif et un projecteur lorsqu'ils seront contaminés; mais nous explorerons tous les coins laissés dans l'ombre. »

Garcia revint avec le tuyau.

« Qu'allez-vous faire?

— Installer au bout un œil portatif et une lampe », dit Sparrow.

Garcia rougit.

« Je n'y avais pas pensé.

— C'est ce que je disais à Les, dit Sparrow. Nos cerveaux ne fonctionnent pas aussi vite que... »

Du haut-parleur placé au-dessus d'eux sur la cloison sortit la voix de Ramsey.

« Je vous reçois sur mon écran. Que faites-vous? »

Bonnett brancha son micro pectoral.

« Il y a quelque chose de pourri dans la galerie du compartiment du réacteur. »

Sparrow leva les yeux de l'endroit où il était en train de brancher l'œil de télévision et le projecteur au tuyau.

« Demandez-lui de suivre sur le tableau mobile que vous avez laissé là-haut sur la coursive. On peut avoir besoin de lui. »

Bonnett transmit l'ordre. Aussitôt, Ramsey vint sur la coursive au-dessus d'eux, consulta le tableau mobile de commande. Il se pencha au-dessus de la rampe, plongea le regard sur eux.

« Je viens de sentir, dit-il. Pensez-vous que ce soit un rat?

— Sais pas, dit Bonnett.

— Voilà. »

Sparrow passa le tuyau à Garcia, se tourna vers la porte de la galerie, s'arrêta avant de la franchir. Il regarda Ramsey. « Reculez ce tableau. »

Ramsey s'exécuta, reculant d'environ dix pieds sur la coursive. Sparrow leva la tête en direction de Bonnett.

« Les, tournez-vous un peu. »

Bonnett s'écarta de la ligne de la porte.

« Que voulez-vous que je fasse? »

Sparrow désigna le compteur de radiations fixé au-dessus de la porte de la galerie.

« Ça peut être un tantinet contaminé. Ayez un œil sur cette chose. »

Garcia décrocha un détecteur de rayonnement portatif de son support mural et vint se placer auprès de Sparrow.

« Parfait, dit Sparrow. Allons-y. » Il ouvrit la porte.

Garcia eut un haut-le-cœur.

« Pouah... ah!, hoqueta Sparrow.

— Excusez-moi, dit Bonnett, je n'aime pas du tout cette odeur. »

Ramsey se pencha au-dessus de la rampe.

« Ce n'est pas un rat, dit-il. Ça pue trop. »

Sparrow se saisit du morceau de tube, alluma la lampe. Elle était dirigée de telle sorte que la lumière arrivait en plein dans les yeux de Ramsey, l'aveuglant un moment. Quand il eut recouvré la vue, Sparrow introduisait le tube dans la galerie. Garcia était penché sur le récepteur portatif près de la porte, scrutant l'écran.

Ramsey brancha l'un de ses circuits sur le poste portatif, hoqueta au moment où Garcia aboyait : « Capitaine! Regardez-ça! »

On découvrait sur l'écran une portion du plancher en pente de la galerie. Exactement dans le champ apparaissaient les semelles d'un homme et une partie de ses jambes. L'image s'arrêtait juste au-dessus des genoux.

Bonnett regarda Ramsey, qui entrevit l'éclat des yeux fixes sous les sourcils en broussaille. La sueur luisait sur le front de l'officier en second.

« Vous voyez ça sur votre écran? » demanda-t-il.

Ramsey fit un signe affirmatif. Sous l'angle où il les

voyait, les hommes au-dessous de lui ressemblaient à de petits gnomes. Par un effet d'acoustique, leurs voix tintaient faiblement à ses oreilles. Il avait le sentiment d'assister à un spectacle de marionnettes.

Bonnett se retourna pour examiner le compteur fixé au-dessus de la porte.

« Radiation légèrement en hausse, dit-il.

— Rien que ne puissent contrôler les filtres », dit Garcia.

Sparrow était penché pour introduire plus profondément l'œil de télévision et la lampe dans la galerie. Garcia recula le récepteur portatif afin que Bonnett puisse le voir.

« Quelque chose? demanda Sparrow.

— Une plus grande partie de la jambe », dit Bonnett.

Ramsey prit conscience de ce que quelqu'un marmonnait, comprit que c'était Garcia qui murmurait : « Sainte Marie, Mère de Dieu... » Les mains de l'officier mécanicien égrenaient le rosaire sous sa chemise.

Sparrow fit doucement tourner le tube.

« Un couteau! » lâcha Bonnett.

Ramsey le vit sur son panneau. Le manche d'un couteau émergeait de la poitrine de l'homme dans la galerie.

« Branchez une caméra d'enregistrement là-dessus, ordonna Sparrow.

— Je l'ai ici », intervint Ramsey. Il retira l'appareil de l'étagère près du tableau de commande, le suspendit au-dessus de l'écran récepteur.

Sparrow poussa le tube plus loin dans la galerie jusqu'à ce que le détecteur découvrît le visage de l'homme.

« L'un de vous le reconnaît-il?

— Je crois l'avoir déjà vu, dit Garcia. C'est un uniforme de matelot. On dirait l'insigne des techniciens atomistes. » Il secoua la tête. « Mais ce n'est pas l'un de ceux que j'ai laissé monter à bord pour le contrôle final d'embarquement. »

Sparrow se tourna vers Ramsey.

« Et vous, Ramsey, qu'en dites-vous?

— C'est un officier spécial de la Sécurité attaché au bureau de l'amiral Belland. Il s'appelle Foss ou Foster. Quelque chose comme ça.

— Comment le savez-vous? » demanda Bonnett.

Ramsey comprit brusquement qu'il avait commis une erreur tactique.

« Lorsque j'étais avec la patrouille de profondeur, dit-il, ce type assurait la liaison avec la Sécurité. »

Ce mensonge lui vint facilement. Il se souvenait de la dernière fois qu'il avait vu l'homme : dans l'antichambre de Belland, le professeur Reed ayant fait les présentations.

« Savez-vous ce qu'il faisait ici? » demanda Sparrow.

Ramsey secoua la tête.

« Je peux l'imaginer. Il était probablement en train de procéder à une vérification particulière lorsque quelqu'un l'a surpris.

— L'a surpris à quoi? » demanda Garcia.

En prenant une brusque inspiration, Ramsey se souvint que Garcia était soupçonné d'être un hibernant.

« C'est probablement l'inverse qui s'est produit, dit Bonnett. Cet officier de la Sécurité a surpris quelqu'un en train de manigancer quelque chose et...

— Manigancer quoi? » aboya Sparrow.

Il se dirigea vers un placard à la gauche de la galerie.

« Joe, aidez-moi à enfiler une combinaison ABG. »

Il ouvrit le placard, en sortit une combinaison. Garcia alla l'aider. Aussitôt, la voix de Sparrow leur parvint par le système de communication du vêtement.

« Les, prenez un sac à déchets radioactifs et une boîte plombée pour les effets de cet homme. Vous laisserez ça à l'écoutille. Joe, mettez aussi une combinaison pour me donner un coup de main lorsque je le sortirai. Ramsey, vous me suivrez à l'écoute et prendrez des photos des choses que je brandirai à votre intention. Branchez un répétiteur sur le détecteur de rayonnement de ma combinaison. Il se peut que je sois trop occupé pour le surveiller.

— D'accord », dit Ramsey.

Garcia était déjà en train d'enfiler une combinaison. Bonnett se dirigeait vers l'arrière, en direction de la porte du magasin des accessoires.

Sparrow se courba pour franchir la porte, se hissa maladroitement dans la galerie. Immédiatement, le répétiteur du détecteur de rayonnement se mit en action sur la table de Ramsey.

« Il fait chaud là-dedans », dit Ramsey. J'enregistre ici 5 000 milli-R.

— Je le vois, dit Sparrow. Raccordez-vous sur le détecteur de mon casque. »

Ramsey raccorda un autre écran de son tableau sur le détecteur du casque de Sparrow. Une main gantée y apparut : celle de Sparrow. En sortant du champ, la main découvrit une partie de l'uniforme du mort.

« Une note, dit Sparrow. Il a laissé une note. Faites-en un enregistrement sonore quand je la lirai et prenez-en une photo ensuite. Elle est datée du 16 avril, à 8 h 45. »

*Le jour de notre embarquement*, pensa Ramsey. *A ce moment-là, nous étions dans le tunnel maritime.*

Sparrow poursuivit : « Au capitaine H. A. Sparrow de la part du lieutenant Arthur H. Foss, SYO-2204829. Sujet : Inspection supplémentaire de la Sécurité à bord du remorqueur sous-marin *Fenian Ram* à cette date. »

Le capitaine s'éclaircit la voix, continua :

« Conformément à la nouvelle politique de la Sécurité, j'effectuais une inspection particulière de vos organes atomiques à la suite du contrôle normal de l'équipe du réacteur. Cela devait consister en une traversée rapide de la galerie afin de jeter un œil sur la plaque extrême et les commandes manuelles. Je n'ai pas revêtu de combinaison ABG du fait que ce contrôle devait demander peu de temps et pour que cette opération demeure secrète. »

Garcia s'était rapproché de la bouche de la galerie, au-dessus de laquelle il se balançait dans sa combinaison ABG comme un monstre d'un autre monde.

« Voulez-vous que j'entre, capitaine? demanda-t-il.

— Attendez dehors, Joe », dit Sparrow.

Il poursuivit sa lecture :

« Le commutateur de mon détecteur s'est fermé accidentellement alors que je rampais dans la galerie et je n'ai pas été averti qu'elle était contaminée. (Le débit de Sparrow s'accéléra.) J'ai découvert que l'une des tiges d'hafnium de vos amortisseurs avait été retirée du réacteur au deuxième niveau et cachée dans la galerie. Je ne l'ai remarquée que lorsque j'ai été juste au-dessus d'elle. On ne pouvait pas se tromper sur la nature de la chose. J'ouvris mon détecteur et m'aperçus aussitôt qu'on m'avait soumis à une dose mortelle de rayonnement. »

Sparrow prit un temps. « Puisse Dieu lui être clément », dit-il. Il continua de lire la note :

« Il était évident que la tige d'amortisseur avait été prélevée en vue de provoquer une surradioactivité à un moment choisi, mais rien ne laissait deviner quel avait été ce moment. Cela aurait pu être réglé de telle sorte que l'explosion se produise à la base. Aussi me suis-je dépêché de remettre la tige en place. J'ai réparé aussi les fils du système d'alarme là où ils avaient été cisaillés pour dissimuler le sabotage. »

Sparrow s'arrêta et Ramsey vit la note (au moyen du détecteur) changer de place au moment où bougea le capitaine.

« Joe, avez-vous remarqué une réaction bizarre du système d'alarme? demanda Sparrow.

— Pas la moindre », dit Garcia.

Sparrow émit un grognement, poursuivit sa lecture :

« Quand l'amortisseur eut été remis en place, j'ai cherché le système de communication à l'extrémité du réacteur. Il avait été brisé. Je revins alors sur mes pas, pensant que je trouverais un remède pour rendre ma mort moins pénible. L'écoutille de la galerie avait été verrouillée de l'extérieur et j'étais pris au piège. J'ai tenté d'attirer l'attention en criant à travers l'orifice, mais mon appel resta sans écho. Mon propre système portatif de communication ne pouvait me servir à l'intérieur du blindage de la cloison du réacteur. »

Sparrow s'interrompit. « Ceci explique cela », dit-il.

Ramsey s'inclina sur le micro de son panneau. « Explique quoi?

— La porte de cette galerie s'ouvre de l'intérieur. Elle aurait dû être fermée. Mais si elle avait été fermée, nous n'aurions pas remarqué... »

Il se tut de nouveau.

Ramsey pensait à ce qu'avait fait cet officier de la Sécurité : seul dans la galerie, avec la certitude de mourir et sans rien qui pût le sauver. Consacrant ses dernières minutes à sauvegarder la sécurité des autres.

*Aurais-je eu ce courage?* se demanda-t-il.

Sparrow dit : « Il s'est poignardé plutôt que de mourir seul à petit feu. Il dit qu'il ne sait pas qui a saboté le réacteur et l'a emprisonné.

— Il aurait pu alerter quelqu'un, dit Ramsey. S'il avait mis en court-circuit l'un des...

— Et il aurait eu toutes les chances de se tromper de circuit et de faire sauter toutes les tiges d'amortisseur jusqu'au niveau du compartiment du réacteur, dit Garcia.

— Mais la gravitation...

— Comment aurait-il pu savoir la crasse qu'on lui préparait? » demanda Garcia. Sa voix tremblait d'émotion. « Mais se suicider! »

Sparrow dit : « Joe, quels furent les derniers hommes à bord de l'équipe à quai?

— Deux fouineurs que j'ai laissés monter. Je crois que vous les avez vus partir ».

Ramsey pensa : *Toujours Garcia.* Il se pencha par-dessus la rampe de la coursive, héla Garcia. « Joe, qui étaient... » Puis il se rappela que la combinaison de Garcia amortissait le bruit et il reprit son micro :

« Joe, qui étaient ces hommes? »

Le masque blanc de la combinaison de Garcia se dressa vers Ramsey.

« Deux nouveaux. Leurs noms sont sur la liste de contrôle de la passerelle. »

Sparrow dit : « Enregistrez ce passage de la note, Ramsey. » Il lut :

« Celui — quel qu'il soit — qui a saboté votre réacteur espérait qu'il exploserait alors que le bâtiment serait dans le tunnel maritime. Cette explosion aurait rendu la base de remorqueurs sous-marins inutilisable jusqu'au moment où aurait été construite une partie du tunnel selon un nouveau tracé. De toute évidence, l'ennemi n'ignore pas l'existence de cette base. Il faut en informer immédiatement la Sécurité. » Le capitaine baissa la voix. « Veuillez dire à ma femme que c'est vers elle que sont allées mes dernières pensées. »

Garcia dit : « Ces sales, malfaisants... » Il suffoqua.

Sparrow leva la note devant le détecteur de sa combinaison tandis que Ramsey en prenait une photo.

« Y a-t-il autre chose? demanda Ramsey.

— Un carnet rempli de ce qui semble être un code de la Sécurité. Oui, voici une annotation du lieutenant Foss : “ Veillez à ce que ce carnet soit remis à la section 22 de la Sécurité. ” »

Ramsey vit le carnet grâce au détecteur de la combinaison de Sparrow.

Sparrow dit : « Enregistrez les pages que je tiens à bout de bras, Ramsey. » Il fit tourner les pages devant le détecteur et dit : « J'ai le contenu de ses poches. Je sors. » Il regagna l'entrée de la galerie.

Bonnett revint du magasin en traînant un gros sac pour déchets radioactifs et une petite boîte plombée. Il leva les yeux vers Ramsey et dit :

« J'ai suivi sur le poste portatif du magasin pendant que je prenais ces trucs. Comme j'aimerais, mon Dieu, mettre la main sur les salauds qui ont refroidi ce pauvre type!

— Vous voulez dire qui ont failli nous refroidir tous », dit Ramsey. Il se pencha sur le micro de son panneau : « Joe, vous feriez bien de débarrasser Les de ces machins. Il ne faut pas qu'il s'approche de la galerie sans combinaison. »

La voix de Garcia émergea du haut-parleur : « D'accord. » Il revint du niveau de la salle des machines vers Bonnett et regagna la galerie avec le sac et la boîte plombée.

Sparrow sortit de la galerie, se tourna et dit : « Ramsey, photographiez ces objets au fur et à mesure que je les mets dans la boîte. Un détecteur manuel type XXVII, un communicateur-bracelet, une lampe de poche, un portefeuille contenant les objets suivants : une photo de femme et d'enfant avec l'inscription : “ Avec toute notre tendresse, Nan et Peggy ”, une carte d'identité au nom du lieutenant de marines Arthur Harmon Foss, SYO-2204829, un sauf-conduit de la base, un laissez-passer pour le mess, un permis de conduire, des billets et des pièces pour un total de seize dollars et vingt-quatre cents. »

Il se retourna vers le tunnel, ramassa un autre paquet enveloppé dans un mouchoir qu'il dénoua gauchement de ses mains lourdement gantées. « Encore autre chose : un stylo, un porte-clés avec quatre clés, un coupe-ongles, une minicaméra. La lampe témoin a viré au rouge : les radiations ont gâché la pellicule. Un magnétophone de poche avec une bande vierge. »

Sparrow jeta le paquet dans la boîte. Garcia la ferma à clé.

Ramsey regarda sa montre-bracelet, nota l'heure. *L'enregistrement télémétrique des réactions de Sparrow : qu'y découvrirait-on relativement à cette période?* se demanda-t-il.

Garcia, penché sur la boîte plombée, se redressa. « Comment est l'extrémité du réacteur? » demanda-t-il.

Sparrow, de la tête, fit en direction du tunnel un geste que la masse de la combinaison rendait grotesque. « Exactement comme il l'a décrite. Tout de nouveau en ordre. Tout, à l'exception du communicateur. En miettes. Pourquoi?

— Peut-être celui qui l'a fait avait-il prévu l'inspection, dit Garcia.

— Peut-être. »

Les aiguilles s'agitèrent sur le panneau portatif de contrôle de Ramsey, pour rectifier une déviation mineure provoquée par un courant ascendant. Quand elles furent revenues à la normale, il regarda par-dessus la rampe. Garcia et Sparrow étaient juste en train d'enfermer le corps de l'officier de la Sécurité dans le sac à déchets radioactifs.

Sparrow dit : « Les, lorsque nous l'aurons emmené, arrosez l'endroit avec les tuyaux de détergent. Faites-moi connaître le taux de radioactivité. »

Ramsey appuya sur le commutateur du micro de son panneau.

« Capitaine, cette lettre pourrait être un faux pour nous mettre sur une mauvaise piste. Y avez-vous pensé? Il me vient à l'idée que l'homme se serait servi de son magnétophone. »

Garcia dit : « Prenant le risque que son message soit accidentellement effacé? Non, monsieur. » Il traîna le cadavre ensaché sous un palan de la salle des machines.

Sparrow dit : « Les, quand cet endroit sera nettoyé, enfilez une combinaison et procédez à une nouvelle inspection de la plaque extrême et des engins manuels de cette galerie. Je n'ai plus droit qu'à huit minutes. »

Bonnett acquiesça.

Garcia passa un détecteur au-dessus du sac. « Il est contaminé, dit-il. Il faudra le jeter par-dessus bord dans les douze heures. Autrement, je ne réponds pas des filtres épurateurs d'air. » Il rangea le détecteur, se retourna, glissa un filet sous le sac.

Cependant, Bonnett avait gagné le côté tribord de la salle des machines, revêtu une combinaison ABG qu'il avait prise de ce côté et se dirigeait vers les tuyaux de détergent à l'embouchure de la galerie.

Garcia donna du mou à la corde du palan, se tourna vers Sparrow.

« Capitaine, pourquoi ne demandez-vous pas à Les de vous seconder ici pour me laisser explorer la galerie? C'est mon service. »

La plaque de protection faciale de la combinaison de Sparrow se tourna vers Bonnett qui hésitait auprès de la porte de la galerie.

« Okay, Joe. Les, venez me donner la main. »

Bonnett vint se ranger à côté de Sparrow.

Garcia alla vers la porte de la galerie, se retourna et leva les yeux vers Ramsey. La fenêtre en quartz du casque le faisait ressembler à un monstre cyclopéen. Il fit demi-tour vers la galerie, se penchant pour s'y glisser comme un serpent. Aussitôt, sa voix s'éleva du haut-parleur à l'adresse de Ramsey.

« Vous m'entendez, jeune homme?

— Je vous entends.

— Mon détecteur de scaphandre indique que ça chauffe plus qu'une arme de quatre sous, ici où se termine la courbe de l'écran protecteur. Je suis arrivé au milieu. Voici le communicateur de la galerie. Un massacre. (Silence.) Je suis maintenant aux commandes manuelles. (Long silence.) Elles fonctionnent. Plaque en ordre, verrouillage rétabli. (Long silence.) Les miroirs ne révèlent aucune preuve visible de sabotage de ce côté du réacteur. Tout en ordre. Je sors. »

Une unique pensée occupait l'esprit de Ramsey : *Si Garcia est vraiment un hibernant que fait-il exactement là-dedans? Pourquoi tenait-il tant à faire cette inspection?*

Ramsey se demanda s'il pourrait trouver une excuse valable pour se livrer lui-même à un examen de cette galerie.

*Sans doute pas,* pensa-t-il. *Sparrow ne voudrait pas risquer de voir trois de ses hommes s'exposer à une dose de radiations proche de la limite supportable. Il se priverait de toute réserve pour le cas où il faudrait, un autre incident se produisant, pénétrer dans l'une des galeries.*

Ramsey résolut de se livrer à un examen aussi complet que possible en utilisant les détecteurs intérieurs.

Sparrow et Bonnett étaient en train de hisser le sac à déchets radioactifs jusqu'aux tubes de décharge sous le kiosque rentré. Sparrow dit : « Ramsey, reposez votre panneau contre la cloison arrière. Ce sac fuit un peu. »

Ramsey exécuta l'ordre, faisant glisser son panneau sur la rampe de la coursive.

Sparrow abandonna le palan à Bonnett, entra dans la salle de décontamination accolée à la coque épaisse bâbord, ressortit débarrassé de son scaphandre ABG. Il leva les yeux vers Ramsey, son long visage empreint de gravité.

« Joe est-il sur le chemin du retour?

— Oui, dit Ramsey.

— Foss, comme l'indique sa carte d'identité, était catholique, dit Sparrow. Demandez à Joe s'il veut bien dire l'office des morts. »

Ramsey transmit la demande.

Garcia, émergeant de la galerie, prit un temps. « Impossible qu'il ait été catholique, dit-il. Ou alors, il a été assassiné. Un bon catholique ne se suicide pas. »

Les paroles de Garcia parvinrent à Sparrow par le haut-parleur. Il dit : « Doux Jésus! Il a raison. » Il réfléchit un instant, prit son micro pectoral, demanda : « Voulez-vous réciter la prière? »

Garcia dit : « J'accepte, en raison des circonstances. » Il

ferma le sas de la galerie, le verrouilla, entra dans la salle de décontamination d'où il ressortit sans scaphandre.

Bonnett se hissa sur la coursive centrale, amarra le chargement du palan à l'aide d'un cordage, regagna la passerelle inférieure et déroula les tuyaux à détergent. Il entreprit l'arrosage de cet endroit.

Sparrow et Garcia rejoignirent Ramsey sur la coursive.

« Nous ferons surface à minuit pour l'office des morts », dit Sparrow. Il se rendit à l'arrière par le sas numéro un sans lever les yeux sur le paquet qui se balançait au haut du palan.

Ramsey, en regardant Bonnett s'affairer au niveau inférieur, eut à nouveau le sentiment d'assister à un spectacle de marionnettes. *Dernier acte, scène I.*

Garcia, à son côté, dit : « Ça va être mon tour de quart. Je le prendrai sur la passerelle principale. » Il détacha de la rampe le tableau portatif de Ramsey, le monta sur la coursive centrale, s'inclina pour franchir la porte de la cloison arrière.

Ramsey lui emboîta le pas, se retourna, arrivé à la porte, pour donner un dernier regard au long paquet ballottant dans le filet du palan : un cadavre dans un sac. Il fit demi-tour, traversa le poste central, alla directement dans ses quartiers et retira les bandes du télémètre.

*Aucune déviation importante!*

Il coda les bandes de façon à pouvoir les identifier, les plaça dans le double fond, reposa le tout dans son placard. Il sentait les faibles vibrations du remorqueur sous-marin : une impression de vie. Il lui semblait ne faire qu'un avec la pièce, son enchevêtrement de tuyaux au plafond, ses conduites de ventilation, ses répétiteurs d'instruments du compartiment d'électronique, son micro mural et son haut-parleur.

Il s'endormit aussitôt, rêva qu'il était un poisson des grandes profondeurs, essayant d'imaginer un moyen de parvenir à la lumière, en surface, très au-dessus de lui. Le problème résidait dans le fait qu'une terrible pression le retenait prisonnier au fond.

A minuit, on confia le corps du lieutenant Foss à l'océan.

La nuit était froide, le ciel sans étoiles, la mer démontée. Ramsey grelottait sur la passerelle tandis que Garcia marmonnait la prière des morts.

« Nous remettons cette âme entre Vos mains. »

Pour le lieutenant Arthur Harmon Foss : dernier acte, dernière scène.

Ensuite, ils regagnèrent les profondeurs comme s'ils fuyaient le lieu d'un crime. Le regard perdu de Sparrow intrigua Ramsey qui entendit le capitaine murmurer un verset du premier chapitre de la Genèse :

« [...] il y avait des ténèbres à la surface de l'abîme, et l'esprit de Dieu se mouvait au-dessus des eaux [...] »

Surgi d'un recoin de sa mémoire, Ramsey se souvint du verset suivant :

« Dieu dit : Que la lumière soit! Et la lumière fut. »

Ramsey pensa : *Si Dieu existe, qu'Il soit favorable à ce courageux garçon.*

Depuis son enfance, rien chez lui, en esprit ou en paroles, n'avait ressemblé davantage à une prière. La sensation de picotement qu'il éprouva dans les yeux le surprit.

Puis une autre pensée vint se mêler au souvenir de la voix de Garcia : *Et si c'est Garcia l'hibernant?*

Cette idée le poussa à pénétrer sans retard dans la hutte électronique, à procéder à l'examen de la galerie contaminée au moyen des détecteurs intérieurs. Ceux-ci ne dévoilaient que l'extrémité du compartiment du réacteur. Apparemment, rien ne clochait. Ramsey actionna l'un des détecteurs du poste central pour contrôler ce que faisait Garcia. L'officier mécanicien était penché sur la lisse du sondeur bâbord qu'il empoignait avec une vigueur telle que ses jointures en étaient blanches; il avait collé son front contre le métal glacé de la coque de pression.

*Il a l'air malade*, pensa Ramsey. *Je me demande si je ne devrais pas aller prendre sa relève?*

Alors que Ramsey l'observait, Garcia se redressa, assena sur la surface de la coque un coup de poing si violent qu'il fit jaillir le sang de ses jointures. C'est ce moment que choisit le *Ram* pour lever légèrement le nez sous la poussée d'un courant sous-marin. Garcia se tourna vers les commandes, corrigea la déviation. Ramsey aperçut les larmes couler sur son visage.

Brusquement, Ramsey coupa l'image. Il éprouvait le sentiment d'avoir collé son œil au trou de la serrure pour espionner le fonctionnement de l'âme d'un individu — il n'avait pas le droit d'agir ainsi. Il contempla ses mains, pensa : *En voilà une bizarre réaction pour un psychologue! Qu'est-ce qui m'arrive?* Il ralluma l'écran, mais à présent, Garcia se livrait calmement à la besogne qu'impliquait la prise de quart.

Ramsey regagna ses quartiers avec la ferme conviction que quelque chose d'essentiel avait échappé à son regard. Pendant près d'une heure, il demeura éveillé sur sa couchette, incapable de trouver une solution. Lorsqu'il s'endormit, ce fut pour retomber dans le rêve du poisson.

Il se leva pour son prochain quart avec l'impression de ne pas avoir dormi du tout.

A une certaine époque, on pensa que la plupart des problèmes de la circulation marine seraient résolus en plaçant la navigation sous les eaux agitées par les tempêtes. Mais, comme cela se produisit à maintes reprises dans le passé, chaque problème résolu en faisait naître un nouveau.

Sous la surface des océans coulaient de grands fleuves salés, dont les courants n'étaient pas maintenus à l'horizontale entre les rives les enserrant. Les six cents pieds de câble d'amarrage de la péniche en plastique que traînait le *Ram* se tordaient, raclaient et ripaient, pris dans les courants coupant leur route à angles droits. Si le courant était descendant, le *Ram* se redressait et devait se défendre contre cette tendance à la verticale. Si le courant faisait remonter la touée, le *Ram* piquait du nez. Ces variations communiquaient souvent à la passerelle du remorqueur sous-marin un roulis et un tangage réguliers comme si le bâtiment était pris dans une tempête de faible intensité.

La plupart des déviations étaient corrigées automatiquement, mais certaines étaient suffisantes pour provoquer une grave erreur de cap. C'est pourquoi l'homme de service était toujours doté d'un compas gyroscope portatif.

Bonnett en avait un sur son panneau de télécommande quand il parcourut la salle des machines pendant son tour de garde. Le petit répétiteur du loch chrono près du cadran du gyroscope indiquait que sept jours, huit heures et dix-huit minutes s'étaient écoulés depuis le départ. Le *Ram* s'était enfoncé profondément dans le « no man's land » océanique au sud de l'Islande.

*Ce sera peut-être une promenade de santé*, pensa-t-il. En s'en tenant à ce qu'indiquent tous nos détecteurs, *il se pourrait que nous fussions seuls dans ce foutu océan.* Il se prit à penser à la nuit ayant précédé le départ, se demanda si Hélène lui était vraiment fidèle. *Il y en a tant, de ces nom de Dieu de femmes de marins...*

Une lampe jaune s'alluma au coin supérieur de son tableau, lui signalant que quelqu'un était entré dans le poste central. Il dit dans son micro pectoral : « Je suis sur la coursive au second niveau de la salle des machines. »

La voix de Sparrow sortit du haut-parleur du tableau : « Restez où vous êtes. Je suis un peu agité. J'ai pensé jeter un coup d'œil.

— Bien, capitaine. »

Bonnett se tourna vers les indicateurs principaux de commande placés sur la cloison du réacteur et les examina. Depuis la découverte du cadavre de l'officier de Sécurité, Bonnett nourrissait une impression désagréable concernant la salle qui occupait le nez du remorqueur sous-marin.

Son attention fut brusquement attirée par une déviation de l'aiguille de son panneau de contrôle. La température de l'eau extérieure était tombée de dix degrés : un courant froid.

La voix de Ramsey lui parvint par l'interphone :

« Ici Ramsey, dans la hutte. Mes instruments indiquent une brusque baisse de dix degrés de la température extérieure. »

Bonnett ouvrit son micro pectoral :

« Qu'avez-vous à vous balader comme ça, mon petit gars?

— Je me sens toujours nerveux quand vous êtes de

service, dit Ramsey. Je ne pouvais pas dormir, et je suis venu ici pour procéder à un contrôle des instruments.

— Bravo », dit Bonnett.

La voix de Sparrow vint se mêler aux leurs :

« Voyez à quelle profondeur se trouve ce courant, Ramsey. S'il ne se situe pas au-delà de notre limite d'immersion, nous pourrons nous mettre à l'abri sous lui et prendre de la vitesse. Dix degrés étoufferont pas mal de bruit.

— Bien, capitaine. (Silence.) 6 800 pieds, à peu de chose près.

— Les, gagnez en immersion », dit Sparrow.

Bonnett traîna son pupitre de commande jusqu'à la rampe de la coursive, prit le contrôle électronique des barres de plongée. Brusquement, le répétiteur de son manomètre indiqua ce que son sens de l'équilibre lui avait déjà révélé : ils descendaient trop rapidement; un courant ascendant les suivait, remontant la touée. Bonnett lutta contre lui jusqu'à ce qu'ils aient retrouvé un bon angle d'inclinaison de trois degrés.

A 6 780 pieds, le *Ram* fut d'assiette.

Dans la salle, Ramsey consulta son propre répétiteur du manomètre principal : 2 922 livres au pouce carré. Instinctivement, il tourna son regard vers la coque épaisse — on en voyait une petite portion à travers un amas de tuyaux et de conduites. Il tenta de chasser de son esprit ce qu'il adviendrait en cas d'implosion de la coque : une poussière de pulpe de protéine volant au milieu de machines disloquées.

*Qu'avait donc dit Reed?* Cela revint nettement à Ramsey, jusqu'au ton impersonnel de la voix de son instructeur :

« Une implosion de l'équipement extérieur à très grande profondeur peut provoquer une onde de choc qui ouvrirait une large brèche dans la coque. Avant même que vous ayez réalisé ce qui vous arrive, tout serait, bien entendu, terminé pour vous. »

Un frisson parcourut Ramsey.

Quelle est la réaction de Sparrow devant une montée du danger? se demanda-t-il. Puis : *Dans le fond, je m'en fiche tant que ses capacités m'assurent la sécurité.*

Ramsey fut heurté d'avoir pu penser une chose pareille. Il jeta un brusque regard circulaire sur sa hutte d'électronique comme s'il la voyait pour la première fois, comme s'il venait tout juste de se réveiller.

*Quelle sorte de psychologue suis-je donc? Qu'ai-je fabriqué?*

Comme pour répondre à une question qui ne serait pas venue de lui, il se dit mentalement : *Tu as tenté d'échapper à tes propres craintes. Tu t'es efforcé de devenir un rouage efficace dans cet équipage parce que tu t'assurais ainsi une certaine sécurité physique.*

*De quoi ai-je peur?* se demanda-t-il.

Il se répondit : *Tu as peur de disparaître, toi, personnellement.*

« Ce serait comme une mort intra-utérine », dit-il, exprimant sa pensée à voix basse. « Comme si je n'étais jamais venu au monde. »

Il sentit qu'il tremblait, qu'il était inondé de sueur. Les trous des fiches du tableau de contrôle, placé devant lui, paraissaient lui renvoyer son regard — une centaine d'yeux implorants. Il eut soudain envie de crier, mais les muscles de sa gorge étaient paralysés.

*Si un coup dur se produisait maintenant, je ne serais d'aucun secours*, pensa-t-il. *Je serais incapable de remuer le petit doigt.*

Il tenta d'imposer un mouvement à l'index de sa main droite, il n'y parvint pas.

*Si je bouge, je suis un homme mort!*

Quelque chose lui frôla l'épaule et il faillit s'évanouir, glacé de terreur. Une voix lui parlait doucement à l'oreille et pourtant elle lui paraissait d'une force à lui crever le tympan.

« Ramsey. Calmez-vous, mon garçon.

« Vous êtes courageux, Ramsey. Vous avez tenu le coup plus longtemps que la plupart. »

Ramsey s'aperçut qu'il tremblait au point que sa vue en était obscurcie.

« Je m'attendais à cela, Ramsey. Personne n'y échappe en plongée. Une fois que ce sera passé, tout ira bien. »

Une voix profonde, paternelle. Tendre. Compatissante.

De tout son être, Ramsey souhaitait se tourner, enfouir

sa tête contre cette poitrine compréhensive, libérer en sanglots les craintes qui l'étouffaient.

« Laissez-vous aller, dit Sparrow. Que ça sorte. Il n'y a personne d'autre que moi ici, et je suis passé par là. »

Lentement d'abord, puis en sanglots hoquetants, les larmes coulèrent. Il se pencha sur l'établi, se cacha le visage dans les bras. Pendant tout ce temps, la main de Sparrow demeura sur son épaule, lui communiquant une sensation de chaleur et de force.

« J'ai eu peur, murmura Ramsey.

— Montrez-moi l'homme qui n'a pas peur et je vous montrerai que c'est un aveugle ou un sot, dit Sparrow. Nous nous empoisonnons l'existence à trop penser. C'est le prix de l'intelligence. »

La main abandonna l'épaule de Ramsey. Il entendit le sas s'ouvrir et se fermer.

Ramsey leva la tête, regarda le tableau de contrôle lui faisant face, le commutateur ouvert de l'interphone.

Le haut-parleur lui transmit la voix de Bonnett : « Ramsey, pouvez-vous faire un test de portée du bruit? »

Ramsey s'éclaircit la gorge. « D'accord. » Les mains s'agitèrent sur le tableau, lentement, puis avec rapidité et sûreté. « La couche froide au-dessus de nous est suffisante pour étouffer le bruit à pleine vitesse », dit-il.

La voix de Sparrow gronda dans le haut-parleur. « Les, en avant, toute. Ramsey, nous sommes à quatre-vingt-dix livres de la limite de pression. Restez de quart avec Les jusqu'à ce qu'on vous relève. »

Le ronflement des moteurs électriques du *Ram* s'éleva d'un ton, un de plus.

« Bien, capitaine », dit Ramsey.

La voix de Garcia se fit entendre par l'interphone.

« Qu'est-ce qui se passe? J'ai senti les moteurs.

— Une couche froide, dit Sparrow. Nous gagnons quelques nœuds pendant que nous le pouvons.

— Besoin de moi?

— Venez à toute éventualité. »

C'est avec une bizarre clarté que Ramsey entendait les voix par l'interphone. Sur le tableau devant lequel il se trouvait, un détail l'étonnait : de légères éraflures, un fil de fiche de connexion usé.

Sa frousse bleue lui revint en mémoire et, avec elle, un détail que son esprit avait éludé : Sparrow l'appelant par l'interphone pour lui demander de faire un test de portée du son.

*Et comme je ne répondis pas, il vint immédiatement à mon aide.*

Une autre idée s'imposa à lui : *Il sait que je suis un « bleu » — il l'a toujours su.*

« Ramsey. »

Sparrow se tenait dans l'encadrement du sas.

Ramsey le regarda, surpris.

Sparrow entra, s'assit sur le tabouret de l'établi près de la porte. « Ramsey, qui êtes-vous ? »

Il s'éclaircit la gorge. « Que voulez-vous dire?

— Ici, tout le monde doit lutter avec son ombre. Vous avez tenu le coup un bon moment.

— Je ne vous comprends pas.

— Cette existence vous oblige à regarder vos craintes en face, tôt ou tard.

— Comment saviez-vous que j'avais peur?

— Tout le monde a peur en plongée. Il n'y avait qu'à attendre le moment où vous prendriez conscience de cette peur. Maintenant, répondez à ma question : Qui êtes-vous ? »

Le regard de Ramsey se posa au-delà de Sparrow. « Monsieur, je suis un officier électronicien. »

Un mince sourire s'inscrivit dans les yeux et sur la bouche de Sparrow. « Triste monde que celui dans lequel nous vivons, Ramsey. Du moins la Sécurité choisit-elle ses hommes en fonction de leur courage. » Il se redressa.

Ramsey garda le silence.

« Maintenant, jetons un coup d'œil sur votre petite boîte, dit Sparrow. Elle attire ma curiosité. » Il se leva, prit l'escalier des cabines, se dirigea vers l'arrière. Ramsey lui emboîta le pas.

« Pourquoi ne pas la mettre dans la hutte? demanda Sparrow.

— Je la vérifie pendant mes instants de liberté.

— Ne vous épuisez pas. » Sparrow descendit au niveau inférieur, suivi de Ramsey. Ils entrèrent dans la cabine de Ramsey. Le murmure de la transmission par induction leur parvenait à travers la cloison.

Ramsey s'assit sur sa couchette, sortit la boîte, la posa sur son bureau et l'ouvrit. *Je ne peux le laisser regarder de trop près,* pensa Ramsey. Il remarqua que le faux système fonctionnait.

Sparrow examina la boîte, le froncement des sourcils dénonçant son intérêt. *Qu'espère-t-il découvrir ?* se demanda Ramsey.

« Faites-moi un topo », dit Sparrow.

Ramsey désigna un cadran. « Cela enregistre la courbe de l'impulsion originale de recherche. Dans les premiers modèles, il y avait un écho de rétroaction. »

Sparrow approuva de la tête.

Ramsey montra une série de lampes témoins. « Elles séparent les fréquences d'impulsion. Un clignotement rouge indique que nous sommes déphasés. La lampe spéciale me signale le circuit pulsant. »

Sparrow se redressa, interrogea Ramsey du regard.

« Les bandes à l'intérieur enregistrent en permanence, dit Ramsey.

— Nous examinerons les choses plus en détail à un autre moment », dit Sparrow. Il se détourna de l'appareil.

*Il s'attendait à quelque truc de la Sécurité,* pensa Ramsey.

« Pour quelle raison la Sécurité vous a-t-elle installé parmi nous ? » demanda Sparrow.

Ramsey garda le silence.

Sparrow se retourna, le considéra avec une lourde insistance.

« Je ne chercherai pas à élucider le problème dès maintenant, dit-il. Il sera toujours temps de le faire quand nous rentrerons. » L'amertume se peignit sur son visage. « La Sécurité! C'est à elle que nous devons cinquante pour cent de nos ennuis. »

Ramsey persista dans son silence.

« Une chance que vous soyez un bon officier électronicien, dit Sparrow. C'est incontestablement en raison de cette qualité que vous avez été désigné. » L'hésitation se lut sur son visage.

« Vous *êtes* un agent de la Sécurité, n'est-ce pas? »

Ramsey pensa : *S'il le croit, cela dissimulera ma véritable situation. Mais il ne m'est pas possible d'en convenir. Cela ne correspondrait pas au personnage.* Il dit : « J'ai reçu des ordres, monsieur.

— Évidemment, dit Sparrow. Je suis stupide. » De nouveau un air d'incertitude. « Bien, je... » Brusquement, il se raidit.

Ramsey, lui aussi, fit un effort pour ne pas montrer sa surprise. La pastille insérée dans sa nuque venait d'émettre un *bing!* aigu. Il savait que, chez Sparrow, le même matériel avait identiquement réagi à un signal.

Sparrow virevolta en direction de la porte, gagna en courant la passerelle, Ramsey sur ses talons. Ils s'arrêtèrent devant le grand tableau principal. Garcia, en position aux commandes d'écoute, se tourna. « Quelque chose qui ne va pas, capitaine? »

Sparrow ne répondit pas. Un absurde refrain, inspiré des vingt pertes infligées par les Puissances orientales au cours des derniers mois, lui trotta par la tête : *Vingt sur vingt, cela suffit... vingt sur vingt, cela suffit...*

Ramsey, derrière Sparrow, était parfaitement conscient de la tension régnant dans le poste central, de la puanteur de l'atmosphère, de l'interrogation qui se lisait sur le visage de Garcia, du tintement des instruments automatiques, et de la façon dont réagissait la passerelle sous ses pieds.

La pastille de sa nuque avait commencé à bourdonner selon un certain rythme.

Garcia s'écarta du tableau. « Qu'est-ce qui ne va pas, capitaine? »

Sparrow lui fit signe de se taire, se tourna vers la droite. Ramsey l'imita.

Le bourdonnement s'intensifiait. Ce n'était pas de ce côté-là.

« Allez chercher un détecteur de signaux », dit Sparrow, s'adressant par-dessus son épaule à Ramsey.

Ramsey se dirigea vers la cloison arrière, sortit un détecteur de son casier, l'accorda tandis qu'il rejoignait Sparrow. Le haut-parleur de l'instrument bourdonnait à l'unisson de la pastille de sa nuque.

Sparrow se tourna vers la gauche, imité par Ramsey. La voix du détecteur monta d'une octave.

« Onde espion ! » dit Garcia.

Sparrow alla vers le tableau de plongée, toujours suivi de Ramsey. Le son émis par le détecteur devint plus fort. Ils dépassèrent le tableau et le son tomba. Ils se retournèrent, firent face au tableau. Le signal monta alors d'une octave.

Ramsey pensa : *Garcia était seul ici. A-t-il installé un système de signalisation ?*

Sparrow aboya : « Où est Les ?

— A l'avant », dit Garcia.

Sparrow donna l'impression de vouloir traverser du regard la paroi qui était devant lui.

*Il pense que ce signal pourrait être émis par Bonnett*, pensa Ramsey. Brusquement saisi par le désespoir, il se demanda : *Serait-ce possible ?*

Sparrow dit dans son micro pectoral : « Les ! Au poste central ! Au pas de course ! »

Bonnett accusa réception et ils entendirent un bruit métallique lorsqu'il se glissa sur la coursive ; ensuite, il ferma son microphone.

Ramsey fronça les sourcils en regardant son détecteur. Le signal demeurait fixe bien que Bonnett bougeât. Mais alors, on aurait pu dissimuler un autre système de signalisation à l'avant. Il orienta le détecteur vers la droite, en direction du centre du tableau de plongée. Le signal resta constant.

Sparrow avait observé la manœuvre.

« C'est à l'intérieur du tableau ! » cria Ramsey.

Sparrow exécuta un demi-tour en direction du tableau. « Nous ne disposons peut-être que de quelques minutes pour trouver ce truc ! »

L'esprit engourdi par la peur, Ramsey eut la brève vision

de meutes de loups ennemis convergeant vers leur nouvelle victime — la vingt et unième.

Garcia jeta une boîte à outils à leurs pieds sur la passerelle, l'ouvrit d'une chiquenaude, en sortit un tournevis. Il entreprit de démonter la plaque de couverture.

Bonnett entra. « Que se passe-t-il, capitaine?

— Un transmetteur espion », dit Sparrow. Il avait trouvé un autre tournevis et aidait Garcia à enlever la plaque.

« Faut-il manœuvrer pour leur échapper? » demanda Ramsey.

Sparrow secoua la tête. « Non, laissons-leur croire que nous ne savons rien. Poursuivons notre route.

— Là, dit Garcia. Tirez sur ce bout. »

Ramsey s'avança, aida à enlever la plaque du tableau, mettant à jour un enchevêtrement de fils, de transistors, de tubes à haute pression.

Bonnett s'empara du détecteur, le passa devant le tableau, se raidit au moment où le signal s'intensifia devant la rangée de lampes.

« Joe, veillez sur le tableau de plongée auxiliaire, dit Sparrow. Je vais fermer toute cette section. »

Garcia fila au tableau auxiliaire à l'autre bout du poste central. « Auxiliaire, paré, annonça-t-il.

— Attendez », dit Bonnett. Il maintint la boîte détectrice devant une lampe, avança sa main libre et sortit la lampe de son logement. Le signal continuait à se faire entendre, mais il émanait maintenant de la main avec laquelle Bonnett agitait la lampe devant le détecteur.

« Un ensemble producteur d'énergie concentré dans cette petite chose! hoqueta Ramsey.

— Que le doux Jésus nous garde, marmonna Sparrow. Donnez-moi cela. » Il prit la lampe des mains de Ramsey, la chaleur de l'objet le fit grincer des dents.

Bonnett secoua la main qui avait tenu la lampe. « Ça m'a brûlé, dit-il.

— C'était dans la rangée Zo2R, dit Ramsey.

— Détruisons-la », dit Garcia.

Sparrow branla le chef. « Non. » Il sourit amèrement. « Nous allons nous amuser. Les, venez à l'immersion de tir.

— Six cents pieds? demanda Bonnett. On nous aura comme des vaches dans un couloir!

— Exécution! » aboya Sparrow. Il se tourna vers Ramsey, lui tendit la lampe. « Y a-t-il quelque chose de particulier qui vous permettrait d'identifier ça? »

Ramsey prit le tube, le tourna de tous les côtés. Il plongea la main dans sa poche portefeuille, en sortit un minuscule appareil photo avec lequel il mitrailla la lampe sous tous les angles.

Sparrow avait remarqué qu'un appareil était immédiatement à portée de main, mais avant même qu'il pût faire le moindre commentaire, Ramsey dit : « Il faudra que j'étudie les agrandissements. » Il leva les yeux sur Sparrow. « Avons-nous le temps de procéder à un examen plus minutieux de cet objet dans la hutte? »

Sparrow jeta un coup d'œil au manomètre. « Environ dix minutes. Quoi que vous fassiez, n'interrompez pas ce signal. »

Ramsey fit demi-tour, se précipita vers la hutte, suivi de Sparrow. Il entendit Sparrow parler en courant dans son micro pectoral.

« Joe, prenez un bac à ordures et préparez un tube pour décharger ce transmetteur espion. Avec un peu de chance, nous allons expédier les Puissances orientales aux trousses d'un courant marin. »

Ramsey mit un morceau de feutre sur son établi et y disposa le tube.

« Si vous n'avez jamais prié, c'est le moment, dit Sparrow.

— Rien de si petit ne pouvait avoir une source interne d'énergie suffisante pour émettre un signal aussi fort, dit Ramsey.

— C'est pourtant le cas », dit Sparrow.

Ramsey s'arrêta le temps d'essuyer ses mains couvertes de sueur. Une pensée voletait dans sa tête : *Que va indiquer cette fois l'enregistrement télémétrique concernant l'équilibre endocrinien de Sparrow?*

« Quelle chose diabolique! marmonna Sparrow.

— Nous jouons gros jeu », dit Ramsey. Il posa des calibres partout sur la lampe, nota les mesures. « Taille standard pour le Zo2R. » Il la plaça sur le plateau d'une balance pour la comparer à une autre, de même nature. Le plateau pencha du côté de la lampe-espion.

« Elle est plus lourde que la lampe standard », dit Sparrow.

Ramsey retira les poids. « De quatre onces. »

La voix de Bonnett sortit du haut-parleur placé au-dessus de leurs têtes sur la cloison : « Immersion de tir estimée dans quatre minutes. Nous avons pris un passage gratis sur un courant. »

Sparrow dit : « Pensez-vous pouvoir trouver autre chose au sujet de ce truc?

— Non, si je ne le démonte pas, dit Ramsey. Bien entendu, on ne peut pas exclure la possibilité que les rayons X nous révéleraient un détail intérieur dont nous tirerions un enseignement. » Il secoua la tête.

« Il y en aura d'autres à bord, dit Sparrow. Je sais qu'il y en aura.

— Comment cela? »

Sparrow le dévisagea. « Disons que c'est un pressentiment. Cette mission est marquée. » Il contempla la lampe sur l'établi. « Mais par tout ce qu'il y a de plus sacré, nous en viendrons à bout!

— Deux minutes », annonça Bonnett par le haut-parleur.

Ramsey dit : « Bien sûr. Laissez-moi étudier ce que nous possédons déjà. »

Sparrow ramassa la lampe et dit : « Désorientez la recherche au maximum.

— Nos impulsions pourront être décelées », dit Ramsey, puis il déguisa au jugé l'écho métronomique du haut-parleur de sa nuque.

Sparrow sourit sans joie, se tourna, baissa la tête devant la porte, et disparut en empruntant l'escalier des cabines. Aussitôt, sa voix parvint par l'interphone : « Nous nous occupons du tube et sommes sur le point de le faire exploser, Les. Communiquez-moi les indications du manomètre. »

La voix de Bonnett arriva en retour : « Quatre-quatre-vingt-dix, quatre-soixante-dix, quatre-quarante... et quatre cents juste! »

Ramsey entendit le petit *floc* du tube d'éjection, le bruit lui parvint à travers la coque.

La voix de Sparrow retentit par l'interphone : « Naviguez aux purgeurs ! »

Le pont du *Ram* se dressa abruptement. Le ronflement des moteurs s'enfla en émettant des vibrations à faire grincer des dents.

Ramsey consulta le cadran indiquant la portée du son. Trop élevé. Les amortisseurs de bruit ne pourraient jamais couvrir cela.

La voix de Sparrow jaillit du haut-parleur : « Ramsey, transférez le système de pression interne sur le calculateur digital. Surcompensez en vue de l'immersion prévue. Nous nous inquiéterons plus tard des graphiques d'Haldane [1] et du mal des profondeurs. Dans l'immédiat, je désire que nous parvenions au niveau de la zone froide et que nous ayons 7 000 pieds au-dessus de nous. »

Ramsey accusa réception de l'ordre, ses mains se dirigèrent vers les commandes tandis qu'il parlait. Il jeta un coup d'œil au manomètre-vampire de son poignet. Le taux de diffusion était bas. Il poussa l'injection d'anhydrase carbonique dans la régénération d'air.

De nouveau, Sparrow : « Ramsey, nous avons tiré une salve de torpilles autoguidées derrière nous. Retardement différé. Suivez le signal pour le cas où l'une d'entre elles exploserait.

— Bien, capitaine. » Ramsey brancha un récepteur de contrôle sur l'un des circuits du tableau devant lui, consulta le compas au-dessus de sa tête. Tout en exécutant ces gestes, il s'aperçut que la pastille insérée dans sa nuque avait presque cessé de rendre compte du son émis par la lampe derrière eux. Ses mains continuèrent à pousser la pression interne au-delà de ce qu'exigeait la profondeur. Le répétiteur de pression extérieure au-dessus de lui indiquait 2 600 livres au pouce carré, elle devenait de plus

1. J. B. Haldane, biochimiste anglais mort en 1964 (il s'était fait naturaliser indien en 1961), auteur d'une *Cinétique des enzymes*. Écrivain, il a notamment écrit *Daedalus*. *(N. d. T.)*

en plus forte. Brusquement, l'enregistreur de température réagit à leur entrée dans le courant froid.

Ramsey dit dans son micro pectoral : « Nous sommes dans le froid, capitaine. »

Sparrow, en retour : « C'est ce que nous avons enregistré ici. »

Le répétiteur de pression de Ramsey monta jusqu'à 2 815 livres, se stabilisa. Il sentit la passerelle se mettre d'assiette sous ses pieds. Les relais cliquetèrent, les lampes témoins devinrent brusquement vertes. Il prit conscience de ce que représentait le bâtiment qui l'enfermait — une chose légère, presque vivante, faite de machines, de plastique, de gaz, de fluides... et d'êtres humains. Par l'interphone ouvert lui parvenait la voix de Sparrow donnant des ordres dans le poste central.

« En avant toute. Modifiez le cap à quatre-vingt-quinze degrés, trente minutes. »

Le changement de cap s'inscrivit sur le sonar auxiliaire à la gauche de Ramsey. Il considéra le point rouge indiquant leur position : presque à l'aplomb Sud de la pointe occidentale de l'Islande, exactement à la latitude du soixantième parallèle, le loch chrono automatique indiquant sept jours, quatorze heures, vingt-six minutes du départ de la mission.

« Ramsey, rien sur ces poissons que nous avons expédiés ?

— Négatif, capitaine.

— Ne quittez pas la hutte. Nous allons commencer à démonter le tableau. Il nous faudra contrôler les lampes une par une et vérifier si leur poids est bien conforme aux normes.

— Ce contrôle, il faudra aussi le faire dans la hutte et dans le magasin électronique, dit Ramsey.

— Plus tard. » Sparrow s'exprimait avec une calme assurance.

Ramsey jeta un coup d'œil à sa montre-bracelet, la régla sur le loch chrono. *Qu'indiquera le télémètre ?* se demanda-t-il. De nouveau, il eut le sentiment qu'un élément essentiel avait échappé à son attention. Il concernait Sparrow. Ramsey balaya du regard le tableau devant lequel il se trouvait. Ses oreilles étaient prêtes à capter le moindre son sortant des écouteurs de contrôle. Il regarda l'oscilloscope de la rangée de droite : seulement un bruit de fond. Pendant un bref instant, Ramsey eut l'impression de ne faire qu'un avec le bâtiment, les instruments qui l'entouraient n'étant que les prolongements de ses sens. Puis cette impression s'évanouit et il ne put la retrouver.

Dans le poste central, Sparrow réprima une crispation d'un muscle de la joue. Il replaça une lampe dans le système sonoran, en retira une autre, lut l'indicatif porté sur le côté : PY4XA.

Garcia, près de lui, parcourut une liste du doigt : « Quinze onces de plus. »

Sparrow contrôla à l'aide d'une balance. « D'accord. » Il remit la lampe en place et dit : « Vous savez, lorsque j'étais au lycée, on nous disait qu'un jour des systèmes comme celui-ci fonctionneraient avec des transistors et des circuits imprimés.

— Cela fut vrai pendant un temps, dit Garcia.

— Puis nous en sommes venus aux circuits de balayage », dit Sparrow. Il retira une octode à accumulation, en lut le code, contrôla le poids.

« Nous pourrions trouver quelque chose de plus léger encore, n'était la question des hautes pressions atmosphériques. » Il prit une autre lampe. « Il nous faudrait un matériau diélectrique aussi solide que le plasticacier.

— Ou un armistice, dit Garcia. L'équipement des remorqueurs des profondeurs deviendrait alors un sujet de vaudeville. »

Sparrow approuva de la tête, retira une autre lampe de son logement.

« Capitaine, qui est ce Ramsey? » demanda Garcia.

Sparrow, en train de peser une lampe, s'interrompit, regarda Garcia. « Je *crois* que c'est un gars que la Sécurité a installé auprès de nous.

— C'est ce que je pensais, dit Garcia. Mais vous êtes-vous demandé qui a installé près de nous le rayon espion? C'est peut-être un hibernant. Cela se pourrait, capitaine. »

Alors qu'elle plongeait pour ramener une autre lampe à peser, sa main se mit à trembler et Sparrow la retira, vide.

Il s'essuya la paume à sa chemise, regarda Garcia. « Joe... » Il s'interrompit.

« Oui?

— Vous est-il jamais venu à l'esprit que le problème fondamental de l'humanité est très intimement lié à l'idée de sécurité?

— Que voilà une belle parole, capitaine.

— Je le pense, Joe. Tenez, je sais ce que je suis. Je puis même vous dire l'idée que je me fais de moi-même. Pourquoi vous n'avez rien à redouter de moi. Les peut agir de même. Et vous. Et Ramsey. » Il s'humecta de la langue les coins de la bouche, regarda Garcia en écarquillant les yeux. « Et n'importe lequel d'entre nous, ou nous tous, pourrions mentir.

— Ce n'est pas un problème de sécurité, capitaine. C'est un problème de communication. Le rayon de Ramsey. »

Sparrow retourna au tableau sans répondre, poursuivit sa patiente inspection.

« Je voudrais bien savoir à quoi rimait ce contrôle de dernière heure auquel la Sécurité soumit Ramsey, dit Garcia.

— Bouclez-la! aboya Sparrow. Jusqu'à preuve du contraire, il fait partie de notre équipe. Au même titre que vous et Les. Et comme moi. » Sa bouche se tordit en un léger sourire. « Nous sommes tous dans le même bateau. » Ses lèvres s'amincirent. « Et nous avons un problème plus important et plus urgent. » Il pesa une lampe, la remit en place. « Comment pouvons-nous rompre le silence de la radio pour informer la base de ce que nous avons découvert? »

Un lointain coup sourd retentit à travers la coque. Un second.

La voix de Ramsey par l'interphone : « Capitaine! Deux coups au but! Explosion correspondant à celle de nos poissons! » Un ton au-dessus : « Bruits de destruction! Deux sources. Capitaine! Nous en avons eu deux!

— Que Dieu nous pardonne, dit Sparrow. Que Dieu nous pardonne. »

La coque résonna d'autres bruits sourds, une curieuse musique à deux temps.

« Les chasseurs de torpilles, dit Ramsey. Ils ont détruit nos autres poissons.

— Ces hommes n'ont aucune chance », dit Sparrow. Il baissa la voix qui devint presque imperceptible : « Si un homme frappe son prochain avec un instrument de fer, et que la mort s'ensuive, c'est un meurtrier : le meurtrier sera puni de mort. Et si un homme agit sans préméditation, mais que ce soit Dieu qui lui mette l'arme entre les mains, alors je te désignerai un lieu où il pourra trouver refuge. Mais si un homme va hypocritement au-devant de son prochain pour le tuer avec perfidie, tu l'éloigneras de mon autel afin qu'il périsse. »

De l'autre côté, Bonnett brandissait une lampe. « Joe, quelle est la norme de la GR5? »

Garcia considéra Sparrow qui se replongea brusquement dans l'examen du tableau. « Huit onces, dit Garcia.

— C'est ce que je pensais, dit Bonnett. Celle-ci en fait treize. »

Une émotion contenue passait dans sa voix.

Sparrow regarda vers l'arrière, ses lèvres tremblaient.

« Je crois que j'en ai une, capitaine », dit Bonnett.

Garcia s'était rendu auprès de Bonnett. Il prit la lampe des mains de l'officier en second.

« Il doit exister une meilleure façon de vivre et une meilleure façon de mourir », dit Sparrow. Il frissonna, planta son regard sur Bonnett. « Bon, mettez-la de côté, et regardez s'il y en a d'autres! »

Bonnett parut sur le point de répondre, mais garda le silence. Il reprit la lampe à Garcia, la déposa doucement dans un casier capitonné de sa boîte à outils.

Sparrow se passa la main sur le front. Il avait étrangement mal à la tête. *Y a-t-il un espion à bord?* se demanda-t-il. *Est-ce Ramsey? Est-ce Les? Est-ce Joe? Les Puissances orientales pensent que nous allons les conduire au puits.* Il regarda sans le voir le câblage à nu devant lui. *Mais alors, pourquoi avoir déclenché dès maintenant le système de repérage? Pour mettre notre vigilance à l'épreuve? C'est évidemment lorsque nous serons au-dessus du puits que le signal aurait dû fonctionner.*

Sparrow fut distrait par une étrange vibration dans le crâne. Il fut surpris de constater qu'il grinçait des dents. *Lorsque nous serons sur le puits! Que Dieu m'assiste! Comment l'éviterai-je? Je ne pourrai pas rester éveillé vingt-quatre heures sur vingt-quatre.*

« C'est la dernière », dit Garcia. Il désigna une lampe que Sparrow avait machinalement mise sur la balance.

Sparrow frissonna, revint à la réalité du moment. « Remettez-la en place », dit-il.

Garcia exécuta l'ordre.

Sparrow regarda Bonnett. « Les, commencez à vérifier les pièces du magasin d'électronique.

— Bien », dit Bonnett.

Sparrow dit à Garcia : « Restez de garde ici. »

Garcia acquiesça d'un geste. « Allez-vous vous reposer, capitaine? »

Sparrow agita la tête de droite et de gauche. « Non. Non, il faut que je retourne à la hutte aider Ram... » Il s'interrompit, considéra Garcia. « Nous avons engagé le combat et nous nous en tirerons. » Sparrow se dirigea vers la porte menant à l'arrière. « Je retourne aider *Johnny* à vérifier les lampes dans l'atelier.

— Que fait-on de ça? » Garcia désignait la lampe que Bonnett avait laissée dans une case de sa boîte à outils.

Sparrow revint sur ses pas, prit la lampe qu'il examina en retournant vers la porte. « Nous allons y jeter un coup d'œil. On pourra peut-être en tirer quelque chose. » Il regarda Garcia. « Vous, pensez au moyen d'entrer en contact avec la base. »

Il avait franchi la porte et disparu.

Garcia serra les poings, se tourna vers le tableau principal. Son regard tomba sur la carte sonoran et son voyant : un insecte rouge rampant à travers l'immensité. *Où? Où est le puits?*

Ramsey leva le regard de sur ses instruments au moment où entra Sparrow. « Du nouveau, capitaine?

— Les a trouvé ça. » Sparrow posa la lampe sur le coussin de feutre de l'établi. « Elle pèse cinq onces de trop. »

Ramsey regarda la lampe sans la toucher. « Avez-vous pensé que cette chose pourrait avoir été réglée pour exploser lorsqu'on la tripote?

— Certains vieux loups de mer de Salem avaient coutume d'assister à leurs propres obsèques avant d'embarquer, dit Sparrow. Métaphoriquement parlant, je suis dans le même état d'esprit.

— Ce n'est pas ce que je voulais dire, répliqua Ramsey. Une demi-once de nitrox nous tuerait tous les deux. Peut-être vaut-il mieux que vous me laissiez seul. »

Sparrow fronça les sourcils, frissonna. Il ouvrit son micro pectoral : « Joe, Les, écoutez-moi bien. Il se peut que cette lampe soit piégée. S'il nous arrive quoi que ce soit, à Johnny et à moi, laissez tomber la remorque et regagnez tous deux la base. C'est un ordre. »

*Johnny!* pensa Ramsey. *Il m'a appelé Johnny!* Puis il se souvint : Nous avons affronté l'ennemi. *Le vieil enchantement a vécu. Nous pénétrons dans un nouveau royaume de la magie.*

« Nous allons en faire une photo », dit Sparrow. Il sortit un appareil d'un tiroir, l'accrocha au-dessus de l'établi, fit le point. « Okay, dit-il. C'est vous le spécialiste de ce genre de trucs. »

Ramsey dit sans quitter la lampe du regard : « Une demi-heure de plus ou de moins avant d'examiner cette chose, de l'étudier sous tous les angles, cela peut faire toute la différence entre la réussite et l'échec.

— Que cherchez-vous?

— A vrai dire, je n'en sais rien. Quelque chose d'inhabituel. Une quelconque fausse note. »

Sparrow se pencha sur l'établi, saisit une poignée alors que la passerelle du *Ram* s'inclinait sous l'effet d'un courant sous-marin. Ramsey immobilisa la lampe d'une main et, de l'autre, ramena les coins du coussin de feutre pour éviter qu'elle ne roule. Le voyant jaune de l'indicateur de température, sur le tableau face à eux, s'allumait, s'éteignait, s'allumait.

Ramsey brancha le répétiteur de thermomètre au-dessus de la lampe : trente-quatre degrés.

Sparrow fit un geste de la tête vers le répétiteur. « Le mouvement des fonds arctiques. Cela fourmille de nourriture. Nous aurons sur nos têtes un rideau sonore de vie marine. » Il sourit. « Nous pourrons respirer un peu mieux. »

Ramsey secoua la tête. « Pas avec ce problème à résoudre. » Il lança un regard à la lampe sur l'établi. « Si vous deviez déclencher l'explosion de ce truc, comment vous y prendriez-vous ?

— Un fil mince, peut-être. On le casse et...

— Peut-être, dit Ramsey. Un meilleur moyen consisterait à installer un déclic accordé à la variation de pression — si le vide se produit... » Il se redressa. « Tout d'abord, quelques photos aux rayons X et infrarouges. Après cela, nous brancherons un tube à vide avec télécommande, et manipulerons la lampe dans le vide. Après quoi, nous ferons sauter l'obturation. »

D'un doigt effilé de sa main gauche, Sparrow caressa la lampe. « Cela ressemble à du verre à haute pression normal.

— Il y a quelque chose que je ne comprends pas », dit Ramsey. Il parlait en travaillant, installant la caméra portative à infrarouges sur l'établi. « Pourquoi cette chose a-t-elle commencé à ce moment-là? Ce n'était pas malin. L'astuce aurait consisté à attendre que nous soyons parvenus au puits.

— Tout à fait mon idée », dit Sparrow.

Ramsey régla l'appareil. « Dans combien de temps y arriverons-nous ? »

Sparrow fut interloqué par l'air détaché avec lequel Ramsey posa la question. Il leva le regard sur la carte sonoran de la hutte, commença à dire : « Eh bien, c'est sur le flanc de... » Il se figea.

Ramsey prit un cliché, présenta la lampe sous un autre angle. *Il prend un air trop détaché*, pensa Sparrow.

— Vous disiez... » Ramsey s'exprimait sans lever les yeux de la lampe.

« M. Ramsey, la destination d'un remorqueur sous-marin n'est connue que du commandant jusqu'au moment où l'on arrive dans le secteur immédiat de cette destination. »

Ramsey se redressa. « C'est un ordre stupide. S'il vous arrivait quoi que ce soit, nous serions dans l'impossibilité de poursuivre notre route?

— Voulez-vous dire que je devrais vous confier notre destination? »

Ramsey hésita, pensa : *Je la connais déjà. Que se passerait-il si je mettais Sparrow au courant? Cela le confirmerait dans son opinion que j'appartiens à la Sécurité.*

« Alors?

— Capitaine, je vous ai interrogé par politesse. En termes un peu vagues, peut-être. Ce que je désire savoir, c'est dans combien de temps nous arriverons à Novaya Zemlya?»

Sparrow conserva tout son sang-froid, pensant : *Un homme de la Sécurité? Un espion essayant de me tirer les vers du nez par une astucieuse supposition?* Il dit : « Je ne vois pas l'intérêt que présente pour vous le fait de savoir quand nous arriverons où que ce soit. »

Ramsey ramena son attention sur la lampe. *Est-il convaincu que je suis un officier de la Sécurité?*

*Je pourrais lui demander de me donner les coordonnées exactes*, pensa Sparrow. *Mais que prouverait qu'il ne les connaisse pas? Ou qu'il les connaisse?*

Ramsey monta une cloche et une pompe à vide, la lampe reposant sur l'obturation en mastic noir à l'intérieur du tube. Il retira le tube, y ajusta une petite console de contrôle à distance, remit le tube en place.

Sparrow suivait attentivement l'opération, ne s'étant pas encore fait une opinion sur Ramsey.

« Cela va demander du temps », dit Ramsey.

*Dieu du ciel, si seulement je savais!* pensa Sparrow. *Est-ce un espion? Comment l'affirmer? Il n'agit pas vraiment comme tel.*

Ramsey fixa un tabouret devant l'établi, s'assit. « Lentement et calmement », dit-il.

Sparrow l'étudiait. *Ce pourrait être astucieux. Je vais m'occuper à vérifier les lampes de l'atelier et le surveillerai.* Il dit : « Je vais commencer la vérification de vos lampes. »

Il retira une plaque de protection sur la gauche, trouva une balance, entreprit d'extraire les lampes et de les peser.

Les minutes s'écoulaient — une heure, deux heures... deux heures et quarante minutes. A l'intérieur de la cloche, les diverses parties de la lampe étaient alignées. Sparrow, ayant fini depuis longtemps, suivait le travail à l'établi.

« Pas de piège », dit Ramsey. Il actionna un bras magnétique à l'intérieur de la cloche, souleva un morceau de grille. « Et je ne vois toujours pas comment ils s'y prenaient pour faire exploser cette chose. On dirait qu'elle est tout à fait normale. » Il fit tourner la pièce sur l'aimant. « Il n'y a rien de prévu pour la pourvoir d'une charge supplémentaire. Rien du tout de spécial sauf ce microvibrateur et la source d'énergie de son condensateur. » Il remit en place la portion de grille. « Les gars vont vouloir voir ça. » Il recueillit un morceau de cathode, le tourna dans tous les sens, le posa. « Pas de déclencheur. Comment cela est-il fabriqué? » Sparrow regarda l'appareil qui avait enregistré tout le déroulement de l'examen, revint sur Ramsey. « Nous avons un autre problème.

— De quoi s'agit-il? » Ramsey se redressa, se massa le creux des reins.

Sparrow se laissa glisser de son tabouret. « Comment allons-nous informer la base de tout cela? Si les Puissances orientales nous attrapent, tout ce que nous avons découvert ne servira à rien. Mais j'ai reçu l'ordre formel de ne rompre le silence de la radio sous aucun prétexte. »

Ramsey s'étira. « Avez-vous confiance en moi, capitaine? »

Avant d'avoir pu s'en empêcher, Sparrow dit : « Non. » Il fronça les sourcils.

Ramsey sourit. « Je suis cependant le seul à posséder la solution de votre problème.

— Voyons.

— Vous enregistrez toute l'histoire sur une seringuette et...

— Une seringuette? »

Ramsey se mordit la lèvre, toucha. *Bon Dieu! Un autre secret du Bureau psychologique de la Sécurité.* Cela lui avait échappé.

« Je n'ai jamais entendu parler de seringuette, dit Sparrow.

— C'est quelque chose de nouveau en... euh... en électronique. Vous codez un message sur une bande à vitesse ultra-régulièrement lente, puis vous passez la bande à toute vitesse. Vous arrangez votre message de telle sorte que reviendra — toujours et toujours — une petite " giclée " de son. Le message est enregistré par le récepteur, et ralenti pour le repasser et le traduire.

— Mais cela aussi rompt le silence de la radio. »

Ramsey secoua la tête. « Pas si le message est diffusé par un petit poste installé sur un flotteur aménagé de telle sorte que l'émission ne commencera que longtemps après que nous aurons quitté les lieux. »

Le menton de Sparrow s'affaissa. Il ferma brusquement la bouche. Puis : « Pourriez-vous arranger ça? »

Ramsey jeta un coup d'œil circulaire. « Nous avons ici l'essentiel. »

Sparrow dit : « Je vais vous envoyer Garcia vous aider. »

Ramsey dit : « Je n'ai pas besoin qu'on m'aide...

— Il vous aidera quand même. »

Ramsey sourit à nouveau. « C'est bon. Vous n'avez pas confiance en moi. »

Malgré lui, Sparrow sourit à son tour de voir la face réjouie de Ramsey; puis il chassa le sourire de son visage et de ses pensées. Ses sourcils se rapprochèrent. *Est-ce que Ramsey ne fait que me jouer la comédie?* se demanda-t-il. *Il m'amuse. Me fait baisser ma garde. C'est possible.*

Ramsey lança un regard au chrono mural. « Mon tour de veille. » Il montra les pièces dans la cloche. « Cela va me retarder.

— Je prendrai votre quart », dit Sparrow. Il ouvrit son micro pectoral. « Joe, venez à la hutte. Johnny a trouvé un truc pour envoyer un message à la base. Je vous demande de lui donner un coup de main.

— Cela ne devrait pas prendre plus de deux heures, dit Ramsey. En réalité, ce n'est pas très compliqué. Je vous relèverai dès que nous aurons terminé. »

Sparrow fit la moue, plongé dans ses réflexions, prit Ramsey sous un regard plein de solennité. « Il y a autre chose. Je vais instaurer un nouveau mode de garde : deux hommes de service en même temps et qui ne se quitteront pas un instant de vue. »

Ramsey fit des yeux ronds. « Nous ne sommes que quatre, capitaine.

— Ce sera dur, dit Sparrow. Nous ferons chevaucher les veilles et changerons le second homme au milieu de la garde.

— Ce n'est pas ce que je voulais dire, expliqua Ramsey. Difficile est une litote. Nous ne sommes que quatre. Isolés. Lorsqu'un homme en surveille un autre, il a tendance à devenir soupçonneux. La méfiance crée une situation de paranoïa dans laquelle...

— Je note votre réticence à accepter un ordre visant la sécurité de tous et mention en sera faite dans le livre de bord », dit Sparrow.

Ramsey donna l'impression d'être rentré en lui-même et de se tenir sur ses gardes. Il pensa : *Ne t'énerve pas. C'est le côté paranoïaque auquel Obe avait fait allusion.* Il dit : « L'efficacité se ressentira de ce que nous...

— Le commandant de ce bâtiment, c'est encore moi, dit Sparrow.

— Oui, *commandant*, dit Ramsey. Il teinta le titre d'une légère touche de réprobation.

Les lèvres de Sparrow s'amincirent. Il fit demi-tour, quitta l'atelier, se dirigea rapidement à l'arrière pour rejoindre ses quartiers, verrouilla la porte derrière lui. Il s'assit sur sa couchette, mit en place le bureau ouvrant. Le faible murmure de la transmission par induction lui parvenait à travers la cloison dans son dos. Le *Ram* avait une démarche incertaine et branlante : la turbulence des fonds arctiques.

Il pensa : *Il y a un espion à bord. Il est évident que quelqu'un a actionné ce rayon espion. J'aurais voulu que Joe surveillât*

*Ramsey alors qu'il éventrait la lampe. Il dit qu'il n'y avait pas de déclic à l'intérieur du truc, mais il peut m'avoir dissimulé quelque chose.*

D'un coin de son bureau, Sparrow retira son livre de bord personnel, l'ouvrit à une page blanche, en lissa le plat. Il prit la plume et, avec des pattes de mouche appliquées, écrivit la date, puis : « Ce jour, l'enseigne John Ramsey a fait objection à une mesure de sécurité destinée à... »

Il s'arrêta, se rappelant qu'il avait donné ordre à Garcia de se rendre à la hutte. Il ouvrit le commutateur de son micro de poitrine : « Joe, êtes-vous à l'atelier? »

La voix de Garcia sortit du haut-parleur mural : « C'est exact.

— Simple contrôle, dit Sparrow. Veuillez jeter un coup d'œil à cette lampe-espion et voir s'il y a quelque chose qui aurait pu nous échapper?

— D'accord, capitaine. C'est ce que j'étais en train de faire.

— Terminé », dit Sparrow. Il se replongea dans le livre de bord.

A la hutte, Garcia leva les yeux de sur la cloche. « Vous avez parfaitement raison, mon vieux Johnny. Pas de déclic.

— D'après vous, à quoi ressemble ce machin? demanda Ramsey.

— Ce ne peut être qu'une seule chose, dit Garcia. Un amplificateur de relais. »

Ramsey approuva de la tête. « D'accord. Le véritable signal provient d'ailleurs.

— Ce point ne devrait pas être très éloigné, dit Garcia. Comme ça, à vue de nez, je dirais dix pieds. »

Ramsey se frotta la nuque.

« Pourquoi portez-vous un écouteur? » demanda Garcia. D'un geste, il désigna le « contrôleur » que Ramsey avait à l'oreille gauche.

« Il est branché sur le sismoscope, dit Ramsey. Au cas où un autre rayon espion se déclencherait...

— Bonne idée. »

Ramsey amena sa main sur le côté du cou, en la passant au-dessus de la légère cicatrice couvrant la pastille.

« Qu'avez-vous trouvé dans les pièces détachées? » demanda-t-il.

Garcia secoua la tête. « Rien.

— Le capitaine a procédé à la vérification de la hutte pendant que je démontais cette lampe, dit Ramsey. Négatif, ici aussi.

— Ne vous faudrait-il pas commencer? demanda Garcia.

— Hein?

— A construire votre petit gadget.

— Bien sûr. » Ramsey retourna à son établi. Comme il se tournait, le haut-parleur au-dessus du sismoscope émit un son aigre. Les yeux de Ramsey se portèrent rapidement sur l'appareil. La ligne verte s'agitait, effectuant à deux reprises une brusque remontée.

La voix de Bonnett parvint du pont de commande à travers le haut-parleur : « Capitaine! »

La basse de Sparrow : « Qu'est-ce qui se passe, Les?

— Une secousse sismique quelque part à l'arrière.

— Je l'ai enregistrée ici, dit Ramsey. Une explosion de torpille. De la même catégorie que les poissons 24K des Puissances orientales. » Il gribouilla quelques chiffres sur un bloc-notes, s'empara d'une règle à calcul, l'ajusta, la lut. « A environ cent miles à l'arrière. Dans le rayon de dérive du petit paquet que nous avons laissé derrière nous.

— Gaspilleraient-ils une torpille pour une si petite chose? » demanda Sparrow. Puis, répondant à sa propre question : « Qu'est-ce qui me prend? Bien sûr qu'ils le feraient. Tout ce qu'ils verront sur leur engin sera pour eux un signal. Ils s'imagineront que c'est nous en train de faire le mort.

— C'est comme ça que je vois les choses », dit Ramsey. Il regarda Garcia. « Qu'en dites-vous, Joe? »

Garcia tremblait, le visage blême. Il secoua la tête. Ramsey se demanda ce qui se passait. Il paraissait extrêmement agité.

La voix de Sparrow éclata par le haut-parleur : « A tous : dès que j'en aurai terminé ici, je relèverai M. Bonnett. » On perçut le bruit d'une gorge qui s'éclaircit.

Ramsey jeta un coup d'œil au chrono mural. « C'est

presque l'heure. Les a pris trois quarts consécutifs. »

La voix du capitaine poursuivit : « J'afficherai alors un nouveau tour de veille dans le carré des officiers. Il entrera en vigueur immédiatement. »

Garcia avait retrouvé le contrôle de ses nerfs. Il dit : « Qu'a mangé le capitaine? Il semble en colère. »

Ramsey lui indiqua les grandes lignes du nouvel horaire de quart.

« Qu'est-ce que c'est que ce foutu truc!, dit Garcia. Comme si nous n'étions pas déjà suffisamment dingues! »

Ramsey le considéra avec étonnement. *Voilà une curieuse réaction pour un officier mécanicien,* pensa-t-il. *Pour un psychologue, bon. Mais pas pour Garcia.*

Dans ses quartiers, Sparrow écrivait : « Il faut que je sois certain que l'occasion ne sera offerte à personne d'actionner un rayon-espion lorsque nous aurons atteint le puits. » Il apposa sa signature, termina la dernière période par un point d'exclamation, ferma le livre de bord et le remit dans sa cachette.

Sur la cloison de sa cabine, le répétiteur du loch chrono marquait sept jours, dix-neuf heures, vingt-trois minutes du point de départ.

Sparrow se leva lentement, quitta la pièce, ferma la porte soigneusement derrière lui. Il vira, alla droit au carré des officiers. En passant devant la hutte, il entendit Ramsey dire : « Ceci stabilise le micro-réglage de la bobine réceptrice. Il faut que ce soit bien ajusté. »

La réponse de Garcia échappa à Sparrow. Il entrait à ce moment dans le carré des officiers, dont il ferma méticuleusement la porte dès qu'il l'eut franchie.

Ils lancèrent la « seringuette » lors du quart suivant. Sparrow nota le moment — sept jours, vingt heures, quarante-huit minutes du départ — et le consigna sur le livre de bord principal. Il ajouta la position relevée sur la carte sonoran : soixante et un degrés, cinquante-huit minutes de latitude Nord, dix-sept degrés trente minutes de longitude Ouest. L'émetteur fut réglé pour fonctionner quatre heures plus tard.

« Très bien, Johnny. » Il n'y avait aucune chaleur dans son expression.

Ramsey dit : « On fait ce qu'on peut avec ce qu'on a.

— Prions pour que ça marche », dit Sparrow. Il regarda Garcia. « Mais nous n'y compterons pas. »

Garcia haussa les épaules. « Ça pourrait marcher, dit-il. Si quelqu'un l'entend. » Il jeta un regard glacé à Ramsey.

Sparrow pensa : *Joe a des soupçons. Oh, Seigneur! Si Ramsey est un espion, il a branché cet émetteur sur une longueur d'ondes que reçoivent les Puissances orientales. Elles apprendront que nous sommes sur le rayon espion et elles doubleront leurs patrouilles!*

« Puis-je maintenant disposer? demanda Ramsey.

— Jusqu'à votre quart », dit Sparrow. Il suivit Ramsey des yeux.

Dans ses quartiers, Ramsey sortit son télémètre, étudia les bandes. Il fut frappé par le graphique de grandes perturbations. Maintenant, Sparrow réagissait. Mais quelle réaction! Ramsey les comparait à un enregistrement de rétroaction. Chacune des courbes était pire que la précédente. Toute la bande, depuis la découverte du rayon espion, n'était qu'un gribouillis de perturbations.

La pièce semblait se rétrécir sur Ramsey, les murs le coinçant.

*Sparrow est en train de perdre le contact avec la réalité. Il va falloir que je fasse quelque chose. Mais quoi?*

Il respira à fond pour se calmer, s'obligea à raisonner avec méthode.

*Il y a une semaine que je vis avec Sparrow. Je l'ai observé dans toutes sortes de tensions. Je devrais maintenant avoir en mains les éléments essentiels : assez pour établir une sorte de plan d'action. De quoi disposons-nous?*

Il dressa mentalement une liste :

*Nous avons eu au départ la preuve d'un strict contrôle de soi.*

*Mais c'est seulement ensuite que nous avons appris qu'il était capable de réagir.*

*On relève un indice de paranoïa religieuse.*

*Déjà, Obe l'avait classé comme individu avec tendance à la paranoïa.*

*Mais il y a des choses qui ne collent pas.*

*Il demeure lucide dans une situation tendue dont on aurait pu attendre qu'elle provoquât une dépression.*

*Individu extrêmement viril. Un chef.*

*Mais pas un parfait despote, et même loin de là.*

*Et c'est un brillant sous-marinier. Par moments, on pourrait penser que le bâtiment est une partie de lui-même, ou vice versa. Qu'il en est un élément incorporé : Capitaine, sous-marinier de type Mark I. Mobile.*

Ramsey se raidit. *Une pièce du bâtiment. Mécanique. Comment mieux décrire un strict contrôle de soi?*

Il se souvint d'avoir eu lui-même le sentiment d'une interpénétration synchrone avec le bâtiment. Aussi fugitif qu'il ait pu être — un instant dans la hutte. Puis, évanoui, sans espoir de le retrouver.

*Il devrait s'agir d'une forte adaptation pour survivre.*

*Capitaine, sous-marinier de type Mark I. Mobile. L'intimité est peut-être plus grande que je ne l'avais imaginée.*

Il se frotta les yeux qui lui donnaient une sensation de brûlure, jeta un coup d'œil à sa montre-bracelet. Deux heures jusqu'à son prochain quart et il était recru de fatigue. Il déposa le télémètre et, d'un bond, gagna sa couchette. Il s'endormit presque instantanément et rêva.

Un chirurgien géant, ayant le visage de Sparrow, était penché sur lui dans son rêve. De petits fils. Des nerfs. Un ici. Un là. Quelques instants et il entrera dans la construction du bâtiment.

Officier électronicien, sous-marinier de type Mark I. Mobile.

Garcia était de quart.

Le loch chrono indiquait : huit jours, quatre heures, et dix-neuf minutes du point de départ.

Bonnett se tenait prêt, somnolant sur un haut tabouret devant le tableau de commande.

Le *Ram*, à vitesse de croisière, filait vingt nœuds.

Garcia flânait, appuyé au garde-fou face au contrôle principal, l'œil consultant paresseusement les manomètres, avec un regard, de temps à autre, sur l'« autonavigateur ».

Du tableau de commande provint un léger bourdonnement.

Bonnett sortit de sa torpeur et redressa la tête. Il regarda la face verte de l'appareil à sa gauche, repoussa le commutateur, ce qui, automatiquement, fit taire les moteurs du *Ram*.

Ils naviguèrent à l'inertie dans le silence.

« Qu'est-ce qui se passe? demanda Garcia.

— Du métal. Un gros morceau. Venant sur nous.

— Un?

— Sais pas encore.

— Les P.O.?

— C'est le fantôme de Joseph Staline réincarné sous la forme d'une baleine d'acier, dit Bonnett. Fermez-la, voulez-vous? »

De sa main, il régla un cadran et il regarda l'indicateur placé au-dessus de ce dernier. « Un. Arrivant rapidement comme si l'océan lui appartenait. Dans ces eaux, cela signifie P.O. Alertez le capitaine. »

Garcia pressa un bouton sur le tableau d'appel.

Sparrow les rejoignit en un rien de temps, courbant sa haute silhouette pour franchir la porte de l'arrière. Il boucla sa ceinture en traversant le pont de commande.

Bonnett fit un signe de tête en direction du tableau de recherche.

Le pont s'était lentement incliné à tribord au moment où le *Ram* ralentit son avance. Maintenant, il piquait du nez et l'inclinaison par tribord était assez forte pour obliger Sparrow à s'accrocher à la rampe principale. Il balaya du regard le tableau de détection, demanda : « Combien jusqu'au fond?

— Trop », dit Bonnett.

Garcia, une main sur la rampe du tableau des soupapes, tourna la tête vers eux. « J'espère que vous déciderez de ce que nous devons faire avant que nous soyons à l'état de tortues. Nous sommes presque immobilisés. »

Le regard de Sparrow se dirigea de nouveau vers les

indicateurs de détection. L'autre submersible était à moins de trois miles, arrivant rapidement. Alors qu'il regardait, l'image du détecteur se scinda brusquement en deux.

« Il y en a deux qui font tandem », dit Sparrow.

Une citation du manuel de tactique lui traversa l'esprit à toute vitesse : « Les sous-marins qui se traquent l'un l'autre sous la mer sont comme des adversaires aux yeux bandés ayant en main des battes de baseball, enfermés ensemble dans une pièce, chacun attendant que l'autre commence à frapper.

— Ils vont passer à moins d'un millier de yards, dit Bonnett.

— S'ils maintiennent leur cap actuel, dit Sparrow. Et cela peut être un truc pour endormir notre vigilance.

— Ils doivent dormir pour ne pas nous avoir repérés avant cela, murmura Garcia.

— Leur engin de détection métallique n'est pas très fort », dit Sparrow. Il se tourna vers Garcia. « Joe, lancez quatre torpilles autoguidées, retardement cinq minutes, réglées de telle sorte qu'elles dansent devant eux. Ensuite, vous pousserez les machines juste ce qu'il faut pour que nous démarrions et atteignions la limite d'immersion. »

Les mains de Garcia s'agitèrent sur le tableau de commande, réglant un vernier, un cadran. Il frappa de la main un commutateur, se tourna vers les commandes de transmission. Le *Ram* prit lentement de la vitesse, le nez pointant vers les profondeurs. Le pont se redressa.

Sparrow et Bonnett observaient l'appareil de détection.

« Dérive », dit Sparrow.

La main de Bonnett se porta sur son commutateur de direction. Ils se dirigèrent silencieusement vers le fond.

« Donnez un peu plus », dit Sparrow.

Les moteurs se remirent à tourner lentement.

Garcia murmura : « Ils ne sont pas aveugles; ils sont sourds! »

Sparrow leva la main pour lui imposer silence. Il leva les yeux sur le gros manomètre; 2 790 livres au pouce carré... 2 800... 2 825...

Lentement, l'aiguille de l'indicateur tournait : 2 900... 2 925...

Au-dessus du manomètre, la plaque de bronze plate portant le poids et les spécifications du *Ram*. Quelqu'un s'était servi de peinture rouge pour remplir les dentelures indiquant la limite de pression : 3 010 livres.

L'aiguille du cadran marqua 2 975... 3 000...

Des gouttes de sueur perlaient sur le visage de Garcia. Bonnett se tirait nerveusement le lobe de l'oreille. Sparrow demeurait impassible, sentant instinctivement le bâtiment. « Doucement », murmura-t-il. Il s'humecta les lèvres avec la langue. La conscience de la pression extérieure agissait sur lui comme un poids qui lui aurait physiquement comprimé l'intérieur du crâne. Il luttait pour ne pas laisser voir ce qu'il ressentait.

Le cadran se stabilisa à 3 000, monta lentement jusqu'à 3 004, se maintint là.

Bonnett murmura : « Ils sont presque au-dessus de notre... »

Un cadran s'agita sauvagement et ils sentirent le *boum* d'une détonation à travers la coque. Le regard de Sparrow vola vers le manomètre : il fit un bond impressionnant jusqu'à 3 028, revint à 3 004.

Garcia murmura : « J'ai entendu dire que le *Barracuda* était monté jusqu'à 3 090 avant d'imploser.

— Il existe un facteur de sécurité plus important que cela », dit Bonnett.

Sparrow dit : « Puisse le Seigneur accueillir leurs âmes et leur accorder Sa grâce. Même s'iladvenait qu'ils périssent par nous. Que Dieu nous pardonne car nous n'agissons pas par colère, mais par nécessité. »

Garcia égrena les perles de son chapelet à travers sa chemise.

Une pensée traversa soudain l'esprit de Sparrow. Il abaissa son regard sur l'officier en second. « Les, que faites-vous quand la poursuite est lancée?

— Heu? » Bonnett lui lança un coup d'œil, revint aux cadrans.

« A quoi pensez-vous? »

Bonnett frissonna. « Je me rappelle que j'ai été marié quatre fois — quatre pépées magnifiques. Qu'est-ce qu'un homme pourrait demander de plus?

— A chacun sa philosophie », dit Sparrow.

Ramsey pénétra dans le poste central, considéra la scène, murmura : « Le silence m'a réveillé. Chassons-nous quelque chose?

— Et vice versa, dit Garcia. Venez ici et donnez-moi un coup de main au tableau.

— Vous n'étiez pas de service », dit Sparrow.

Ramsey hésita.

« Venez ici avec Les, dit Sparrow. Je me tiendrai prêt avec Joe. »

Il s'écarta des commandes.

Ramsey occupa la place laissée vacante.

Sparrow alla se mettre à côté de Garcia.

Bonnett regarda Ramsey du coin de l'œil. « Je vais vous dire une bonne chose, jeune homme, dit-il. Cela ressemble trop à jouer à attraper une panthère par la queue pour que je m'y adonne jamais. »

Sparrow dit : « Ce n'est pas le sillage de nos poissons qui peut les avoir mis sur nos traces. Ils avaient effectué un virage avant qu'il ait été possible de les détecter.

— Le deuxième gars là-bas peut avoir reçu un écho de la vague de choc produite par l'explosion, dit Bonnett. Il est justement en train de dériver en ce moment. Il a déjà lancé sa volée d'anti-torpilles et il... »

Trois ondes de choc les submergèrent à intervalles rapides.

« Ce sera nos poissons qui sont mis hors de combat, dit Sparrow. De quelconques bruits de destruction de P.O.?

— Négatif, dit Bonnett.

— Alors, d'après l'écho, ils connaissent maintenant notre position, dit Sparrow. Branchez un brouilleur de détection et tirez notre volée d'anti-torpilles. » Il donna une claque dans le dos de Garcia et dit : « Manœuvre d'évitement. En avant toute. »

Ramsey, se tenant auprès de Bonnett, frappa une série de commutateurs du plat de la main. Un nuage de petits destructeurs de torpilles autoguidées s'échappa du *Ram*.

Bonnett donna un coup de pied à la commande qui déclencha une torpille sans charge transportant un matériel de signalisation destiné à brouiller les systèmes de détection.

« Pourquoi est-ce que je n'ai pas pris un chouette boulot pépère dans une usine de nitrosyle? grommela Garcia.

— Les gars qui, comme vous, ne voudraient jamais mourir me rendent malade, dit Bonnett. Vous voilà dans une jolie conduite d'égout ambulant avec des t...

— Remontez, aboya Sparrow. Si nous en venons à combattre, je veux disposer d'une marge de pression plus importante. »

Garcia passa à l'exécution. Le pont se redressa.

Ramsey dit : « Qu'est-ce qui vous fait croire...

— Nous sortons du champ de ce brouilleur, dit Bonnett

— Tirez une nouvelle bordée en avant de notre route », dit Sparrow. Il tapota de nouveau l'épaule de Garcia. « Barre à droite et à la dérive. »

Garcia poussa le volant à droite, le redressa, et coupa les moteurs. Le *Ram* perdit peu à peu de la vitesse. Le pont s'inclina de nouveau à tribord.

« Notre assiette est un peu flasque », dit Sparrow.

Bonnett se pencha vers Ramsey, murmura : « Ce type est génial. Nous naviguons en bordure du champ du premier brouilleur. Celui que nous venons de lancer offrira aux autres une piste à suivre et ils... » Il s'interrompit, regardant le système de détection, les yeux dilatés. « Capitaine! » hoqueta-t-il, la voix à la limite de l'horreur. « Ils sont juste au-dessus de nous — en avant toute. Ils passent maintenant au-dessus de nos têtes. A cent pieds maximum! »

Sparrow écarta Garcia d'un coup d'épaule et, du pied, força la vitesse du *Ram*, qu'il détourna du sillage de l'autre sous-marin. A Bonnett il dit : « Maintenez-nous derrière eux. Doucement, ami... doucement. »

Garcia murmura : « J'avais entendu dire que cela était arrivé une fois au vieux *Plunger*, mais je n'avais jamais imaginé voir cela de mes propres yeux. »

Ramsey dit : « Leur point faible. Ils ne peuvent nous entendre dans le remous de leur propre sillage. »

La voix de Bonnett parvint, calme et assurée. « Deux degrés bâbord. »

Sparrow fit virer le *Ram* en conséquence.

Ramsey désigna du doigt l'oscilloscope.

Bonnett regarda dans cette direction, dit : « Capitaine, au large à tribord, toute une meute de loups. Ils se dirigent vers le dernier brouilleur que nous avons lancé.

— Ils sont trop près pour que nous nous en réjouissions », dit Sparrow. D'une main, il ralentit la vitesse; de l'autre, il appuya sur une commande pour armer une torpille. « Mettez la portée minimale, dit-il. Tout ça doit se faire très vite. Dès que nous entendrons l'explosion, envoyez des brouilleurs aux quatre points du compas. »

Bonnett confirma. « Cent yards, dit-il. Cent vingt-cinq... cent cinquante... cent soixante-dix... » Il jeta un coup d'œil au second oscilloscope. « D'une seconde à l'autre, la meute va recevoir deux de nos signaux, dont l'un ne correspondra pas à IFF[1]. Deux cent cinquante... deux cent soixante-dix... »

Sparrow tira l'unique torpille, coupa les moteurs, commença à compter : « Un, deux, trois, quatre, cinq, six, sept, huit, neuf, dix, on... »

La déflagration secoua le *Ram*.

Bonnett lança les brouilleurs.

Les oreilles de Ramsey tintaient.

Sparrow accéléra, fit effectuer au *Ram* un petit virage, entamant une remontée. D'une main, il poussa Garcia vers les commandes, recula. « Ils vont s'attendre à ce que nous plongions, dit-il. Fermez les ballasts. »

Garcia manipula les commutateurs, le *Ram* fit un bond et remonta.

Sparrow dit : « Les, signalez-moi lorsque nous serons à cinquante pieds de la limite du champ du brouilleur.

— D'accord, dit Bonnett. Nous n'y sommes pas encore. »

Bonnett vit le regard étonné de Ramsey, dit : « On vous

1. IFF. système d'identification « ami ou ennemi » *(Identification Friend or Foe)*.

a appris beaucoup de choses à l'école des sous-mariniers, mais jamais des trucs pareils, pas vrai? »

Ramsey secoua la tête. « Nous allons faire surface, dit Bonnett. Nous serons peut-être au ciel avant d'y parvenir, mais nous le ferons sans bruit. »

Sparrow regarda le manomètre : 1 200 livres — au-dessus du niveau 3 000. Il interrogea du regard Bonnett qui secoua la tête.

Les secondes succédaient aux secondes. Bonnett dit : « Nous y sommes! » Garcia stoppa les moteurs.

Sparrow s'essuya le visage de la main, parut étonné en la voyant pleine de sang. « Saignement de nez, dit-il. La décompression a été trop rapide. Des comprimés Haldane, tout le monde. » Il sortit d'une poche une pilule verte et plate qu'il glissa dans sa bouche. Comme toujours, il eut immédiatement la nausée. Il fit la grimace, avala la pilule en se forçant, eut un frisson.

Bonnett cracha dans son mouchoir, dit : « Les hommes n'ont pas été mis au monde pour prendre des trucs pareils. » Il secoua la tête.

Le *Ram* commença à pencher doucement vers la droite.

Sparrow regarda Ramsey et dit : « Johnny, portez-vous sur la gauche là-bas. »

Ramsey obéit, pensant : *Voilà où il faut en être pour se faire appeler par son prénom! J'aurais préféré rester un pieds-secs.*

Au moment où il passa devant Garcia, l'officier mécanicien exprima à haute voix sa pensée : « Je parie que vous préféreriez être encore Ramsey-le-Bleu. »

Ramsey esquissa un sourire.

Le pont continuait à s'incliner, mais plus lentement.

Sparrow fit un signe de tête à Bonnett. « En commande manuelle. Commencez le mouvement d'assiette. Lentement et calmement. »

Bonnett se rendit à la cloison arrière, dégagea une poignée de manivelle. Sparrow le remplaça au tableau de détection.

Lentement, ils se stabilisèrent sans roulis ni tangage, mais le bâtiment commença alors à baisser du nez. Puis le pont esquissa une lente inclinaison vers la gauche.

Sparrow dirigea son regard sur Ramsey, désigna de la tête la cloison auprès de laquelle il se trouvait. « Prenez la commande de stabilisation en profondeur. Doucement. Sans bruit. »

Ramsey se mit en devoir d'exécuter. Il regarda le manomètre : 840 livres. Ils étaient à moins de 2 000 pieds de profondeur.

« Nous pourrons maintenir une sorte d'assiette jusqu'à ce que nous nous heurtions à la turbulence des vagues, dit Sparrow. Sans doute nous faudra-t-il ensuite prendre le risque d'actionner les moteurs. »

Avec douceur, le *Ram* remonta, roulant et tanguant.

Ramsey trouva le bon rythme. Il n'était pas possible de conserver au bâtiment une assiette parfaite. Mais on pouvait lui imprimer un mouvement de bascule régulier. Il adressa un sourire à Bonnett lorsqu'il eut obtenu une stabilisation latérale.

Le pont interrompit brusquement un contre-mouvement vers la gauche et donna fortement de la bande à droite, revint en position, le nez en l'air; puis, de nouveau, gîta à droite. Un sifflement retentit à travers la coque.

L'écran de la cloison avant — relié à l'œil de télévision du kiosque — devint d'un vert laiteux.

Sparrow était aux commandes, une main sur la rampe. Il leva les yeux sur l'écran.

*Quand va-t-il nous donner de la vitesse?* se demanda Ramsey.

Cette fois, le *Ram* fut déporté fortement à gauche

Pris de panique pendant un instant, Ramsey abaissa directement le regard sur l'enchevêtrement de tuyaux et de conduites contre la coque épaisse à bâbord. *Nous allons y passer*, pensa-t-il.

Mais le *Ram* se remit insensiblement en position, se redressa. L'écume disparut de l'écran de la cloison sur lequel apparurent la brume et de longs rouleaux frangés de blanc. Le *Ram* dansait et se balançait sur la mer.

« Je suis d'accord avec vous, capitaine, dit Bonnett.

Quand il s'agit de mourir, tous les moyens se valent. Ils nous auront sûrement entendus. »

Garcia se fraya un chemin le long de la rambarde, luttant contre les mouvements désordonnés du pont. « Si nous pouvions gréer une ancre flottante, dit-il.

— Nous en avons déjà une, dit Sparrow.

Garcia rougit. « La remorque!

— Soyez remercié, Seigneur, pour cet adorable brouillard », dit Bonnett.

Le *Ram* se balançait sous le vent, décrivant depuis la remorque un large et ondulant arc de cercle, tirant sur les cordages comme un cheval sauvage à l'attache.

« Donnez du mou à la remorque », dit Sparrow. Il fit un signe à Garcia qui s'empressa de passer à exécution.

Le mouvement du pont devint moins rude.

Sparrow gardait à l'œil le dispositif de détection. « Quel est notre cap, Joe?

— Près de cinquante-huit degrés.

— Le vent est favorable, dit Sparrow. Et les gars, au fond, n'ont pas changé de cap.

— Ils continuent à fouiner selon les indications de notre dernier brouilleur, dit Garcia.

— Votre quart est maintenant terminé, Joe, dit Sparrow. Je vais vous relever.

— Voulez-vous que j'apporte quelques sandwiches avant de me mettre au lit? demanda Garcia.

— Jambon et fromage, dit Bonnett.

— Non, merci », dit Sparrow. Il étudia le sonoscope du tableau de détection. « Nous dériverons avec le vent jusqu'à ce que nous ne recevions plus les signaux de cette meute. »

Ramsey bâilla.

Sparrow désigna du pouce la porte à l'arrière. « Vous, aussi. Vous avez fait du bon travail, Johnny. »

Ramsey dit : « Sûr. » Il suivit Garcia sur l'escalier des cabines, les muscles endoloris d'avoir actionné les pompes de ballast, exercice auquel il n'était pas habitué.

Garcia se retourna à la porte du carré des officiers, regarda Ramsey : « Une croûte? »

Ramsey se redressa, une main appuyée contre la cloison. Sous ses pieds, le pont roulait et tanguait.

« Ces rafiots n'ont pas été conçus pour naviguer en surface, dit Garcia. A quoi le sandwich? »

L'idée de nourriture déclencha brusquement un haut-le-cœur chez Ramsey. Le long escalier des cabines se mit à tourner devant lui, dans le sens contraire du mouvement du pont. Il se mit une main devant la bouche, se précipita vers ses quartiers. Il parvint juste à temps au lavabo, faisant des efforts pour vomir.

Garcia, qui l'avait suivi, prit une petite pilule bleue qu'il lui fit avaler.

Ramsey en éprouva un soulagement immédiat. « Merci, dit-il.

— Maintenant, Junior, roupille. »

Garcia l'aida à escalader sa couchette, étendit une couverture sur lui.

*Le mal de mer! Je ne m'en débarrasserai jamais!* pensa Ramsey. Il entendit partir Garcia. Subitement, il se souvint du télémètre. Mais il était trop faible, trop vaseux. Il sombra dans le sommeil. Le mouvement du *Ram* se transforma en un apaisant bercement.

Dodo... l'enfant do...

Le son d'une voix lui parvenait à peine. Lointaine. Venant d'un tunnel. Dans une chambre d'écho.

« Le bateau est ma mère. Je ne voudrais pas... »

Lorsqu'il se réveilla, c'était à lui de prendre le quart et il eut tout juste le temps de jeter un rapide coup d'œil aux bandes du télémètre.

Sparrow avait repris le strict contrôle de lui-même.

C'était comme si Ramsey avait, dans son subconscient, travaillé sur un problème, le retournant en tous sens, et il venait d'en avoir les dernières données. Les réponses montaient comme des nausées au niveau de sa conscience.

Il sut ce qu'il avait à faire.

Pendant vingt-trois heures, le *Ram* dériva sous le vent, s'éloignant de l'Islande vers le nord-est. Point gris sur fond de grisaille et d'écume. Et derrière, affleurant presque, le bondissement vert de la remorque, monstre marin surgi des profondeurs.

Lors du second quart de Ramsey, ils passèrent à deux miles d'un iceberg radioactif, qui s'était probablement détaché des récifs du littoral nord-est du Groenland. Ramsey maintint les détecteurs de rayonnement au maximum admissible pour qu'ils ne risquent pas d'être contaminés. La montagne de glace grossièrement découpée, prenant le vent comme une voile, courait presque sous la tempête. Elle s'écarta du *Ram* avec la majesté d'un navire.

Ramsey inscrivit dans le livre de bord : « Courant s'écartant de notre cap par l'est. Nous n'avons pas croisé la route de l'iceberg. »

Radiation extérieure : 1 800 milliröntgens.

Garcia traversa la porte du pont de commande. « Toujours rien à signaler?

— Rien », dit Ramsey.

Garcia jeta un coup d'œil à l'écran de la cloison sur lequel apparaissaient des rouleaux gris. « Ça se calme.

— Si le brouillard veut bien se maintenir », dit Ramsey.

Sparrow sortit de la porte arrière, sa mince silhouette paraissant plus dégingandée encore qu'à l'habitude.

*Il est détendu*, pensa Ramsey. *C'est normal. Quel est le commandant des Puissances orientales qui songerait à venir nous chercher ici? Nous sommes trop enfoncés dans l'eau pour qu'on puisse nous voir sur un écran de la côte.*

« Rien à signaler, capitaine, dit-il.

— Très bien », dit Sparrow. Il regarda le loch chrono : neuf jours, trois heures et quarante-sept minutes. « Joe, depuis combien de temps avez-vous reçu le dernier signal de nos amis?

— Aucun signe d'eux depuis près de dix heures. »

Sparrow jeta un coup d'œil à la carte sonoran. Le point rouge se situait à soixante-six degrés, neuf minutes, vingt secondes de latitude Nord, deux degrés, onze minutes, de longitude Ouest. Il fit un signe de tête à Ramsey. « Moteurs, s'il vous plaît. Vitesse de surface. Accélérateur au quart. Maintenez-nous au-dessous de huit nœuds. »

Ramsey se disposa à exécuter.

Sous l'effet d'une vague, le *Ram* trembla légèrement. Ils gagnèrent peu à peu de la vitesse.

« Il répond à la barre, monsieur », dit Ramsey.

Sparrow acquiesça d'un geste. « Cap treize degrés. En dérivant, nous nous sommes un peu trop approchés du littoral norvégien. Les Puissances orientales y disposent de postes d'écoute. »

Ramsey fit prendre au bateau sa nouvelle direction.

« Nous ferons surface tant qu'il y aura du brouillard, dit Sparrow.

— Nos anges gardiens font des heures supplémentaires, dit Garcia.

— Je me demande s'ils sont syndiqués? » interrogea Ramsey.

Sparrow regarda le loch chrono : neuf jours, quatre heures, juste. Il attira l'attention de Garcia, désigna le loch de la tête et ensuite la barre. « Remplacez-le, voulez-vous, Joe. »

Garcia remplaça Ramsey à la barre.

« Vous êtes libre », dit Sparrow.

Ramsey se sentit submergé par une vague de fatigue. Il se rappela ce qu'il avait à faire, relégua son épuisement. « Nous toucherons bientôt au but », dit-il.

Sparrow sourcilla.

« Pas trop tôt, en ce qui me concerne, dit Ramsey. J'ai l'impression que nous vivons des moments qui nous ont été prêtés. Je veux que nous soyons payés comptant — un plein chargement de ce cher pétrole.

— Ça suffit », dit Sparrow.

— Vous avez peur que je lâche un de ces sales vieux secrets de la Sécurité? » demanda Ramsey.

Garcia lui lança un regard surpris.

« Gagnez vos quartiers, dit Sparrow.

— D'accord », dit Ramsey, en prenant le ton de Garcia. Il mit dans sa voix autant d'insolence qu'il était possible sans tomber dans une véritable insubordination, se dirigea vers la porte conduisant à l'arrière.

« Je désire vous parler avant votre prochain quart, dit

Sparrow. Il y a déjà longtemps que nous aurions dû nous ent... » Il s'interrompit lorsqu'une lampe témoin s'éclaira en rouge sur le tableau d'alerte du réacteur. La lampe clignotait : verte, puis rouge, puis verte.

Garcia s'en aperçut également.

Ramsey revint à la cloison des commandes, vit le dernier passage du rouge au vert.

« Il y a quelque chose de déconnecté dans le compartiment du réacteur, dit Sparrow.

— L'ébranlement causé par la torpille, dit Ramsey.

— Plus probablement le coup de mer que nous avons essuyé, dit Garcia.

— C'est le circuit " T " des commandes auxiliaires d'amortisseurs de bruit, dit Sparrow. A l'avant, à droite. Dites à Les d'arriver au pas de course. »

Garcia déclencha le signal d'alarme.

« Essayez de voir quelque chose sur les écrans », dit Sparrow.

Ramsey reprit la barre. Garcia le dévisagea, se rendit aux commandes des écrans, commença à faire jouer les commutateurs.

Bonnett entra. « Qu'est-ce qui se passe?

— Quelque chose de détraqué dans le compartiment du réacteur, dit Sparrow. C'est le circuit " T ".

— A droite à l'avant », dit Bonnett. Il se déplaça pour avoir une meilleure vision des écrans, attrapa la rambarde pour ne pas être déséquilibré par le roulis du pont.

Sparrow dit : « Je vais à l'avant. » Il jeta un regard au tableau d'alerte. La lampe clignotait, comme lui faisant de l'œil : rouge, vert, rouge, vert, rouge, vert... « Les, rejoignez-moi à l'avant pour m'aider à enfiler une combinaison. Je vais devoir ramper dans le tunnel de droite, utiliser les commandes manuelles et les miroirs.

— Une minute, capitaine, dit Garcia. Regardez. Quand nous tombons au creux de la vague, on dirait... Tenez! »

Tous le virent. Le long bras pendant de la commande manuelle de l'amortisseur de bruit se balançait en tous sens comme la patte articulée d'un insecte. Il montrait une fracture au sommet de la charnière du coude. L'armature supérieure ballottait au gré du bateau. « Elle avait été calée contre la charnière, dit Garcia. Elle est maintenant redevenue folle. » Il regarda le tableau d'alerte. Rouge, vert, rouge, vert, rouge...

Chaque fois que la lumière était rouge, le bras en se balançant heurtait un câble du circuit de commande. Un grand arc bleu d'électricité jaillit.

Garcia pointa son doigt vers la moitié inférieure de l'écran où apparaissait la base du système de commandes. « C'est à cet endroit-là que réside le véritable ennui. Toute la base des commandes est tordue. Regardez ces boulons cisaillés. »

Sparrow virevolta vers l'écoutille avant, la déverrouilla. « Les, j'ai changé d'avis. Restez avec Johnny au tableau principal. Joe, venez me rejoindre. » Il lança un regard furieux à Ramsey, hésita, puis dit : « En immersion au-dessous de la turbulence des vagues. »

Les mains de Ramsey volaient aux commandes : barres de plongée deux degrés, système de compensation ouvert, pression dans la coque maintenue. Il estima préférable de laisser faire son corps plutôt que sa tête, d'admettre le bénéfice de sa formation, conscient qu'il ne pourrait ainsi se tromper.

Sparrow franchit la porte, gagna la coursive de la salle des machines. Garcia lui emboîta le pas.

Ramsey mit en marche les dispositifs de balayage télévision de la salle des machines pour suivre leurs mouvements : *Quel moment j'ai choisi pour jouer mon rôle*, pensa-t-il. Il eut, mentalement, un geste de résignation. *Mais tous les moments se valent.*

« Nous réussirons, dit Bonnett. Rien ne pourra nous en empêcher. »

Surpris, Ramsey lança un coup d'œil à l'officier en second.

Bonnett avait le regard fixé sur l'écran. Ramsey en suivit la direction. Sparrow et Garcia étaient en train de descendre l'échelle conduisant au tunnel de droite. Sparrow ouvrit d'un coup sec l'armoire de la cloison, prit une combinaison ABG à son portemanteau.

« Les P.O. sont fous de penser qu'ils peuvent l'avoir, dit Bonnett. On dirait un dieu! »

Quelque chose dans la voix de Bonnett...

Ramsey réprima un frisson.

On voyait, sur l'écran, Garcia aider Sparrow à enfiler son encombrant scaphandre.

Ramsey revint à ses commandes alors que le bâtiment se stabilisait. Il éprouva le besoin de parler, dit : « Nous sommes hors de la zone de turbulence des vagues. »

Bonnett le regarda. « Dites-le donc. » Il retourna son attention vers l'écran.

Ramsey régla les commandes, redonna au pont son assiette.

Sparrow était maintenant complètement bouclé dans sa combinaison. Il se tourna gauchement, aida Garcia.

*Que dit le télémètre?* se demanda Ramsey. *Sparrow garde-t-il son sang-froid? Ou la rétroaction démarre-t-elle sauvagement?*

Dans le lourd scaphandre, Sparrow sentit la sueur commencer à l'inonder. Ses doigts semblaient lui refuser toute obéissance alors qu'il aidait Garcia. *De sacrées étuves, ces scaphandres! Voilà!* Le dernier dispositif d'étanchéité était en place.

Sparrow aspira profondément, parla dans son micro de scaphandre : « Essai... Essai. Les, me recevez-vous? »

La voix du capitaine sortit du haut-parleur du pont de commande avec un bruit de tonnerre. Ramsey réduisit le volume.

Bonnett, dans son micro pectoral : « Cinq sur cinq.

— Joe, dit Sparrow. Me recevez-vous?

— Parfaitement, capitaine.

— Écoutez-moi bien, Les, dit Sparrow. Si ce bras d'amortisseur se balance trop, il va finir par frapper le réacteur. Contrôlez pour moi sur votre écran. Il se pourrait que je ne m'aperçoive pas assez tôt d'un changement de position. »

Bonnett regarda l'écran où se voyait le compartiment du réacteur. « Il ne bouge pas pour l'instant, capitaine. Il repose contre les attaches du premier étage.

— Mais ces boulons sont cisaillés, dit Sparrow. Tout peut s'écrouler sur le réacteur. »

Bonnett scruta l'écran. « Capitaine, vous avez une chance de pouvoir attraper la principale tige de direction avec le grappin des commandes manuelles avant. » Il se pencha davantage sur l'écran. « Il y a peu de place. Vous aurez à vous glisser devant cette charnière brisée.

— Combien d'espace?

— Six pouces, peut-être. Pas plus. L'angle du miroir est mauvais.

— Guidez-moi, dit Sparrow. On peut y arriver. » Il se tourna, déverrouilla le panneau du tunnel, alluma sa lampe de casque. « Joe, restez ici à moins que je ne vous appelle. » Il plongea une main dans le tunnel, trouva le commutateur du système de filtrage, l'ouvrit.

Garcia dit : « Je vous chronométrerai. Dites à Les de contrôler les radiations dans le tunnel. »

Bonnett, qui suivait la conversation par l'interphone, dit : « Je vous indiquerai d'ici le rapport temps/rayonnement. » Il tourna un cadran, y brancha une fiche, essaya le circuit.

« J'y vais », dit Sparrow. Il se pencha, se glissa dans le tunnel. « Je vous dirai au fur et à mesure ce que je verrai dès que j'aurai atteint les commandes manuelles, Les. Enregistrez tout sur bande. La base exigera un rapport détaillé de tout cela.

— Allez-y lentement et sans vous énerver, capitaine », dit Bonnett.

Sparrow dit : « Joe, bouclez la porte du tunnel derrière moi. Si ce bras tombe à droite, il démolira l'obturateur de sortie. La matière radioactive se répandra partout.

— D'accord. »

Un petit coup sourd dans son dos et la sensation d'un changement de pression l'informèrent que Garcia avait exécuté l'ordre. Une fois isolé, Sparrow eut l'impression d'avoir le front pris dans un étau. La sueur dégoulinait le long de ses joues, de son nez. Ses vêtements en étaient trempés, lui collaient à la peau.

La voix de Garcia lui parvint à travers les écouteurs et lui fit l'effet de provenir d'un autre monde. « Que voyez-vous, capitaine?

— Le tunnel est vide. Jusqu'à présent, aucune radiation. » La lampe de son casque ouvrait un sentier lumineux dans les ténèbres métalliques.

*Encore une trompe de Fallope*, pensa-t-il. Et il se rappela toutes les fois où il avait parcouru en rampant la maquette de tunnel lorsqu'il était à l'instruction sans que jamais cette idée ne lui fût venue à l'esprit. *Il y a un début à tout : un début pour naître, un début pour mourir*. Il attendait avec impatience de pouvoir essuyer la sueur baignant son front. *Si vous revenez au monde, vous n'entrerez pas...*

La lumière tomba sur la porte de secours près de la fin du tunnel. Elle marquait la limite de la cloison. Au-delà, il y avait la pipette à sulfate de plomb s'avançant dans le compartiment du réacteur. Et au bout : les commandes manuelles. Il déverrouilla la porte, la renvoya dans son embrasure.

Les projecteurs du compartiment du réacteur jetaient sur le sol du tunnel leurs regards bleus qui, reflétés par le système de miroirs, formaient un étrange tableau de lumières éclatantes et d'ombres. Sparrow, pouce par pouce, entrait dans le cercle de lumière.

« Je suis aux commandes manuelles », dit-il. Il se mit sur le dos, luttant contre la terreur qui menaçait de l'envahir. Ici, dans la clarté bleue du compartiment du réacteur, il y avait... quoi? Le monde et les menaces dont il est plein.

La voix de Garcia parvint par l'interphone : « Tout va bien, capitaine? »

Sparrow prit une profonde inspiration. « Oui. »

*Je vais m'imaginer que je suis toujours à l'école*, pensa-t-il. *C'est un examen. Il faut que je réussisse ou j'aurai une mauvaise note. On a arraché les unités de contrôle de leur socle et je dois effectuer les réparations dans des conditions de travail simulées. Le lieutenant de vaisseau Maurey est revenu à l'embouchure du tunnel dans l'espoir que j'échouerai. Ce n'est pas vraiment un réacteur qu'il y a ici; c'est simplement une maquette. On ne prendrait pas le risque d'en confier un vrai aux mains inexpertes d'un misérable étudiant. Il faudra attendre que vous soyez arrivé au terme de cette coûteuse formation et que votre perte représente un coût élevé. Puis...*

« Capitaine? » La voix de Les, rendue métallique par les écouteurs.

« Oui?

— Êtes-vous prêt?

— Un petit moment, Les.

— Bien. »

Sparrow enfila les mains dans les pinces fixées aux commandes manuelles, tira le tenon par lequel il s'accrocha au grappin. Il le ramena de la main droite, suivit dans le miroir le grappin se mettre en position d'élévation.

« Les?

— Je le vois, capitaine. Remontez-le d'environ trois pieds. Alignez-le sur la plaque d'appui mobile, mais maintenez-le en arrière de la charnière cassée.

Sparrow abaissa la pince droite, la fit virer légèrement pour mettre en mouvement le surcompresseur hydraulique. Le grappin s'éleva. *Trop vite!* La sueur perlait à son front.

« Un peu plus lentement », dit Bonnett.

Sparrow murmura : « Seigneur, je suis comme David. Je me trouve dans une situation critique : remettons-nous désormais entre les mains du Seigneur; car Sa grâce est infinie : et ne m'abandonnez pas aux mains de l'homme. Que je demeure entre Tes mains. J'ai péché et j'ai agi misérablement : mais ces moutons, qu'ont-ils fait? Prends ma main, Seigneur. Guide-moi. »

Il retrouva son calme.

« Avez-vous parlé, capitaine? demanda Bonnett.

— Je suis fin prêt, Les. Orientez-moi.

— Parfait. Vous devez avancer d'environ six pieds et vous déplacer d'un pouce à peu près vers la gauche. Faites lentement. »

Sparrow réduisit la poussée du surcompresseur hydraulique, emmancha son bras dans la pince. Le bras manuel s'éleva lentement, s'arrêta, vira sur la gauche.

« Tout droit, capitaine. Avancez-le de trois pieds et verrouillez-le tandis que vous amènerez la partie arrière de la charnière en position. »

Le grappin se déplaçait comme s'il avait été un de ses membres. Il tourna la pince gauche pour en verrouiller la partie antérieure, donna du mou pour mettre à l'alignement l'élément suivant du bras du grappin.

« Est-ce que ça va?

— Parfait. Maintenant, pouvez-vous soulever tout le bras d'un pouce environ? Vous êtes un peu près de cette charnière brisée.

— Il ne m'est pas possible de voir en même temps l'extrémité du grappin et l'élément suivant, Les. Je crois préférable de surveiller l'élément.

— Très bien. Maintenez-le en bas et relevez l'extrémité du grappin d'un quart de pouce en même temps. »

Sparrow grogna en l'élevant une première fois.

« Cela fait un demi-pouce, capitaine. Encore une fois exactement la même chose. »

C'est en émettant un nouveau grognement que Sparrow actionna la pince.

« Un poil de plus, capitaine; mais vous avez encore de la place.

— Voulez-vous que je le baisse?

— Non. Laissez-le là. Maintenant, faites passer le grappin devant la charnière. Poussez tout droit d'environ trois pieds. »

Sparrow tourna la tête pour regarder le grappin dans les miroirs. On aurait dit qu'il allait s'écraser directement sur la charnière cassée. *Mauvais angle de vision*, pensa-t-il. *Comment un truc aussi mal conçu que cela pourrait-il résister?* Il souleva la pince droite. Le grappin bondit en avant, s'arrêta.

« Maintenez-le une seconde exactement dans cette position, capitaine. »

Des murmures parvinrent à Sparrow à travers les écouteurs.

La voix de Bonnett resurgit : « Il faudra faire passer trois éléments du bras du grappin, devant la cassure avant de pouvoir abaisser l'extrémité. Il vaudrait mieux aligner l'élément suivant. »

Sparrow amena la partie suivante, la redressa. « Et pour l'alignement?

— Tout droit. Avancez-le. »

Il exécuta, actionnant les commandes d'une main de plus en plus sûre. L'élément suivant fut soulevé, aligné, avancé.

« Un pied de plus en avant, capitaine. »

Il actionna le bras du grappin.

« Voici venue la partie délicate. Abaissez l'extrémité au joint numéro trois. Allez-y lentement et arrêtez-vous quand je vous le dirai. »

Sparrow inclina vers le bas les éléments du bout. Il pensa qu'il ressentait les mouvements de la partie mobile comme s'il s'agissait de son propre bras. Il sentit le moment où il était parvenu à la bonne position et s'arrêta à l'instant où les mots se formaient sur les lèvres de Bonnett pour lui en donner l'ordre. L'extrémité du grappin était maintenant hors de vue au-dessus du socle des commandes. Il faudra procéder à quatre ajustements des miroirs pour la faire réapparaître

« Vous êtes à environ dix pouces au-dessus de la barre principale de direction. Pour y arriver, vous devez franchir la partie enjambant la charnière cassée.

— Je ne veux pas risquer de heurter cette charnière, dit Sparrow. Elle subit déjà une telle pression. Je pourrais la démolir complètement.

— Je me suis servi des calibres sur l'écran, dit Bonnett. Vous disposerez à peu près d'un pouce pour manœuvrer. »

Sparrow ressentit la fatigue dans les poignets et dans les avant-bras, murmura : « Encore un instant, Seigneur. Nous y arrivons.

— Prêt? demanda Bonnett.

— Oui. Dirigez-moi.

— Bien. Amenez l'extrémité vers vous d'environ quatre pouces. »

Sparrow actionna le grappin.

« Maintenant descendez de six pouces. »

Sparrow dirigea l'extrémité vers le bas, eut le sentiment

d'être parfaitement maître de ses nerfs, dit : « Que faut-il faire pour l'aligner latéralement?

— Un demi-pouce à droite. »

Il modifia l'angle de descente, continua d'abaisser l'extrémité. « Combien de champ libre au-dessus?

— Vous avez encore deux pouces. »

Il sentit les mâchoires du grappin entrer en contact avec la barre de direction, les amena au niveau de la barre, la saisit.

« Capitaine, vous n'auriez pas pu faire mieux en utilisant votre propre main. »

Sparrow verrouilla le grappin en position, amena des grappins auxiliaires pour l'amarrer. Il rebroussa chemin dans le tunnel jusqu'aux commandes manuelles de la position numéro deux, se saisit d'un petit grappin qu'il fixa à la pièce cassée. La commande frissonna.

« Mon Dieu, dit Bonnett. Il serait allé juste au-dessus si on ne l'avait pas amarré à la barre de direction. »

Sparrow installa une baladeuse au-dessus de la charnière endommagée, la bloqua, souleva le bout cassé jusqu'à ce que les parties sectionnées se touchent. Il alluma la lampe.

« Qu'allez-vous faire, capitaine?

— L'attacher solidement à la charnière. C'est la seule chose que je puisse faire maintenant. Il y a suffisamment de jeu dans les autres éléments pour compenser à peu près la perte de mobilité. Nous serons encore à même de couvrir plus de 80 % de cette face de la pile. Les commandes manuelles couvriront le reste.

— Et le socle?

— Je vais faire tomber les boulons cisaillés dans le bassin à boues. » Il abaissa la lampe électrique, promena son rayon sur la charnière brisée. Au moment de la fusion, il éteignit la lampe, pressa l'un contre l'autre les éléments brisés. La réparation formait une coupe cunéiforme. Il arrosa l'intérieur de métal à braser, amena le fer à souder et emplit la coupe.

« On dirait que ça va tenir, dit Bonnett. J'ai scruté le socle. Il ne semble pas gauchi, mais il n'est plus dans l'alignement. A l'extrémité arrière, vous aurez besoin d'un vérin d'écartement.

— Bien. Quelle est l'inclinaison?

— Un degré environ. Mettez d'abord les boulons de remplacement le long de la face intérieure. Ils la maintiendront tandis que vous déposerez la barre de direction.

— J'ai une meilleure idée, dit Sparrow. Faites très attention et prévenez-moi si quelque chose commence à aller mal.

— Qu'allez-vous faire?

— Mettre les boulons en place contre la face intérieure, puis introduire une jambe de force dans la barre de direction. La poussée contre le grappin remettra le socle en place.

— C'est risqué.

— Pas plus que de pousser un vérin contre le socle du réacteur pour l'amener en position. De cette façon, nous ne touchons pas la pile. »

Sparrow poursuivit tout en travaillant. « La règle d'or pour les réparations dans le compartiment du réacteur doit être : ne toucher au réacteur qu'en cas d'impossibilité absolue de faire autrement.

— Vous disposez de neuf minutes, capitaine, dit Bonnett. Dans cinq minutes, il faut que vous repreniez le chemin de la sortie.

— Raison de plus d'agir selon mon idée, dit Sparrow.

— Joe ne pourrait-il pas terminer?

— Seulement si c'est nécessaire. Il est préférable que nous ne soyons pas deux sur la liste de désactivation. »

Il toucha le commutateur de la barre de direction. La base des commandes bascula contre ses amarres de grappin. Le métal protesta. Deux des boulons se mirent en position. Sparrow glissa des écrous jusqu'à eux, les serra avec une clé à moteur. Il fit une nouvelle fois basculer le socle et la barre de direction. Les autres boulons gagnèrent leurs logements. Les doigts de Sparrow voletaient sur les commandes manuelles alors qu'il achevait son travail. Il dégagea les grappins, écarta du chemin le bras de commande réparé, le fixa.

« Deux minutes, capitaine. En route, immédiatement! »

Sparrow libéra la dernière amarre provisoire, la descendit, se glissa vers la sortie du tunnel, ferma et verrouilla la porte à la limite de la cloison. Sa lampe de casque était pâle comparée à la lumière d'un bleu éclatant de l'extrémité du tunnel. Il rampa à reculons, entendit Garcia déverrouiller la porte derrière lui, sentit les mains expertes de l'autre sur ses jambes et l'aidant à franchir les quelques derniers pieds.

La voix de Bonnett lui parvint par les écouteurs : « Vous êtes resté à peu près une minute de trop. Descendez à l'infirmerie pour vos piqûres. »

Sparrow sourit : donner des ordres faisait du bien à Les, cela le détendait.

« Au pas de course, capitaine, dit Bonnett. Chaque seconde perdue augmente d'autant le délai de votre désactivation. »

Sparrow réprima un sentiment de colère. Conformément à l'article quatre-vingt-dix, Bonnett assumait techniquement le commandement si son supérieur avait été soumis à un excès de radiations. Mais minute!

Garcia survola le corps de Sparrow avec un détecteur de radiations, travaillant en silence, lui indiquant d'un geste le moment où il devait se tourner. L'officier mécanicien se redressa, rangea le détecteur. « Entrez dans cette salle de décontamination. » Il décrocha le tuyau qui reliait Sparrow au réseau du tunnel, ferma la porte et la verrouilla.

Sparrow entra d'une démarche d'ours dans la salle de décontamination, sentit autour de lui le jaillissement du détergent mousseux.

« Joe, combien de temps? » C'était de nouveau Bonnett.

« Il est maintenant dans la salle de décontamination, Les. Encore trente secondes.

— Faites au plus vite, Joe. Ramsey est en train de descendre avec l'aiguille pour lui faire ses piqûres ici. Nous gagnerons ainsi quelques minutes. »

Ramsey apparut sur la coursive au-dessus d'eux, portant sous le bras une boîte à pharmacie pour les premiers secours en matière de radioactivité. Il vint les rejoindre à leur niveau aida Garcia à déboucler son scaphandre.

Sparrow sortit de la chambre sans sa combinaison, eut un froncement de sourcils en voyant la boîte à pharmacie dans les mains de Ramsey.

« Penchez-vous, capitaine », dit Ramsey.

Sparrow obéit, baissa son pantalon, fit une grimace en regardant l'aiguille. « Ne vous réjouissez pas trop, Johnny », dit-il.

Ramsey retira l'aiguille, passa un désinfectant sur la peau nue.

« Voilà et j'espère que vous n'aurez jamais à me rendre la pareille. »

La montée de la tension chez Sparrow était, pour ainsi dire, perceptible physiquement.

Ramsey replaça la seringue dans la pharmacie, qu'il referma.

« Allons », dit Sparrow.

Garcia accrocha son scaphandre ABG dans son placard, monta l'échelle derrière eux.

Ramsey pensa : *Que dit le télémètre ? Seigneur, j'ai pensé qu'il ne sortirait jamais de ce tunnel.*

Ils gagnèrent la coursive centrale, prirent la direction du poste central. Brusquement, les moteurs géants, au milieu desquels ils se trouvaient, se turent. Sparrow se mit à courir, franchit en s'inclinant la porte de la salle. Ramsey, se hâtant derrière lui, entra sur les talons de Sparrow.

Bonnett était devant le tableau de détection, une main sur les commandes de transmission. Ses yeux fixaient l'oscilloscope de l'indicateur de limite de portée du son. Il dit sans se retourner :

« Un signal. A la portée maximale. Nous l'avons perdu.

— Ils doivent maintenant avoir une vague idée de notre cap, dit Sparrow. Ils quadrillent le secteur. A quelle profondeur sommes-nous ?

— Nous sommes au-dessus des hauts-fonds subarctiques, dit Bonnett. Le fond est à 350 brasses.

— Trop peu pour que nous nous y immobilisions, dit Sparrow. Ils pourraient approcher de trop près pour...

— Le voilà de nouveau », dit Bonnett. Il indiqua l'indicateur, régla deux cadrans qui l'encadraient. « Nord-Est. Une meute à en juger par le bruit. Bon Dieu! Disparus une fois de plus. Il doit y avoir un banc de poissons entre nous.

— Cap sur le bassin de la Norvège, dit Sparrow. Il nous faut des eaux profondes. » Il jeta un coup d'œil à la carte sonoran. « Cap neuf degrés. »

Bonnett mit en prise, orienta la barre vers la gauche jusqu'à ce qu'ils soient sur le nouveau cap.

Sparrow fit un pas vers sa table de navigation, se pencha dessus, fit des calculs. Il se redressa sur-le-champ. « J'estime que nous arriverons dans deux heures six minutes. » Il se retourna. « Johnny, demeurez ici à la détection. Il y a du champ entre nous, mais pas assez pour nous permettre de relâcher notre vigilance. »

Ramsey se rendit au tableau de détection.

Garcia entra, revenant de la salle des machines. « Le véritable danger, c'est qu'un P.O. fasse le mort jusqu'à ce que nous soyons à sa portée, dit-il.

— L'océan est grand, dit Sparrow.

— Et le monde est petit », dit Garcia.

Sparrow posa son regard sur la boîte à pharmacie « antiradioactive » que Ramsey avait mise sur l'un des tabourets du tableau des commandes. Il jeta un coup d'œil à sa montre-bracelet.

« Quelqu'un a-t-il branché un chronomètre pour mes prochaines piqûres?

— Moi, dit Ramsey.

— Reposez-vous autant que vous le pourrez, capitaine, dit Bonnett. Je viendrai vous voir dès que nous aurons trouvé un endroit où nous poser.

— Je peux m'en occuper », dit Garcia.

Bonnett fit un signe de tête.

« Bien.

— Le chrono est dans la pharmacie », dit Ramsey.

Garcia prit la boîte fermée, fit signe à Sparrow de passer devant lui pour se rendre à l'arrière.

*Ils se font du souci pour moi*, pensa Sparrow. *Mais un dépassement d'une minute n'a pas une telle importance.*

Ramsey remarqua l'attitude possessive de Garcia et de Bonnett envers Sparrow, se rendit brusquement compte qu'il la partageait. *C'est notre capitaine*, pensa-t-il.

Sparrow et Garcia s'acheminèrent vers l'arrière.

Le *Ram* poursuivait sa reptation en avant.

« C'est un peu plus profond, dit Ramsey. Nous sommes sur une bosse.

— Dans ces parages, le seuil de profondeur varie entre 400 et 600 brasses, dit Bonnett. Lorsque nous atteindrons — 600, nous serons tout près du versant du bassin.

— Actuellement, nous sommes à — 450.

— Un mauvais passage, dit Bonnett. On peut s'attendre à ce que les P.O. soient alignés en belles formations dans le secteur. »

Garcia se glissa dans le poste central. « Les. Comment va-t-il?

— Êtes-vous certain qu'il y avait seulement une minute d'excédent?

— Évidemment que j'en suis certain. Qu'est-ce qui se passe?

— Le chiffre des globules blancs est très bas. Le dépassement paraît être plus proche de la demi-heure que de la minute.

— Des brûlures?

— Aucun signe pour l'instant.

— Il est possible qu'il ne se soit pas bien remis de la façon dont il a traité ce lieutenant de la Sécurité, dit Ramsey.

— C'est ce que j'ai pensé, dit Garcia. Je lui ai donné un sédatif et une piqûre de désulfurisant et de décarbonisant pour le remonter.

— Bien. » Bonnett s'adressa à Garcia. « Restez auprès de lui jusqu'à ce que je vous appelle.

— D'accord. » Garcia refranchit le seuil en s'inclinant.

*Bonnett a le commandement*, pensa Ramsey. *Nous n'avions jamais songé à cela. Peut-il s'adapter à sa fonction?* Puis il eut une autre idée : *Seigneur Dieu! Qu'adviendra-t-il si c'est lui l'hibernant?* Il observa discrètement du coin de l'œil l'officier en second.

Le *Ram* filait droit devant lui.

« Profondeur 550 brasses », dit Ramsey.

Bonnett modifia la position des barres de plongée, amena le bateau à 500 brasses par une lente glissade. Il redressa le pont au moment où le manomètre indiqua une pression de 1 300 livres au pouce carré.

« Vingt minutes, dit Ramsey.

— A quelque chose près, dit Bonnett. Que se passe-t-il avec Joe? Pourquoi ne nous donne-t-il pas de nouvelles du capitaine?

— Vous ne le lui avez pas demandé, dit Ramsey.

— Bien sûr, mais...

— Il y a beaucoup de chances pour qu'il n'y ait rien à dire. C'est trop tôt.

— Appelez-le par l'interphone. »

Ramsey haussa les épaules, ouvrit le micro pectoral :

« Joe?

— J'écoute.

— Comment va le capitaine?

— Il dort encore. Je paierais cher pour savoir quel a été le dépassement exact.

— Avez-vous contrôlé le dosimètre de son scaphandre?

— Immédiatement après sa sortie du tunnel. Un léger dépassement, exactement ce qu'avait dit Les. Vous savez, je ne suis pas toubib, mais je jurerais volontiers qu'il a été soumis à des atmosphères contaminées.

— Comment cela?

— En réalité, je ne sais pas. Je l'ai vu vérifier la pression de sa combinaison avant de l'enfiler. Elle était toujours en état lorsqu'il est sorti. Je suis certain qu'il n'y a pas eu de fuites.

— Avez-vous examiné le système de filtrage du tunnel?

— C'est ce qui m'inquiète, Johnny. J'ai naturellement supposé... »

Bonnett intervint en utilisant son propre micro :

« Pouvez-vous laisser le capitaine seul?

— Oui. Il se repose calmement.

— Rendez-vous à l'avant et contrôlez-moi ce filtre.

— J'y vais. »

Bonnett s'adressa à Ramsey. « Que cela vous serve de

leçon et j'ai honte de le dire de Joe : ne supposez jamais rien. Il faut être sûr!

— Ne pouvait-il pas supposer que le système d'épuration du tunnel était en état?

— Eh bien...

— On se fait des tas d'idées sur notre petit monde.

— Une écologie sans failles, marmonna Bonnett. Autoréconfort. »

Garcia s'introduisit dans le poste central, franchit la porte avant sans mot dire.

« S'il y a une fuite dans le système d'épuration, dit Bonnett. Je...

— Un signal. » Ramsey donna un coup sur l'interrupteur, faisant taire les moteurs. Le *Ram* dériva. « Formation de combat à l'est. » Il rétrécit le champ d'émission. « Une meute. Il y en a d'autres derrière nous! » Il fit virer la bande détectrice. « D'autres à 340.

— Cernés! dit Bonnett. Nous ont-ils repérés?

— Je n'en suis pas sûr. Ils ne vont pas à notre rencontre.

— Profondeur?

— 680 brasses. Nous sommes parvenus à la limite du bassin. »

Bonnett mit en marche, avançant à la vitesse minimale. « Prévenez-moi dès que vous décèlerez un changement de cap dans l'un de ces signaux.

— D'accord. »

La voix de Garcia sortit de l'interphone : « Les?

— Qu'est-ce qu'il y a?

— Le filtre est propre mais il y a une petite fuite dans le conduit intérieur.

— Combien?

— Soixante mR [1]. J'estime que le dépassement a été de trente-huit minutes.

— Où se situe la fuite?

— Quelque part à l'intérieur. Il se peut que le bras de

1. m R : milliröntgen. Unité de radiation (1/1000e de röntgen). Dans les centres atomiques, la dose de radiation maximale permise est de 350 mR par semaine de travail. *(N. d. T.)*

commande cassé ait heurté quelque chose. D'ici, je ne peux rien dire.

— Verrouillez l'écoutille et venez. Nous sommes dans le champ d'un signal de P.O.

— Parfait. Je vous ai entendu enclencher les commandes. »

Bonnett se tourna vers Ramsey. « Profondeur?

— Un peu plus de 7 200 pieds. Nous dévalons rapidement. Les! La meute derrière nous a changé de cap. » Ramsey s'agita au-dessus de ses cadrans. « Ils ont fermé l'angle, mais ils ne se dirigent pas sur nous.

— C'est peut-être une manœuvre! Nous ne pouvons pas prendre le risque. » Il poussa les moteurs. Le *Ram* prit de la vitesse.

« Ils nous poursuivent! Ils ont modifié le cap, en avant toute. »

Bonnett poussa le contrôle des commandes à fond. Ils éprouvaient dans leur corps l'effort des machines géantes.

Garcia pénétra dans le poste central, essuya une tache de graisse sur sa main, jeta un coup d'œil au détecteur. « Est-ce que nous l'avons repéré les gars? »

Bonnett l'ignora. « Profondeur?

— Un peu plus de 1 500 brasses. Je vais arriver à 9 100 pieds. » Ramsey remit un cadran à zéro près du détecteur. « La meute à l'est a changé de cap. Ils sont maintenant dans notre direction.

— J'ai eu plaisir à vous connaître, messieurs, dit Garcia.

— Nous pouvons virer à l'est ou au sud, dit Bonnett. Le fond est à 2 000 pieds au-dessous de notre limite.

— J'ai l'indication d'une perturbation à 8 400 pieds, dit Ramsey. Escarpement marin. Cap 215 degrés.

— Ça pourrait être tout aussi bien 84 000 pieds, dit Garcia. Cela fera quelque chose comme 3 600 livres au pouce carré, 600 de plus à peu près que notre maximum.

— Ils seront à distance de tir dans une demi-heure », dit Ramsey. Il regarda Bonnett. « Qu'en sera-t-il du coefficient de sécurité de la coque épaisse si l'on pousse la pression intérieure au-delà de dix atmosphères?

— Nous ne survivrions pas pour en profiter, dit Garcia.

— Peut-être », dit Ramsey. Il sortit le manomètre-vampire de l'étui qu'il avait à la ceinture, le mit à son poignet, introduisit l'aiguille dans sa veine. « Combien de temps cela prendrait-il pour débarrasser notre atmosphère de tout ce qui n'est pas oxygène?

— Oxygène pur? » Garcia parut effrayé.

« Qu'avez-vous en tête? » demanda Bonnett.

Ramsey dit : « Passer le générateur d'anhydrase en commande manuelle et l'équilibrer à vue. » Il désigna de la tête le manomètre à son poignet.

« Et qu'en pensent les toubibs? demanda Garcia.

— Pas d'avis définitif, dit Ramsey. J'ai entendu des arguments pour et contre. » Il regarda l'indicateur placé devant lui. « A mon avis, c'est peut-être notre seule chance.

— Joe, remplacez-moi », dit Bonnett. Il s'éloigna des commandes et Garcia prit la barre.

« Qu'allez-vous faire, Les?

— Débrancher le régulateur du système de génération d'anhydrase. »

Garcia tourna la tête d'un mouvement brusque. « Vous n'allez pas prendre au sérieux la suggestion de ce blanc-bec! »

Bonnett était déjà en train de retirer la plaque de recouvrement des correcteurs d'atmosphère. « Si.

— C'est un suicide. »

Bonnett regarda l'indicateur face à Ramsey. « Nous sommes déjà morts. Qu'avons-nous à perdre? »

Il déposa la plaque soigneusement sur le pont, revint à l'enchevêtrement de câbles qu'il avait mis au jour.

« Ce sont ces fils inducteurs rouges du dessus, dit Garcia.

— Je sais », dit Bonnett. Il introduisit des pinces coupantes, sectionna les fils. « Pensez-vous que le capitaine va bien?

— Nous avons d'autres soucis pour le moment. »

Bonnett acquiesça d'un geste, raccorda une commande de pompe.

« Johnny, où en est l'hélium?

« Zéro quatre. »

Bonnett sortit son manomètre-vampire, l'ajusta à son poignet.

« Joe, en immersion. Cap 215 degrés. Johnny, à combien sommes-nous de cet escarpement?

— Six minutes. »

Bonnett redressa brusquement la tête. « Vous convertissez mentalement la distance en temps? »

Ramsey s'affairait aux commandes de détection tandis que le pont du *Ram* s'inclinait par l'arrière. « Oui.

— Nous ferons bientôt de lui un sous-marinier », dit Garcia. Il considéra Bonnett. « Êtes-vous sûr qu'il ne serait pas préférable de refaire surface?

— Ils sont trop près, dit Bonnett. En outre, j'ai peur que nous ne nous heurtions à de nouvelles turbulences. C'est comme ça que nous avons sectionné le socle de la commande d'amortisseur du bruit. »

Il désigna l'avant de la tête. « Sans parler de ce qui est arrivé au pied du réacteur. »

Garcia se passa la langue sur ses lèvres sèches.

« Ne vous entendront-ils pas plonger? demanda Ramsey.

— Ils connaissent notre limite d'immersion, dit Bonnett.

— L'idée venait de vous, dit Garcia. Avez-vous la trouille? »

Ramsey avala sa salive.

« Leur détection métallique est défectueuse, dit Bonnett. Je compte qu'ils penseront que nous avons misé sur la profondeur plutôt que courir le risque d'affronter leurs poissons.

— Les bruits de bâtiment tombant en pièces ne leur parviendront pas, dit Garcia.

— Nous l'espérons », dit Ramsey.

Garcia blêmit.

Ramsey regarda le gros manomètre. « Pression extérieure 2 900 livres. » Il tourna son regard vers Bonnett. « Capitaine.

— Il n'y a qu'un capitaine à bord, dit Bonnett. Il est à l'infirmerie.

— Non, je n'y suis pas! »

Ils exécutèrent une volte-face. Sparrow se tenait dans l'encadrement de la porte, la main sur le chambranle de métal, le visage pâle et baigné de sueur. « Comment est la situation, Les? »

Bonnett le lui dit.

Sparrow dirigea un regard inquisiteur sur Ramsey. « Cette idée venait de vous? »

Ramsey fit « oui » de la tête. *Depuis combien de temps était-il là?* se demanda-t-il.

« Quels sont vos ordres? » demanda Bonnett.

— Continuez, dit Sparrow. C'est vous qui avez le commandement. »

Bonnett revint aux manomètres. « Hélium au-dessous de la limite de détection, dit-il. Irons-nous nous immobiliser dans la boue, Joe? »

Garcia accentua l'angle de plongée.

« Les toubibs prétendent qu'il est théoriquement possible pour le corps humain de supporter 400 livres dans ces conditions d'oxygène pur et d'anhydrase carbonique, dit Ramsey.

— Sont-ils tous d'accord là-dessus? demanda Bonnett.

— Non, certains seulement.

— Je vois cela d'ici, dit Garcia. Un rapport sur les réactions de quatre corps humains soumis à une pression atmosphérique de 400 livres dans un sous-marin de la classe Plongeurs du Diable, accompagné d'un commentaire technique sur les autopsies. »

Un frisson parcourut Ramsey. Il regarda le cadran au centre rouge du manomètre indiquant la pression intérieure du *Ram :* 297 livres au pouce carré. Il jeta un coup d'œil au manomètre-vampire de son poignet et dit : « La diffusion de $CO_2$ est présentement de 0.200. Dans les conditions actuelles, nous avons une marge de 0.054. »

Bonnett dit : « Pour commencer, je vous donnerai une pression intérieure de 350. » Il ouvrit un robinet, augmenta le régime de la pompe d'anhydrase.

« Le fond dans deux minutes, dit Ramsey. C'est un long et étroit escarpement, une chaîne de montagnes s'étirant parallèlement à notre route. Longue d'environ dix miles.

— La pression se maintient, dit Bonnett. Combien de temps jusqu'à ce que cette meute nous ait à portée?

— Quinze minutes. »

Derrière eux, Sparrow dit : « Nous pourrons maintenant

savoir de quel bois sont faits ses Plongeurs du Diable.

— Il m'intéresse davantage de savoir de quel bois moi je suis fait, dit Garcia.

— Je dirais que le Bon Dieu a fait un excellent travail, tout bien pesé », dit Bonnett.

Ramsey pensa : *Curieux que cette observation soit venue de lui. Je l'aurais plutôt attendue de Sparrow.*

« Seigneur, nous implorons votre clémence, dit Sparrow. Nous qui sommes indignes de l'implorer. Amen.

— Réduisez l'angle de plongée », dit Bonnett.

Garcia redressa.

« Branchez l'œil de télévision du bulbe et deux projecteurs. »

Au-dessus d'eux, l'écran principal s'anima avec l'apparition d'une voie éclairée traversant l'eau verte. Des formes d'une blancheur phosphorescente s'alignaient au-delà de la portée des projecteurs.

Ramsey consulta l'indicateur de pression interne : 400 livres, tout rond.

« En immersion, doucement », dit Bonnett.

Le pont s'inclina.

La pression extérieure atteignit 3 400 livres... 3 420... 3 440...

Ramsey était dans l'impossibilité de détacher son regard du cadran.

3 500... 3 520... 3 540...

« Diffusion normale, dit Bonnett. Quelqu'un ressent-il des troubles?

— Je me sens stupide, dit Garcia.

— Doucement, dit Bonnett.

— Méfiez-vous de l'ivresse provoquée par l'oxygène », dit Sparrow.

Le cadran du manomètre passa à 3 600 livres... 3 620...

« Réduisez l'angle de plongée. »

Garcia exécuta.

« Combien jusqu'au fond? »

Ramsey dut faire un effort sur lui-même pour consulter ses instruments.

« Cinquante pieds.

— Plongez », dit Bonnett.

Le pont s'inclina de nouveau.

Ils regardaient maintenant le grand écran sous le manomètre.

« Là! » dit Garcia.

Cela semblait jaillir d'une couche de brume verte pour venir vers eux : une longue tranche de pâté de boue rouge que les projecteurs faisaient surgir des ténèbres. La boue était traversée diagonalement de rides régulières. On ne percevait aucun signe de vie marine.

Garcia redressa lentement les barres de plongée avant et le *Ram* se posa doucement sur le sol, soulevant un nuage de boue rouge qui obscurcit l'écran.

« Coupez les moteurs », dit Bonnett.

La main de Garcia était déjà sur le commutateur. Les moteurs se turent.

Ramsey murmura : « Nous sommes à 8 460 pieds.

— Un nouveau record du monde », dit Garcia.

Sparrow avança jusqu'au pont des commandes. « Merci, mon Dieu, dit-il.

« J'ai pris une décision, dit Ramsey. Je ne suis qu'un lâche-né. Jamais rien ne m'est venu plus facilement à l'idée de toute ma vie.

— Quelqu'un ressent-il des troubles en raison de la pression? demanda Sparrow.

— Je continue à me sentir idiot, dit Garcia.

— Personne d'autre? »

Ramsey secoua la tête, examina les instruments de détection qu'il avait devant lui.

« La diffusion est de 0.214, dit Bonnett. Nous continuons à rejeter plus vite que nous n'absorbons. »

Ramsey dit : « Grand Dieu du ciel!

— Qu'attendiez-vous qu'Il soit d'autre? demanda Garcia.

— Il y a un courant froid qui se présente, dit Ramsey. Droit sur nous.

— Dieu étendra sur nous Son manteau, dit Sparrow.

— La meute se dirige en rang sur nous par le Sud, dit Ramsey. Huit mille yards. »

Bonnett dit : « Un signe quelconque qu'ils nous ont repérés ?

— Non.

— Ils ne chercheront pas là où ils ne croiront pas que nous puissions être », dit Garcia. Il sourit. « Et ce n'est pas étonnant. Je ne crois pas non plus que je me trouve ici.

— Je les perds à travers cette couche froide, dit Ramsey.

— Le capitaine et Dieu sont copains, dit Garcia. De bons et intimes copains. Toujours en train de se faire réciproquement des fleurs. »

Il vacilla légèrement.

Ramsey saisit le poignet de Garcia, regarda son manomètre-vampire. « Diffusion normale. Qu'est-ce...

— Les réactions à l'oxygène sont diverses, dit Bonnett.

— Qu'est-ce qui ne va pas, les gars ? » La tête de Garcia ballotta. Il posa sur eux un regard de chouette.

« Calmez-vous, Joe, dit Sparrow.

— Me calmer ? » Il regarda Sparrow de côté. « Je vous connais capitaine. Vous vous prenez pour le roi David. Je vous ai entendu. »

Il secoua mollement la tête, leva la main droite : « Dans ma détresse, j'ai imploré le secours du Seigneur et j'ai crié à mon Dieu : et il a entendu ma voix de sa demeure, et mon cri est entré dans son oreille.

— Très bien, Joe. Regagnons votre cabine pour faire un somme. » Sparrow prit Garcia par le coude, le dirigea vers la porte menant à l'arrière.

« Fichez-moi la paix. » Il se débarrassa de la main de Sparrow, trébucha, reprit son équilibre, se retourna, et regarda Ramsey avec une insistance calculée. « Je sais tout de vous, monsieur Long John Ramsey. Vous me regardez de haut en bas ! Vous croyez connaître des choses sur moi. Vous ne savez rien. Rien !

— La mesure est pleine, monsieur Garcia. » La voix de Sparrow était devenue métallique, son ton, celui d'un ordre qu'on ne discute pas.

« Excusez-moi, capitaine. » Il se tourna vers la porte. « Allons. Suis fatigué. »

Sparrow jeta un regard sur Ramsey, se retourna pour aider Garcia à franchir la porte.

Dans le poste central, pendant un instant, le silence ne fut troublé que par le très léger murmure des machines à l'arrêt. Puis Bonnett dit : « Long John? Qu'est-ce qui vous a valu ce surnom? »

Ramsey examina ses instruments avant de se tourner vers Bonnett. *Ce sacré surnom! Cela ne pouvait signifier qu'une chose : que Garcia était au courant de son passé — de son vrai passé.*

Bonnett dit : « Je vous ai demandé...

— Oui, j'ai entendu. C'est un officier d'intendance qui m'a baptisé ainsi. Il disait que j'étais un pirate d'une pire espèce que le premier Long John Silver [1]. C'est tout.

— Pirate? Pourquoi?

— Pour avoir chipé du matériel en surplus. Acheté à la foire d'empoigne. »

Bonnett sourit. « Je ne vois pas là de quoi mettre Joe en colère. A moins qu'il ne soit jaloux de voir qu'un autre est plus habile que lui à ce jeu. »

Et Ramsey pensait : *Garcia va tout raconter au capitaine. C'est aussi certain que deux et deux font quatre.*

« Fait-il particulièrement chaud ici? » demanda Bonnett.

Ramsey vit la sueur perlant sur le visage de Bonnett, consulta son manomètre-vampire. Température sanguine normale. Il regarda le cadran du contrôleur du système thermométrique sur son tableau. « Soixante et onze degrés [2].

— La peau me démange », dit Bonnett.

Ramsey retint l'envie de se gratter l'avant-bras et dit : « J'ai éprouvé la même chose. »

Bonnett jeta un coup d'œil sur le câblage à nu des contrôles de régénération d'air, vérifia la position d'un cadran. « La production d'anhydrase est le double de la

1. Personnage de *L'Ile au trésor*, de R. L. Stevenson. *(T.d.N.)*

2. Degrés Fahrenheit. Pour réduire en degrés centigrades, on soustrait 32 du chiffre indiqué et on multiplie le reste par $\frac{5}{9}$. ($71 - 32 = 39 \times \frac{5}{9}$ = un peu moins de 22 degrés centigrades.) *(N. d. T.)*

normale. Volume de gaz vingt centimètres cubes par mètre cube.

— Nous pénétrons dans un domaine inconnu et sauvage, dit Ramsey.

— Non, dit Bonnett. Nous connaissons l'anhydrase carbonique depuis quarante ans. »

Ramsey rebrancha un compteur de retour sur son tableau radio-émetteur, leva les yeux sur l'oscilloscope principal.

« Vous entendez quelque chose? »

Ramsey secoua la tête. « Cet anhydrase carbonique est une drôle de matière, Les. Nous avons soumis avec lui, et pour de longues périodes, des chimpanzés à une pression de 400 livres. Certains ont survécu. D'autres non. Quelques brillants cerveaux pensent en connaître les raisons.

— Quelles sont-elles?

— Eh bien, leur théorie est que l'anhydrase carbonique agit sur une chose un tant soit peu nébuleuse du système nerveux central que l'on appelle " régulateur du métabolisme ", de telle sorte qu'il nous évite de prendre feu lorsque augmente la quantité d'oxygène. Ils pensent que, parfois, le régulateur s'arrête un peu — se dérègle en quelque sorte —; l'organisme se trouve alors dans une situation de rétroaction et chancelle dans la mort.

— Pourquoi?

— C'est ce qu'ils ne savent pas. Peut-être le " régulateur du métabolisme " se fatigue-t-il.

— Quels sont les risques de voir l'un d'entre nous emporté de cette façon? »

Ramsey lui jeta un regard aigu, leva les yeux sur le tableau de détection. « Cette question est stupide, Les. »

Bonnett rougit. Sa mâchoire se crispa.

« Si vous comptiez sur moi pour vous rassurer, c'est raté, dit Ramsey. Tout ce que je sais, c'est que nous sommes toujours en vie, même si nous sommes un peu inc... Signal! » Il frappa le commutateur du calculateur de distance, consulta le cadran. « Cinq cents pieds. Ils vont grand large Sud-Ouest.

— Dieu étend-il toujours sur nous Son manteau de froid? »

Ramsey perçut dans la voix de Bonnett un ton sarcastique et cynique qu'il n'avait jamais observé auparavant. Il regarda le cadran du thermocouple. « La couche de froid a été au-dessus de nous par intervalles. Elle n'y est pas pour l'instant. Je pense que cet exhaussement marin agit comme une barrière à l'égard du courant arctique. Elle provoque probablement des tourbillons. » Il jeta un nouveau coup d'œil aux cadrans de télémètre. « Les P.O. maintiennent le cap. Ils s'éloignent à présent.

— Avez-vous douté qu'ils le feraient? demanda Bonnett.

— Que voulez-vous dire?

— Vous avez encore des choses à apprendre sur notre capitaine, dit Bonnett. Joe ne plaisantait pas. Il y a un...»

Le *Ram* fit une brusque embardée et le pont s'inclina de deux degrés sur la gauche.

Ramsey saisit la poignée devant son tableau. « Qu'est-ce...

— La remorque, dit Bonnett. Elle est ballottée par le courant.

— Je l'ai sentie nous bousculer lorsque nous nous étions immobilisés, dit Ramsey. Mais les pare-chocs... »

Ils s'inclinèrent d'un degré de plus sur la gauche.

« Prions pour que nous ne nous écartions pas de cette montagne, dit Bonnett. Nous ne pourrions pas supporter les 500 pieds de plus.

— Comment le savez-vous? » demanda Ramsey. Il scruta le tableau de détection.

« Je sens que la montagne sous mes pieds baigne dans le brouillard. »

Ramsey leva les yeux. « Que dites-vous?

— Je sens du brouillard plein ma tête », dit Bonnett. Il s'adossa à la rambarde. « Écartons-nous de la montagne. J'ai horreur du brouillard. » Il fit un effort pour se redresser : « Je n'ai pas les idées nettes. Remplacez-moi, monsieur Ramsey. Je suis... je suis... » Il s'assit sur le pont, une main restant accrochée à la rambarde au-dessus de sa tête.

Une relation s'établit brusquement dans l'esprit de Ramsey. Il jeta un nouveau coup d'œil à son tableau de détection, se retourna, prit sur lui-même de marcher calmement vers Bonnett. Il se pencha sur l'officier en second, contrôla le manomètre-vampire de ce dernier. Diffusion de $CO_2$ 0.228. De 0.016 supérieure à la normale. Il lâcha le poignet de Bonnett, se releva et opéra une infime réduction dans le système de génération d'anhydrase.

« De quoi souffre Les? » Sparrow était dans l'encadrement de la porte arrière, balayant le pont de commande du regard. Il franchit le seuil au moment où Ramsey se retourna.

« Doucement, dit Ramsey.

— Qu'est-ce... » Sparrow hésita, une jambe en l'air.

Ramsey se pencha sur Bonnett, examina de nouveau son manomètre-vampire, le compara avec celui qu'il avait lui-même au poignet. Pas de variation. Trop tôt. Il dit : « Je viens d'établir la théorie Ramsey sur les raisons faisant que certains chimpanzés meurent et d'autres non. »

Sparrow fit un nouveau pas en avant, se pencha sur Bonnett. « De quels chimpanzés parlez-vous?

— Des chimpanzés que les médecins soumirent à une pression de 400 livres avec l'anhydrase à sa limite d'admission. Mon opinion est qu'il faut éviter le surmenage, les émotions, la nervosité, faute de quoi...

— Je connais cette histoire de chimpanzés, dit Sparrow. Vous pensez que... » Il hésita.

« Une sorte de désordre glandulaire, dit Ramsey. Que peut-on imaginer de plus probable qu'un choc émotionnel, associé peut-être à un excès d'activité physique? »

Sparrow fit signe qu'il était d'accord.

Ramsey remarqua que les aiguilles du manomètre-vampire revenaient à la normale. Il entreprit de masser le bras gauche de Bonnett. « Tout va bien, Les. Détendez-vous et restez calme. La crise est terminée. Doucement... doucement... doucement... »

Bonnett secouait la tête comme un boxeur groggy.

« Il faut éviter de nous énerver, dit Ramsey. Nos corps font de la corde raide dans notre situation. Difficile de conserver son équilibre. »

Sparrow se releva, se rendit au tableau de détection. « J'ai administré un sédatif à Joe. Il pleurait, délirait. Peut-être que j'... »

Il se tut.

Bonnett ouvrit les yeux.

« Restez calme, dit Ramsey. Vous m'entendez, Les?

L'officier en second fit signe que oui.

« Il n'y a aucun danger si vous vous détendez.

— On ne peut contraindre un homme à se détendre », dit Sparrow.

Ramsey passa la main derrière la tête de Bonnett, trouva le nerf de la nuque, le massa. « Vous vous sentez déjà mieux. »

Bonnett s'humecta les lèvres avec la langue. « Suis bien. Retournez à votre tableau.

— Respirez lentement et calmement », dit Ramsey. Il se releva.

Bonnett déglutit, parla d'une voix paraissant trahir une langue épaisse. « C'était comme si je m'enlisais. Je me sens mieux maintenant. »

Ramsey se tourna vers Sparrow. « A présent, il ira bien. »

Sparrow abaissa le regard sur Bonnett. « Restez où vous êtes, Les, jusqu'à ce que vous vous sentiez en état de vous lever. » Il s'adressa à Ramsey. « Je suis allé me rendre compte. Par suite du courant, notre remorque fait un angle de quarante-cinq degrés avec la proue. Si nous donnons du mou au câble principal de touage, nous nous redresserons mais cela pourrait permettre à la remorque de dévier un peu plus.

— Le mieux est l'ennemi du bien, dit Ramsey.

— A quelle distance sommes-nous du bord de cette montagne? Les yeux de la télévision ne nous la montrent pas.

— Quelque soixante-quinze yards, peut-être. Je veux parler de la remorque. Nous nous sommes éloignés du bord lorsque nous nous sommes immobilisés. »

Sparrow considéra les calculateurs électroniques de distance. « Signal intermittent à proximité de la portée maximale.

— Cette couche froide s'agite au-dessus de nous comme un éventail », dit Ramsey.

Sparrow s'écarta du tableau, donna un coup d'œil circulaire, ramena son attention sur Ramsey. Il y avait dans la façon dont il regardait Ramsey une attention qui rappelait celle qu'il accordait à ses instruments de bord. « Qu'est-ce que cette histoire de “ Long John ”? Je n’ai rien compris à ce que m’a raconté Joe. »

Ramsey répéta ce qu’il avait déjà dit à Bonnett.

« Le *Ram* a-t-il bénéficié de votre tendance à vous accaparer le bien d’autrui?

— Pas à ce voyage, monsieur. »

Sparrow leva les yeux sur l’alignement des instruments du compartiment du réacteur. « Ce sera pour le prochain, peut-être. »

Bonnett dit, dans sa position allongée sur le pont : « Car il y aura un prochain voyage. Si nous ne nous effondrons pas comme ce pauvre Hepp.

— Nous tiendrons », dit Sparrow.

Bonnett se remit sur pieds. « Je suis heureux que Dieu nous en fasse la promesse. »

Sparrow le scruta du regard, dit : « Je reprends le commandement, Les. Les circonstances le permettent. Cette surradioactivité ne me met pas en danger immédiat.

— Évidemment, capitaine. » Il passa comme un soupir de soulagement dans la voix de Bonnett.

Sparrow dit : « Je retourne jeter un coup d’œil sur Joe. Je laisse John au tableau de détection. Pas de question?

— Pas de questions, capitaine. »

Sparrow fit lentement virer sa silhouette taillée à coups de serpe et disparut par la porte arrière.

« C’est un automate », dit Ramsey en s’adressant à l’endroit laissé vide par Sparrow.

« Il est soumis à une pression plus forte que le sous-marin », dit Bonnett. Il respira profondément. « Nous vous confions la surveillance de ce tableau. »

Ramsey fronça les sourcils, reporta son attention sur ses manomètres et ses cadrans.

Le silence s’installa entre eux.

Subitement, Bonnett dit : « Merci, Johnny. Il se peut que vous m’ayez sauvé la vie. »

Ramsey haussa les épaules, resta muet.

« J’ai entendu ce que vous avez dit au capitaine. Cela sonne juste. A la réflexion, il se pourrait que vous nous ayez à tous sauvé la vie.

— Comme on se sent seul là-dedans, tout seul, dit Ramsey.

— Vous préféreriez sans doute la compagnie de trois blondes bien roulées, dit Bonnett. En y réfléchissant, j'en serais aussi partisan.

— Un nouveau signal à la limite de portée, dit Ramsey. Six sous-marins espacés en formation de chasse. Ils passeront à la limite de portée dans le quadrant sud-est.

— Ils ne fouilleront tout simplement pas l'endroit où il n'est pas possible que se trouve quelqu'un, dit Bonnett. Je ne dirai pas que je le leur reproche. Moi-même, j'ai toujours l'impression de n'être pas ici. » Il leva le regard sur le manomètre, le détourna rapidement.

« On n'a pas besoin d'être deux ici, dit Ramsey.

— Sauf que le capitaine a donné l'ordre de doubler le quart.

— Ordre stupide, dit Ramsey.

— Du calme, jeune homme, dit Bonnett. On ne s'insurge pas contre la hiérarchie de la Marine de même qu'on ne peut s'insurger contre Dieu. » Il haussa les épaules. « Et quand ils sont tous les deux dans le même camp...

— Qu'est-ce qui vous fait croire à cette sottise? » demanda Ramsey.

Bonnett fronça les sourcils. « Je plaisante, mon garçon. C'est une chose. Ce que vous venez de dire est autre chose. » Il secoua la tête. « J'ai effectué quarante missions avec ce Sparrow le Pige-Tout. Ne parlez pas de sottise. Je sais ce que j'ai vu. »

*Et tu sais ce que tu cherches à croire*, pensa Ramsey.

Un petit bruit d'égoutture attira son attention : de la condensation sur les tuyaux. Brusquement, le *Ram* donna l'impression d'être prisonnier du vide et du froid. *Nous n'en sortirons pas*, pensa-t-il. *Un millier de vigilants sous-marins ennemis nous barrent la route. C'était folie que de nous avoir laissés partir. Un acte de désespoir.*

Les lampes de son indicateur de contrôle thermoélectrique se mirent à clignoter tout à trac.

*Le manteau de froid de Dieu s'agite sur nos têtes. Peut-être la meilleure des choses est-elle de croire. Nous suivons la voie de la connaissance. Nous croquons la pomme et nous apprenons juste ce qu'il faut pour que la peur s'empare de nous.*

Le *Ram* fut légèrement ébranlé, le courant entraînant la remorque. Le pont revint en arrière et se retrouva d'assiette.

« Si nous envoyons un gros tas de vase à la surface en remuant le fond comme un pâté de boue, ils vont nous repérer, dit Bonnett. Il va y avoir un ciel noir de busards tout près de leurs propres rivages.

— Comment le verront-ils dans le brouillard? » demanda Ramsey. Il sentit brusquement comme un vide dans sa tête.

« Du brouillard en surface? Qu'est-ce qui vous fait dire ça?

— Le capitaine a combiné cela avec Dieu, dit Ramsey.

— Vous trouvez ça drôle », dit Bonnett. Il regarda Ramsey. « Vous trouvez ça drôle, n'est-ce pas? »

Ramsey réajusta le télémètre électronique devant lequel il était. « Un homme doit vivre avec son bâtiment — en être un élément », dit-il avec un filet de voix. Il sentit brusquement sa pensée refluer sous les mots. C'était comme s'il sortait de son corps pour le regarder fonctionner. « Ce bâtiment croit en Dieu », dit-il.

Les aiguilles du loch chrono tournaient... tournaient... tournaient... On changea de quart alors que le *Ram* se pelotonnait dans la vase de la montagne marine.

Onze jours, trente-deux minutes du point de départ.

Sparrow était au tableau de commande avec Ramsey, partageant la dernière moitié de la veille de l'officier électronicien. La suppression à l'extérieur de la coque était désormais chose admise.

« Depuis combien de temps n'avez-vous pas entendu l'une de leurs meutes? demanda Sparrow.

— Il y a plus de six heures.

— Comment va la remorque? »

Ramsey consulta les contrôleurs de câbles, alluma un par

un les yeux de la télévision de proue. « Environ à trente degrés tribord. Les lignes de halage sont dégagées. »

Sparrow contrôla les commandes de direction, mit les moteurs en marche. Le remorqueur sous-marin fut parcouru par un murmure d'espérance qui se propagea dans le corps de Ramsey, et d'abord dans ses pieds posés sur le pont.

« Allons chercher ce pétrole », dit Sparrow. Il mit les moteurs en marche, les coupa. « Simplement pour agiter la vase autour de vous. Lâchez quatre torpilles milieu, Johnny. Nous aurons besoin de poussée.

— Que fait-on de la remorque? Elle ne subit pas une pression assez forte à cette profondeur pour y envoyer de l'air.

— Nous allons la dégager du fond. Laissez filer le câble jusqu'à ce que nous en ayons un bon bout. »

Ramsey abaissa les cabillots noirs et plats dégageant ainsi les torpilles du milieu.

Le *Ram* se dressa. Une nouvelle fois, Sparrow mit les moteurs en marche. Le remorqueur sous-marin leva le nez, le câble de halage se déroulant à l'arrière.

« Bloquez-le », dit Sparrow.

Ramsey mit les freins magnétiques sur les tambours d'enroulement extérieurs. Le remorqueur s'immobilisa presque, les moteurs peinant. Lentement, ils réussirent à faire avancer le bâtiment.

« Le câble se tend, dit Ramsey. Ce " godet " tient le coup. »

Sparrow secoua la tête. « Combien reste-t-il de câble?

— Huit cents pieds à peu de chose près.

— Donnez-en davantage. »

De nouveau, le *Ram* se dressa. Sparrow fit un tour à gauche, revint à droite, en décrivant un serpentin et se déplaçant à peine.

« Immersion opérationnelle, dit Ramsey. Pression extérieure 2 994 livres.

— Bloquez les câbles de halage et envoyez de l'air dans le ballast numéro un », dit Sparrow.

Ramsey arrêta de nouveau les dévidoirs extérieurs. Sa main droite se tendit vers la poignée rouge marquée : « air à haute pression ». Il l'amena sur le numéro un, ouvrit le cabillot de sécurité, commença à injecter de l'air dans le ballast numéro un.

« Remplissez-le complètement », dit Sparrow.

Ramsey donna deux tours au robinet.

Sparrow fit tourner les moteurs à pleine puissance. L'avant du *Ram* se souleva d'environ dix degrés. Ils s'élevèrent, pouce par pouce, en se tortillant.

« Il démarre, dit Ramsey.

— Comment fonctionne le système compensateur du godet ? »

Ramsey consulta le tableau de la remorque. « Il suit la courbe de pression.

— Envoyez de l'air dans les ballasts avant et arrière du godet.

— Il n'est pas...

— Faites-le quand même. La pression de l'eau retiendra l'air jusqu'à ce que nous ayons atteint une profondeur opérationnelle. Nous allons avoir besoin de toute l'aide possible et aussi rapidement que possible. »

Les mains de Ramsey s'agitaient sur le tableau de remorque, exécutant les ordres.

Ils s'élevèrent pouce par pouce. Ramsey avait l'œil fixé sur les cadrans rouges du système de pression du godet. « Le ballast avant commence à admettre l'air. »

Ils pouvaient s'en rendre compte par le pont : un retour à un angle normal d'ascension, une augmentation de la vitesse.

« Le ballast avant vient de se remplir, dit Ramsey. Celui d'arrière est en route. » Il essuya la sueur qui baignait son front.

« C'est la chose que Les aurait dû envisager, dit Sparrow. Maintenant, nous savons que nous pouvons nous en tirer. Aussi longtemps que nous avons un poids extérieur que nous pourrons abaisser pour la poussée initiale.

— Comment savez-vous que Les n'avait pas...

— Je connais mes hommes, dit Sparrow. Tirez la leçon de tout cela, Johnny, et vous ferez un bon sous-marinier. Avec un sous-marin, ne vous engagez jamais dans une voie sans avoir au préalable préparé un plan pour en sortir par une autre issue. »

Ramsey choisit ses termes avec soin. « Quel est votre plan pour faire sortir par une autre issue... le pétrole?

— Je n'ai pas un plan unique, dit Sparrow. J'ai des plans adaptés à chacune des éventualités que j'ai pu envisager. Et même pour celles auxquelles je n'aurais peut-être pas pensé.

— Par exemple? »

Sparrow se tourna et le regarda droit dans les yeux. « Par exemple, pour le cas où mes hommes seraient un à un frappés de psychose. »

Ramsey écarquilla les yeux. Les mots jaillirent de sa bouche sans qu'il pût les retenir. « Et en ce qui vous concerne personnellement? »

Les yeux de Sparrow étincelèrent. « C'est peut-être l'une des éventualités à laquelle je n'ai pas songé », dit-il. Il se retourna vers les commandes.

*Il est comme la pièce d'une machine*, pensa Ramsey. *Grand Dieu du ciel, qu'est-ce qui a bien pu produire un homme pareil?*

Bonnett entra, tenant une seringue dont l'aiguille était protégée par un tampon stérile. « C'est l'heure de votre piqûre, capitaine.

— Le bras gauche? demanda Sparrow.

— Bien...

— Ne me faut-il pas conserver une certaine dignité? » demanda Sparrow.

Ramsey sourit.

« Je fais serment que vous, les gars, vous y prenez un plaisir pervers, grommela Sparrow.

— C'est trop d'honneur pour votre bras », dit Bonnett. Il leva les yeux sur le manomètre. « Six mille pieds! Que faisons-nous dans ces hauts-fonds? »

Sparrow rit sous cape. « Parfait, débarrassez-moi de mes soucis. » Il s'écarta du tableau. « Remplacez-moi à ce poste, Johnny. »

Ramsey prit position devant les commandes. Dans son dos, il entendit Sparrow grommeler : « Doucement, Les!

— Aussi doucement que possible, capitaine. Voilà. Que Joe vous surveille pendant son quart. Vous paraissez aller très bien.

— Normal. Avec trois infirmières. »

Sparrow se rendit auprès de Ramsey. « Maintenez le cap soixante-quatre degrés, quarante-cinq minutes. »

Ramsey tourna la barre, consulta la carte sonoran. « Cela va nous conduire aux environs du Cap Nord. » Il fit un calcul mental, jeta un coup d'œil au compteur du loch à hélice. « A peu près vingt-six heures et demie. »

Sparrow le regarda, surpris.

« Il a la bosse du calcul, dit Bonnett.

— Il s'intéresse également un peu trop à notre lieu de destination et à notre heure d'arrivée, dit Sparrow.

— C'est de la bouillie de Sécurité pour les chats, dit Ramsey.

— Je voudrais vous rappeler que nous avons découvert un mort à bord, qu'il y a eu des sabotages à droite et à gauche, que... » Il se tut, regardant intensément Ramsey.

Ce fut au tour de Bonnett d'avoir l'air étonné.

*Et maintenant me voilà fourré dans cette affaire jusque par-dessus les cheveux*, pensa Ramsey. *Il serait préférable que mon plan soit bon ou alors... je n'en sortirai pas par une autre issue.*

Sparrow consulta le loch chronométrique. « A Les de prendre le quart à présent. » D'un geste, il invita Bonnett à prendre la barre. « Mettez-vous sur l'autonavigateur. Comme ça. »

Ramsey se dirigea vers la porte arrière, se tourna, s'aperçut que Sparrow le suivait du regard. Le capitaine se retourna sans hâte, se rapprocha de Bonnett. « Surveillez le tableau de détection dès que nous serons sur l'autonavigateur.

— Bien, capitaine. »

Ramsey franchit la porte, la laissa à demi ouverte derrière lui, colla son oreille à l'entrebâillement.

Bonnett dit : « Comment va Joe?

— Il va très bien. Il pourra assurer normalement son quart.

— Qui est en réalité ce Long John Ramsey, capitaine, est-il possible que ce soit un truqueur?

— Est-il possible qu'il soit un...

— Cela est tout à fait possible. Quelqu'un nous a bourrés de rayons espions et a coincé cet officier de la Sécurité.

— Mais à ce moment-là, Ramsey n'était pas à bord.

— C'est ce qui me tracasse. A moins qu'il y ait une erreur dans les indications horaires de l'homme de la Sécurité. Ce serait une explication.

— Je vais le surveiller, capitaine.

— C'est cela. Moi, j'alerte aussi Joe. »

Ramsey s'éloigna de la porte sur la pointe des pieds. *Bien, j'y suis arrivé*, pensa-t-il. *Il serait bon que je ne me trompe pas.* Il eut un frisson, vira à l'extrémité de l'escalier des cabines qu'il dévala. Il s'arrêta devant celle de Garcia, regarda le métal nu de la porte. De nouveau, cette pensée lui traversa l'esprit : *Il serait bon que je ne me trompe pas.*

Il entra dans sa cabine, refermant la porte sans bruit derrière lui et la verrouillant. Puis il sortit le télémètre, débobina les bandes.

Il y avait eu des réactions lorsque Sparrow était dans le tunnel à réparer les commandes du réacteur, mais le capitaine avait maintenant retrouvé un strict contrôle de soi. Les oscillations enregistrées sur les bandes semblaient reproduire les rebondissements d'une balle de caoutchouc entre deux murs.

*Il faut que j'arrive à lui faire perdre ce contrôle à mon gré*, pensa Ramsey. *Il devra échouer — ne fût-ce qu'une fois. Au moment voulu et pour la chose voulue.*

Et une autre partie de son cerveau disait : *Voilà un moyen diabolique d'agir pour le bien de quelqu'un.*

Il écarta cette pensée. *Il le faut. C'est une pratique admise. Elle donne des résultats.*

*Dans la plupart des cas.*

Le conseil de Sparrow lui revint à l'esprit : *Ne vous engagez jamais dans une voie sans avoir au préalable conçu un plan pour en sortir par une autre issue*

Ramsey s'assit sur sa couchette, rangea le télémètre, le ferma, le reglissa sous son bureau.

*Que se passera-t-il si mon plan échoue? Quelle est l'alternative dans cette éventualité?*

Il s'allongea sur sa couchette, le regard fixé sur le dessin des rivets du plafond. Autour de lui, les bruits amortis du remorqueur sous-marin devinrent irréels. Comme s'ils se dirigeaient vers un point précis qu'ils savaient comment atteindre.

Ramsey sombra dans un sommeil agité, s'aperçut, en se réveillant pour prendre son tour de veille, qu'il baignait dans la sueur; il était troublé par un rêve — non, un cauchemar — dont il ne gardait qu'à demi le souvenir et qu'il était incapable d'extraire de son subconscient.

Le loch chrono automatique indiquait douze jours, sept heures et cinq minutes depuis le départ. La dernière moitié de la veille de Garcia, la première moitié de celle de Bonnett. Le point rouge de la carte sonoran était en plein sur le littoral au large du Cap Nord : une eau basse, le *Ram* rampant par cent brasses de fond.

Dans le poste central, une portion de la cloison brillamment éclairée, les indicateurs projetant leurs rayons, des ombres épaisses sous les leviers et les roues de vannes. Le va-et-vient des aiguilles sur les cadrans — appels à la vigilance. Les deux hommes étaient penchés sur leur tâche comme des travailleurs dans un antre de métal.

Bonnett leva les yeux sur le manomètre : 260 livres au pouce carré. « Qu'est-ce que le capitaine a dans la tête en se rapprochant ainsi des côtes?

— Ne posez pas tant de questions. » Garcia procéda à un mini-réajustement des barres de plongée, surveilla l'indicateur d'immersion. « Nous sommes à vingt pieds du fond. »

Sparrow franchit, courbé, le sas de l'escalier des cabines arrière. « Aperçoit-on quelque chose sur le tableau de détection? » Sa voix était enrouée et trahissait la fatigue. Il toussa.

« Négatif, dit Bonnett.

— Nous sommes dans leurs eaux, dit Sparrow. Ils n'ont pas de stations côtières sur le littoral septentrional; ils n'en ont que sur les rivages norvégiens.

— C'est tout de même affreusement près », dit Bonnett. Il jeta un nouveau coup d'œil au manomètre d'immersion. « Et une eau affreusement basse.

— Vous pensez donc que nous ne sommes pas en sécurité ici? demanda Sparrow.

— Non.

— Tant mieux. Cela veut dire qu'ils ne le pensent pas non plus. Ils savent que ce remorqueur est un bâtiment de *profondeur*. Ils fouillent en tous sens le bassin norvégien. Ici, la profondeur correspond exactement au seuil qui est notoirement notre minimum.

— Alors? Nous allons traverser tout droit les hauts-fonds. » Il posa son regard sur Garcia, puis sur la carte sonoran. « Cap à soixante-dix degrés, Joe. »

Garcia fit virer la barre, maintint l'œil fixé sur le compas jusqu'à ce qu'il indique la bonne direction, ensuite il regarda, lui aussi, carte sonoran. « Novaya Zemlya, murmura-t-il.

— Nous sommes en eau suffisamment basse pour commencer à prélever des échantillons extérieurs, dit Sparrow. Les, recherchez une surface isobare qui suive une direction à peu près parallèle à la nôtre. Nous pourrions nous mettre à couvert de quelque eau froide. »

Bonnett déroula une carte des variations de densité dans ce secteur, vérifia les différences isobares, préleva un échantillon de l'eau extérieure. « Orientez-nous à soixante-cinq degrés pendant cinq minutes », dit-il.

Garcia inclina la barre. Ils observèrent le répétiteur de thermocouple. Il fit une brusque chute de quinze degrés. « Reprenez le cap », dit Sparrow.

Le *Ram* revint à soixante-dix degrés, croisant sous la protection du courant froid dans lequel ils étaient pris. « Comme ça, dit Sparrow. Poussez la détection au maximum. A partir de maintenant, la route est toute droite.

— Novaya Zemlya, n'est-ce pas? » demanda Garcia.

Sparrow hésita, puis : « C'est l'évidence, de toute façon. Oui.

— C'est une base d'essai des fusées des Puissances orientales, dit Bonnett. Elle va fourmiller de charognards et de fouineurs.

— Nous avons creusé le puits sous leur nez, dit Sparrow. Si nous avons pu forer sans qu'ils nous entendent, nous devons aussi être à même de pomper sans nous faire repérer.

— Est-ce qu'ils ponctionnent eux aussi le réservoir? »

Le long visage de Sparrow, sous le scintillement des lampes du pupitre de commande, s'éclaira d'un sourire féroce. « C'est la beauté de la chose. Ils ignorent même son existence.

— Seigneur, murmura Bonnett. Un nouveau puits. Jusqu'où n'irons-nous pas? »

Sparrow eut une nouvelle hésitation tandis que son regard cherchait le point rouge sur la carte sonoran. *Si les Puissances orientales nous découvraient ici, ce ne serait même pas grâce à une trahison*, pensa-t-il. *Maintenant nous sommes vraiment entre les mains de Dieu.*

« Nous recherchons une étroite cannelure, dit-il. On l'appelle le boyau et elle descend directement sur le plateau continental de l'île. Il est impossible de la manquer si nous longeons celui-ci. Elle a 3 600 pieds de profondeur et seulement 400 pieds de large.

— Cannelure à droite, dit Garcia. Allons-nous dévaler ce truc-là?

— Non. C'est notre piste. Nous la suivrons. » Il jeta un nouveau coup d'œil à la carte sonoran. « Trente-trois heures à cette vitesse. » Il se tourna vers le sas de l'arrière. « Appelez-moi s'il se passe quelque chose. »

Et il disparut par l'escalier des cabines.

« S'il se passe quelque chose, marmonna Bonnett. On peut nous abattre comme une vache dans un couloir. Tout ce qui peut se produire, c'est que nous prenions un " poisson " dans le ventre. Ça le réveillera!

— Je crois qu'il a raison, dit Garcia. Ils consacrent tous leurs efforts à nous rechercher en grande profondeur. Tout va baigner dans le beurre.

— Je me sens déjà rance », dit Bonnett. Il se tut, surveillant le tableau de détection.

Le *Ram* avançait, allongé à travers les hauts-fonds comme un poisson effrayé. Les aiguilles du loch chrono tournaient, tournaient.

« Je prends la relève de M. Garcia », annonça Ramsey en se penchant pour franchir la porte du poste principal. Il ressentit le subit raidissement des deux hommes au pupitre, la montée de la tension.

Garcia s'efforça de prendre un air détaché, d'ironiser. « Voyez qui nous traite dans toutes les formes de la Marine. »

Ramsey prit place auprès de Garcia. « Le cap?

— Soixante-dix degrés. » Garcia lui passa la barre.

« Nous allons tout droit dans les hauts-fonds, dit Ramsey. Si nous réussissons, je ferai brûler un cierge à saint Cuthbert [1].

— Vous ne devriez pas parler ainsi, dit Bonnett.

— Êtes-vous au courant de ce que les Puissances orientales viennent de faire? demanda Ramsey.

— Ils ont installé des engins à Novaya Zemlya. Lorsque nous nous en approcherons, ils déplaceront l'île, la mettront hors de notre chemin, et nous trimbalerons jusqu'en Sibérie.

— Ce sont des gars astucieux, dit Garcia.

— Le capitaine est en train de nous jeter tout droit dans une nasse des P.O., dit Ramsey. Nous resterons dans un camp jusqu'à la fin de la guerre à subir des lavages de cerveau tandis qu'ils démonteront le *Ram* boulon par...

— Fermez votre sale gueule, dit Garcia. Nous allons en venir à bout. Et lorsque nous poserons le pied sur ce quai béni, je prendrai un plaisir sadique à vous pousser...

— Ça suffit! dit Bonnett. Ce n'est pas le moment de nous bagarrer entre nous.

— Vous ne parleriez pas ainsi si vous saviez tout au sujet

1. Cuthbert fut évêque de Lindisfarne (Angleterre) au VIIe siècle. Au musée du Luxembourg, à Paris, un triptyque peint par Duez est inspiré par sa vie. Sur le panneau central, l'évêque est dans le désert, accompagné par un enfant : un aigle leur apporte un poisson pour apaiser leur faim. *(N. d. T.)*

de ce petit malin, dit Garcia. Un super-cerveau : sait tout, voit tout, ne dit rien!

— Allez roupiller, Joe, dit Bonnett. C'est un ordre! »

Garcia darda sur Ramsey un regard menaçant, se détourna, sortit par le sas de l'arrière.

« Que cherchez-vous à prouver, Johnny?

— Que voulez-vous dire?

— En asticotant Joe de cette façon.

— Il mord facilement à l'asticot. »

Bonnett le regarda fixement. « L'un des moyens de détruire un bâtiment, c'est de détruire le moral de l'équipage, dit-il. Que cela ne se renouvelle plus au cours de cette croisière.

— Vous vous exprimez comme ces " vieilles filles " de la Sécurité », dit Ramsey.

Le visage de Bonnett s'assombrit. « En voilà assez, M. Ramsey. Cela ne prend pas avec moi. » *Ça prend déjà*, pensa Ramsey. Il dit : « Nous allons faire une vraiment drôle de bande quand nous serons arrivés à Novaya Zemlya. Chacun épiant l'autre.

— Comment savez-vous sur quel point nous nous dirigeons? grinça Bonnett. Vous n'étiez pas là quand le capitaine a annoncé notre destination?

— Je " fais " le marc de café. » Ramsey fit un signe en direction de la bande de l'indicateur d'immersion. « Est-ce cela que nous cherchons? »

Bonnett reporta rapidement son attention sur la bande. Une ligne abrupte s'y interrompait pour reparaître à un bref intervalle.

« Il se passe *quelque chose*, dit Bonnett. Alertez le capitaine. »

Ramsey abaissa la clé noire du bouton d'appel numéro un. « Dois-je maintenir le cap?

— Non. Revenez sur... Signal. » Il appuya sur le bouton du calculateur de distance, coupa le moteur. « Dix-huit miles. Captez la direction. »

Ramsey fit virer la barre à droite. « Nous ont-ils entendus?

— Rien ne l'indique », dit Bonnett. Ils naviguèrent en silence tandis qu'il observait les points sur son écran.

Sparrow pénétra dans le poste principal. « Un signal?

— Direction 270 degrés, dit Bonnett.

— Quelle est la profondeur ici?

— Quatre cents pieds, à peu de choses près.

— Vous oubliez quelque chose », dit Ramsey. Il pointait le doigt sur la faille profonde dont la bande signalait la présence.

« Nous mettre à couvert là-dedans? » La voix de Bonnett s'éleva d'un demi-octave. « Nous ne pourrions pas manœuvrer. Qu'ils suivent le passage et nous voilà embouteillés! »

Le *Ram*, en perdant de la vitesse, commença à s'incliner vers la gauche.

« Allons à l'erre », ordonna Sparrow.

Ramsey ralentit le régime du moteur. Il surveillait le lecteur d'impulsion indiquant la profondeur-plancher au-dessous d'eux. Brusquement, elle s'abaissa au-delà de la graduation du compteur. Sans en avoir reçu l'ordre, Ramsey redressa la barre à gauche jusqu'à ce qu'ils fussent au-dessus de la fissure.

« Descendons dedans, dit Sparrow.

— Et si, dans le bas, la largeur est réduite à rien? demanda Bonnett. Nous ne pourrions en ressortir sans embrouiller nos câbles de remorque. Nous serons...

— Surveillez votre tableau », ordonna Sparrow.

Sur l'écran, les oscillations s'atténuèrent, puis cessèrent.

« Vitesse maximale, dit Sparrow. Poursuivez l'immersion. Johnny! »

Ramsey sentit se nouer les nerfs de son estomac. « Les parois de cette fissure font écran à nos bruits!

— Si nous heurtons quelque chose, nous serons bien eus », dit Bonnett.

Sparrow jeta un coup d'œil au gros manomètre : 1 240 livres. « Balayez ces parois d'impulsions à intervalles d'un cinquième de seconde.

— Qu'imaginez-vous que j'étais en train de faire? » marmonna Bonnett.

Sparrow sourit. Il posa la main sur l'épaule de Ramsey. « Accélérez lentement.

— La vitesse?

— Non, la profondeur. Donnez-nous de l'assiette. »

Ramsey releva les barres de plongée. Le pont du *Ram* reprit une position horizontale.

« Un degré à droite », dit Bonnett.

Ramsey fit virer la barre.

« Nous filons vingt-deux nœuds, dit Sparrow. Si nous pouvons simplement mettre...

— Deux degrés à droite, dit Bonnett.

— Demandez-lui gentiment un peu plus de vitesse », dit Sparrow.

Ramsey réduisit la graduation sur le manomètre de navigation par induction.

« Ouvrez les silencieux, dit Sparrow.

— Mais... »

Les doigts de Sparrow s'enfoncèrent dans l'épaule de Ramsey.

« Exécution ! »

La main de Ramsey se tendit, s'abattit sur la grosse poignée rouge surplombant la barre. Ils ressentirent le surcroît de puissance.

« Vingt-huit nœuds, dit Sparrow. Ce vieux rafiot a encore du ressort !

— Deux degrés à gauche », dit Bonnett.

Ramsey obéit.

« Un croiseur sous-marin des Puissances orientales peut filer quarante-cinq nœuds, dit Bonnett. Êtes-vous en train d'essayer de les semer ?

— A quelle vitesse se rapprochaient-ils de nous à notre dernier relevé de position ? demanda Sparrow.

— Vitesse de chasse estimée à vingt nœuds, dit Bonnett. Disons quarante-cinq ou cinquante minutes à moins qu'ils n'aient été à nos trousses et n'aient augmenté la vitesse lorsque le contact acoustique a été interrompu. Ils ne sont peut-être plus qu'à une demi-heure. »

Sparrow considéra le loch chrono. « Nous compterons sur une demi-heure. » Il attendit en silence.

« Deux degrés à gauche », dit Bonnett.

Ramsey mit la barre en position, se redressa lorsqu'ils eurent pris le nouveau cap.

« Nous avons de moins en moins de place, dit Bonnett. La largeur ici n'excède pas 300 pieds. » Il régla de nouveau le calculateur de distance. « Il n'y en a plus que 250. Ici... Deux degrés à gauche! »

Ramsey fit virer la barre.

« Trois degrés à droite. »

Ramsey obéit.

« Deux cents pieds, dit Bonnett. Moins... moins... 185... 215 — Deux degrés à droite. »

Le *Ram* s'inclina lorsque réagit le gouvernail.

« Actionnez les silencieux », dit Sparrow.

Ramsey tira la grosse poignée rouge. Ils ressentirent la résistance dans leur corps.

« Vitesse à demi, dit Sparrow. A quelle distance sommes-nous du bord du canyon?

— Je peux seulement en avoir une idée, dit Bonnett. L'angle est trop aigu pour que les appareils nous l'indiquent.

— Bon, alors donnez-moi votre idée.

— Dix-huit cents pieds.

— Vous entendez quelque chose sur nos arrières?

— Négatif.

— Coupez les moteurs », dit Sparrow.

Ramsey fit taire les machines.

« Et maintenant, entendez-vous quelque chose? »

Bonnett tripota ses instruments. « Négatif.

— En avant toute, dit Sparrow. Deux degrés sur les barres de plongée.

— Deux degrés sur les barres de plongée », répéta Ramsey. Il releva les barres, mit doucement les moteurs en marche, le bateau faisant un bond en avant.

« Un degré à gauche », dit Bonnett.

Ramsey inclina la barre.

Ramsey ramena la commande d'accélérateur au cran central.

« Je peux vous indiquer la distance du bord du canyon dit Bonnett. Environ quatre-vingt-dix brasses.

— Cinq cent quarante pieds, traduisit Sparrow. Êtes-vous certain de la profondeur de cet entonnoir? »

Bonnett recontrôla ses instruments. « Raisonnablement certain. Je pourrai vous donner une indication plus précise dans une minute. »

Sparrow jeta un nouveau coup d'œil au manomètre : 600 livres.

« Disons quatre-vingts brasses, dit Bonnett. L'angle provoquait une distorsion.

— Quatre cent quatre-vingts pieds, dit Sparrow. Moins de mille restant à parcourir. Vitesse au quart, s'il vous plaît. »

Ramsey ramena le levier d'accélérateur au dernier cran.

« Vous entendez quelque chose, Les?

— Négatif. »

Le manomètre monta à 400 livres passées au pouce carré : plus de 1 000 pieds de profondeur.

« J'estime que le bord de ce canyon est dans 460 pieds d'eau, dit Bonnett.

— Toujours rien sur les phones?

— Toujours le silence.

— Mettez pleins gaz jusqu'à ce que nous parvenions à la vitesse maximale, dit Sparrow. Puis coupez tout et allez à l'erre jusqu'au bord du canyon. Plongez aussi doucement que vous le pourrez. »

Ramsey écarquilla les yeux.

« Attention », dit Sparrow.

Ramsey poussa l'accélérateur en avant. Le remorqueur sous-marin avança d'un bond. Ils virent le compteur de vitesse monter jusqu'à vingt-trois nœuds.

« Attention! » aboya Sparrow.

Ramsey stoppa les moteurs, dégagea le système d'induction pour permettre à l'hélice de se mettre en roue libre. Il manœuvra les barres de plongée pour les maintenir à la même immersion avec la traînée minimale.

« Nous sommes au-dessus », dit Bonnett.

Ramsey convertissait mentalement la distance en temps jusqu'à ce qu'il eût acquis la certitude que la remorque était dégagée. Alors il rabaissa les barres de plongée.

Ils se posèrent dans la vase presque sans bouger.

« Je les entends, capitaine, dit Bonnett. A dix miles environ derrière nous et à...

— Qu'y a-t-il?

— Je les ai perdus.

— Ils se sont engagés à notre poursuite dans le boyau, dit Ramsey.

— Remontons, dit Sparrow. Accélérez! »

Ramsey agit immédiatement, poussa les moteurs, détacha le bateau doucement du fond, amena l'accélérateur au dernier cran.

Sparrow surveillait le loch chrono. Cinq minutes. « Stoppez les moteurs.

— Toujours le silence, dit Bonnett.

— Encore cinq minutes », dit Sparrow.

Ramsey les relança en avant. Cinq minutes. Dérive et vigilance. Cinq minutes. Dérive et vigilance.

« Reposez-nous dans la vase, Johnny. »

Le *Ram* descendit, s'inclina sur une surface ridée de galets de manganèse noirs.

« Nous sommes parvenus à huit miles du boyau », dit Bonnett. Il regarda le manomètre : 300 pieds. « Il n'y a ici que 700 pieds de profondeur.

— Pourquoi nous en faire? demanda Ramsey. Ils pensent que nous sommes dans cette fissure. Ils vont en racler le fond. »

Sparrow dit : « Et c'est maintenant que tout va se jouer. »

Ramsey lui jeta un regard abrupt. « Que voulez-vous dire?

— Ils nous ont repérés trop près du but. Et sur la piste qui mène droit au puits.

— Comment peuvent-ils deviner que ce n'était pas une feinte?

— Non. Ils savent que nous nous dissimulons. Ils savent... » Il se tut.

« Vous voulez dire que nous allons nous éclipser furtivement les mains vides? » La voix de Bonnett était chargée d'amertume.

« Je ne leur donnerai pas cette satisfaction. » Ces mots provenaient du sas de l'arrière : Garcia.

Les trois hommes de la salle des commandes exécutèrent une volte-face.

Garcia avança carrément jusqu'au pont de commande. « Nous avons le *devoir* de leur faire un pied de nez, capitaine.

— Depuis combien de temps êtes-vous là? » demanda Sparrow.

Garcia fronça les sourcils. « Une dizaine de minutes, peut-être. J'ai perçu le changement de vitesse et j'ai senti... » Il s'interrompit. « Capitaine, nous sommes allés trop loin pour...

— Calmez-vous, dit Sparrow. Nous irons jusqu'au bout.

— Comment?

— Nous allons nous immobiliser ici.

— Combien de temps? demanda Ramsey.

— Une journée, peut-être; peut-être davantage. Jusqu'à ce qu'ils soient fatigués de chercher ou qu'ils estiment nous avoir perdus.

— Mais il est certain qu'ils laisseront un bâtiment en sentinelle, juste pour le cas où... protesta Bonnett.

— Prions le ciel qu'ils le fassent, dit Sparrow. Les, prenez en main les commandes et la détection. Vous, Johnny et Joe, suivez-moi. »

Sparrow ouvrit le chemin jusqu'à la table des cartes. Il repoussa l'ouvrage entrepris précédemment, sortit une feuille blanche de papier réglé et commença à y tracer des lignes circulaires. Il prit une seconde feuille et s'y livra au même exercice.

Ramsey regardait, intrigué. Garcia se pencha pour voir le travail de près.

Brusquement, Sparrow se redressa. « Qu'est-ce que cela représente, Johnny?

— Ce pourrait être la courbe d'une onde sonore, mais...

— C'est la modulation de l'un de nos " poissons " A-2 », dit Garcia.

Sparrow fit « oui » de la tête. « Maintenant, regardez bien. » Il souleva l'une des feuilles, la posa sur l'autre, les plaça devant une lampe et les ajusta. Il agrafa les deux feuilles ensemble en les maintenant devant la lumière, commença à dessiner une courbe à main levée, à gribouiller une ligne brisée. « Cela est grossier, dit-il, mais donne une idée.

— Les pulsations amorties par un silencieux d'une hélice du *Ram*, dit Ramsey.

— Deux de nos torpilles A-2 mises en tandem, leurs hélices arrangées de telle sorte qu'elles fassent du bruit, dit Sparrow.

— Cela pourrait tromper un P.O. jusqu'à ce qu'il se soit approché suffisamment pour déceler la différence de masse », dit Ramsey.

Sparrow approuva d'un signe. « Et si nos torpilles étaient munies d'un brouilleur qui se déclencherait avant qu'ils aient pu déceler la différence de masse? »

Ramsey s'écarta du tableau, regarda fixement Sparrow. « Nous sommes ici dans les hauts-fonds », dit-il. Les P.O. couvriraient le secteur de distorsion et l'inonderaient de torpilles autoguidées et...

— Et ils entendraient une explosion qui les empliraient d'aise, dit Sparrow.

— Tout cela est bel et bon, mais comment ferons-nous pour parer nos engins alors que nous sommes dans 700 pieds d'eau et dans l'impossibilité de mettre nos moteurs en marche? demanda Garcia.

— Nous possédons un parfait stabilisateur, dit Sparrow. Le " godet ". Nous insufflerons de l'air dans nos ballasts jusqu'à ce que nous ayons assez de flottabilité pour nous élever; nous donnerons ensuite du câble de halage jusqu'à ce que nous atteignions 300 pieds où nous pourrons sortir et faire ce que nous avons à faire. Le " godet " nous ancrera.

— Équilibre sur les quatre points des câbles de halage, marmonna Garcia. Ça va bougrement bien marcher. C'est sûr. » Il leva les yeux sur Sparrow. « Capitaine, vous êtes un génie.

— Pouvez-vous à vous deux trafiquer ces " poissons " pour imiter le bruit de notre hélice? » demanda Sparrow.

Ramsey sourit. « Laissez-nous seulement nous y mettre.

— Une chose encore, dit Sparrow. Je voudrais que vous

modifiiez les commandes de vitesse de transmission de la façon suivante... »

Il se pencha de nouveau sur le tableau des cartes pour griffonner sur le papier réglé.

Ramsey secoua la tête. « Une minute, capitaine. »

Sparrow s'interrompit, leva les yeux sur Ramsey.

L'officier électronicien prit le crayon des mains de Sparrow.

« Au diable la seule vitesse. C'est trop compliqué. Ce que vous voulez, c'est une gamme de bruits : d'abord le *bruit* d'un remorqueur sous-marin Plongeur du Diable au quart de la vitesse, puis à demi-vitesse, enfin à vitesse maximale pour simuler la fuite. » Il esquissa une série d'harmoniques correspondantes. « Nous allons simplement modifier le facteur de résonance et...

— Les modifications pour changer la résonance ne contribueront pas à augmenter beaucoup la vitesse, dit Garcia.

— Ce sera suffisant, dit Sparrow. Ils ne se mettront pas en quête de subtilités. Le plan de Johnny est plus simple, moins susceptible d'échouer. » Il posa la main sur le croquis. « Pouvez-vous réaliser cela à vous deux? »

Garcia fit un signe d'acquiescement. « Laissez-nous nous y mettre. »

Sparrow se tourna vers le pupitre des commandes, alla rejoindre Bonnett. « Vous avez entendu, Les?

— Assez pour me faire une idée. » Il désigna de la tête le tableau de détection. « Toujours rien de nos gars.

— Espérons qu'ils se sont dirigés tout droit sur Novaya Zemlya, dit Sparrow. Allégez la caisse d'assiette avant d'un demi pour cent. »

Bonnett fit un pas à gauche, tourna un robinet d'une fraction de degré, surveilla le cadran au-dessus de lui, ferma le robinet.

« Joe, donnez-nous un peu de câble pour la remontée », dit Sparrow.

Garcia se rendit aux commandes de la remorque, enleva le croc magnétique du gros dévidoir principal. Lentement, presque imperceptiblement, le *Ram* se souleva du fond, esquissa une remontée.

Ils observèrent le manomètre s'élever jusqu'à 200 livres au pouce carré, 180... 160... 140...

« Ralentissez », ordonna Sparrow.

Garcia injecta un peu de puissance dans les freins magnétiques. 130... 120... 115...

« Stoppez », ordonna Sparrow.

L'aiguille s'arrêta sur 110 livres.

« Nous sommes à peu près à 250 pieds, dit Sparrow. Joe, Johnny, à vous de jouer. »

Garcia fixa le tableau de la remorque. « Vaut mieux veiller à l'équilibre de ces câbles, dit-il. Si le courant change...

— Ça, c'est notre affaire, dit Sparrow. J'insufflerai de l'air dans les ballasts avant de vous jeter tous les deux dans la haute pression. »

Garcia eut un pâle sourire. « Pardon, capitaine. Vous savez ce que j'éprouve...

— Vous avez avec vous un bon électronicien », dit Sparrow. Il désigna Ramsey de la tête, regarda Garcia de façon significative.

« Je vous ai compris, capitaine », dit Garcia.

Ramsey pensa : *Pourquoi ne dit-il pas simplement : « Ayez ce personnage suspect à l'œil?* » Il regarda Garcia. « Vous avez peur de l'eau? »

Garcia pâlit sous le hâle.

« Ça suffit, dit Sparrow. Vous avez une mission à accomplir. »

Ramsey haussa les épaules. « Allons nous mettre à l'eau », dit-il. Il se tourna vers le sas de l'avant et ouvrit la marche vers la coursive de la salle des machines, monta l'échelle conduisant à l'écoutille de secours.

Les vêtements de plongée et les scaphandres autonomes se trouvaient dans un placard à glissière près de l'écoutille. Ramsey en sortit un jeu, s'écarta afin de laisser passer Garcia, s'équipa pour plonger. Lorsqu'il fut prêt, il déverrouilla l'écoutille, s'y hissa et se pencha par-dessus la rambarde.

Garcia suivit, vérifia son embouchure, la rejeta de côté, et regarda fixement Ramsey. « Quelque part, quelque jour, quelqu'un viendra fracturer votre crâne pour voir ce qui s'y passe.

— Fracturer mon crâne?

— Ouais, fractureur de crânes. »

Ramsey regarda, étonné, l'officier mécanicien. « Que vou...

— Vous, les gars du Bureau psychologique, vous êtes tous les mêmes, dit Garcia. Vous vous prenez pour les gardiens des pensées profondes et obscures... les gardiens uniques.

— Je ne...

— Ça suffit, dit Garcia.

— Mais je pensais que vous...

— Oui? » Garcia grimaça un sourire — un sourire sans gaieté. « Bien, je...

— Vous pensiez que je vous avais pris pour un espion, pour un de ces bons vieux hibernants », dit Garcia. Il secoua la tête. Pas du tout. Je suis absolument certain que vous n'en êtes pas un.

— Où avez-vous pris l'idée que j'appartiens au Bureau psychologique?

— Nous perdons du temps », dit Garcia. Il mit son embouchure en place, tira l'écoutille et la cramponna.

Ramsey prit le caoutchouc froid de son embouchure entre les dents, goûta l'air. Il avait un goût médicamenteux, amer.

Garcia ouvrit la vanne d'eau de mer.

L'eau froide se précipita, grimpant le long des parois circulaires, les enserrant dans de rapides courants tourbillonnants.

D'un battement de palmes, Ramsey se trouva à l'écoutille ouverte. A l'extérieur, l'obscurité était totale, percée seulement par l'éclat du compartiment de secours et le mince rayon de la petite torche tenue par Garcia. La longue nuit arctique en surface et la couche d'eau conspiraient pour créer une absence absolue de lumière. Malgré le revêtement chauffant de sa combinaison de plongée, Ramsey sentait le froid glacé de l'eau commencer à le pénétrer.

Garcia se tenait d'une main à la rambarde de l'écoutille

tandis qu'il attachait un câble de sécurité à sa ceinture. La torche fixée à son poignet était dirigée sur le porte-torpilles : de minces formes dispensatrices de mort alignées tout au long des rainures métalliques de guidage comme des cartouches sur un ceinturon.

Ramsey fixa son mousqueton de ceinture au câble de sécurité.

Garcia retourna sa lampe vers l'écoutille, désigna un autre câble serpentant dans la lueur verte du compartiment de secours. Ramsey tira sur le câble, ramena une boîte à outils.

Ramsey fut pris dans un courant qui l'éloigna de l'écoutille. Il fut stoppé par le câble de sécurité, revint en nageant et s'empara de la boîte.

D'un coup de pied dans la coque, Garcia s'en éloigna et s'enfonça dans l'eau en direction du râtelier de torpilles. Ramsey se retourna le temps de jeter un coup d'œil vers la surface couverte d'un manteau de nuit, et le suivit. L'officier mécanicien s'arrêta devant une torpille tout en bas du râtelier, en prenant bien garde de ne pas toucher l'hélice d'armement de la mise à feu dans le cône de la torpille. Les bandes jaunes à l'arrière de l'hélice indiquaient qu'il s'agissait d'un modèle à court rayon d'action et à basse explosion pour le combat de près.

En rangs superposés, les poissons métalliques de mort s'empilaient au milieu du *Ram*.

Garcia tapota doucement la torpille, regarda Ramsey.

Ramsey secoua la tête, en montra une autre au-dessous, rayée de rouge — une autoguidée à long rayon d'action.

Garcia approuva d'un signe de tête.

Ils plongèrent vers la torpille, la désarmèrent précautionneusement. Ramsey remarqua le numéro : 14, le désigna du doigt. « Oui », fit silencieusement Garcia.

Ramsey démonta la plaque latérale, se déplaça vers la lampe. Son rayon éclaira l'intérieur de la torpille. Il avait déjà imaginé les modifications qu'il faudrait apporter : déconnecter le circuit d'autoguidage, le remonter en vue d'un déplacement horizontal; le joint de rupteur de direction réassujetti conformément au nouvel ordre de commande

— 400 révolutions, 600... 800. Pris par son travail, il en oublia de s'inquiéter de Garcia.

Maintenant, c'était terminé. Ils se dirigèrent vers une autre torpille de même modèle, y firent les mêmes changements — sauf en ce qui concerne l'adaptation du facteur de résonance. Il fallait maintenant déconnecter la torpille du dessus, l'amener auprès de la seconde et les attacher soigneusement l'une à l'autre au moyen de boulons à émerillon.

Sous les torpilles modifiées, Ramsey chercha et trouva le gros nez jaune et rouge d'un modèle de brouillage dans lequel il inséra la capsule d'autoguidage prélevée sur le premier engin qu'ils avaient transformé. Il attacha cette torpille avec les deux autres par un bout de câble fin.

Vers la fin, il s'aperçut qu'il travaillait avec de moins en moins de lumière. Il fixa le dernier crampon du câble, leva les yeux sur la coque.

Garcia flottait très au-dessus, longeant le râtelier; il nageait maintenant vers le compartiment de secours. Il nageait vite. Les ténèbres marines enveloppaient Ramsey.

*Va-t-il me laisser dehors? Me fermer l'écoutille au nez?*

La panique le submergea. Il agita les palmes, se précipita vers la lumière qui s'éloignait.

*Garcia pouvait attendre dans le compartiment jusqu'à ce qu'il soit sur le point de manquer d'air, sachant que je me trouverais dans le même pétrin. Puis il pourrait assurer sa sécurité en regagnant l'intérieur. Je serais noyé avant qu'ils reviennent me chercher. Il pourrait expliquer ma disparition de façon plausible.*

La lampe de Garcia s'enfonça dans le compartiment de secours, l'obscurité devenant alors totale.

*Je ne m'en sortirai pas!*

Brusquement, le câble de sécurité le stoppa net. Ramsey tira dessus. Quelque chose s'était mis en travers! Il se battit contre l'attache de ceinture, la libéra, reprit son chemin vers l'écoutille en agitant ses palmes, la pâle lueur de la lampe de Garcia perçant à grand-peine les ténèbres.

Il était maintenant au-dessus de l'écoutille. Ramsey saisit la rambarde, sentit une main prendre la sienne, le tirer à l'intérieur. Garcia! Un sentiment de soulagement envahit Ramsey. A la lumière de la lampe du compartiment, on voyait que Garcia avait rentré le câble de sécurité. Il s'étendait, raide, entre le dévidoir et l'écoutille. Il y avait un pépin. Garcia pointait l'index sur l'écoutille.

*Il veut que j'y aille et que je saute*, pensa Ramsey. Il secoua la tête.

De nouveau, Garcia désigna l'écoutille.

Ramsey secoua derechef la tête.

Garcia hésita, puis remonta le câble et sortit de l'écoutille, prenant avec lui sa torche électrique. Il revint aussitôt et le câble se détendit. Il l'enroula sur son tambour, ferma l'écoutille extérieure.

Ramsey ouvrit le robinet d'air à haute pression. Le niveau de l'eau commença à baisser.

Quand elle leur arriva aux épaules, ils débouclèrent les connexions antérieures des scaphandres autonomes. Sur les lèvres de Garcia subsistait un soupçon de sourire.

*Il sait qu'il m'a fait peur*, pensa Ramsey. *Il l'a fait exprès.*

Ce qui restait d'eau s'évacua. Garcia déverrouilla l'écoutille intérieure, sortit le premier en direction de la coursive supérieure de la salle des machines. En silence, ils se débarrassèrent de leurs combinaisons, regagnèrent le pont de commande.

Sparrow les accueillit à la porte. « Tout va bien?

— Mission accomplie, dit Garcia. La quatorze est reliée à la vingt-deux. Elles seront lancées toutes les deux du tenon de la vingt-deux. Elles se dirigeront vers le nord et resteront environ à dix brasses de fond. »

Sparrow regarda Ramsey qui confirma de la tête. Le capitaine revint à Garcia. « Vous avez eu des difficultés?

— C'est Johnny l'homme de l'électronique. Il a tout fait. »

Sparrow se tourna vers Ramsey.

« C'était assez facile. »

Garcia dit : « Le câble de sécurité s'est empêtré sur le chemin du retour, mais je l'ai libéré. En dehors de cela, rien à signaler.

— Rien à signaler ici non plus », dit Sparrow. Il hocha la tête en direction d'une couchette à l'extrémité du poste central. Bonnett y était allongé. « Les pique un petit roupillon. Vous feriez bien d'en faire autant. Nous allons rester ici un moment.

— D'accord, dit Garcia. La nage m'a fatigué. Allons-y, mon petit Johnny. » Il se baissa pour franchir le sas, descendit l'escalier des cabines. Ramsey le suivit.

Garcia s'arrêta devant la porte de sa cabine, se retourna et sourit à Ramsey. « Faites de beaux rêves... fractureur de cerveaux. »

Ramsey le frôla en passant pour pénétrer dans sa propre cabine, verrouilla la porte derrière lui et s'y adossa. Il sentait son cœur battre à tout rompre.

*Diable d'homme!*

Il fit effort sur lui-même pour retrouver un semblant de calme, se dirigea vers l'écrin de télémètre, étudia les nouvelles longueurs de bandes.

Sparrow manifestait toujours le même glacial contrôle de soi.

Ramsey reposa l'écrin, éteignit ses lampes, tomba sur sa couchette et dans un sommeil agité. Il lui sembla qu'il venait tout juste de fermer les yeux lorsqu'il fut réveillé par la sonnerie. Il se leva engourdi, se dirigea vers la passerelle de commandement. Les autres s'y trouvaient déjà. « Prenez la relève au tableau de recherche », dit Sparrow. Il attendit que Ramsey se fût exécuté, amena le tableau de tir sur le numéro vingt-deux.

Aussitôt, Ramsey enregistra le battement sur ses instruments. Il sentit Sparrow prendre place derrière lui. Ils avaient tous les deux l'œil rivé au scope.

« Bon travail, dit Sparrow. On dirait exactement notre " pip " [1]. »

Ramsey fit exécuter un tour au détecteur sonore extérieur du système de mesure des distances. « Aucun signe de sentinelle, dit-il.

— Cela aurait été un sale coup, dit Garcia. Nous aurions accompli tous nos précieux efforts en vain. J'aurais presque...

1. Dent de scie du radar. *(N. d. T.)*

— Il est là, dit Ramsey. Par nord-est et arrivant rapidement.

— Route de chasse, dit Sparrow.

— Et voici la première accélération de notre piège, dit Ramsey.

— Ça ne pouvait mieux tomber, dit Bonnett.

— Autre signal à l'ouest, dit Ramsey. Notre sentinelle a alerté ses copains.

— Et voici la simulation de vitesse maximale, dit Sparrow. Boulot extraordinaire, Johnny! »

Ils attendirent, observant l'apparition des signaux. Brusquement, les instruments se mirent à tourner follement, le système de brouillage du piège s'étant mis en action.

Nouvelle attente.

Un lointain et double coup sourd retentit contre la coque du *Ram* et, simultanément, le signal du brouilleur s'arrêta.

« Maintenant, surveillez leurs mouvements, dit Sparrow. Si ces P.O. s'en vont tous, nous aurons réussi. »

Ramsey observait les signaux. « La meute avance au quart au-dessus du lieu d'explosion. Quatre s'en vont. » Il attendit. « Deux autres. Par sud-ouest. Et voici que partent les derniers. »

Il les suivit jusqu'à ce qu'ils disparaissent de ses instruments, se retourna avec un sourire de triomphe et regarda Sparrow.

« Tout s'est déroulé exactement selon votre plan, capitaine.

— Hum, hum, oui. » Il détourna la tête. « Nous resterons ici quatre heures avant de poursuivre notre route jusqu'au puits. »

Le *Ram* longea la fissure en avançant au quart, se souleva dans six cents pieds d'eau et glissa le long de la pente ascendante comme un poisson géant en quête de son dîner dans le fond vaseux. Sparrow se tenait à la barre, Garcia près de lui.

« Voici la corniche », dit Sparrow. Il indiqua d'un signe de tête l'écran qui se trouvait au-dessus d'eux. On y voyait une tranche de lumière découpée dans les eaux sombres par les projecteurs — une proéminence rocheuse.

« Faut-il appeler les autres? demanda Garcia.

— Oui. »

Garcia appuya sur le bouton d'appel. Ramsey répondit de la hutte électronique.

« Que faites-vous dans le compartiment électronique? demanda Sparrow.

— Je ne pouvais pas dormir, aussi...

— Mes ordres disant que nous ne devons être que deux de veille à la fois ne vous concernent sans doute pas?

— Capitaine, j'ai eu une idée concernant...

— Un instant. » Sparrow désigna l'écran au-dessus de lui — un monticule en forme d'étoile de mer. « Tout droit, Joe. » Il désembraya la commande, escalada le monticule à la dérive, le dépassa, s'échoua.

« Deux cent cinq livres exactement, capitaine. »

Sparrow remercia d'un signe de tête, brancha les télévisions latérales, scruta le fond. « Assez de vase pour nous mettre sur lest. »

Bonnett entra. « Capitaine, sommes-nous...

— Nous sommes arrivés, dit Sparrow. Les, voulez-vous aller voir à la hutte ce que fait Johnny?

— Il n'est donc pas...

— Il est là-bas depuis un moment... seul! »

Bonnett exécuta un demi-tour, disparut par l'escalier des cabines.

« Ce n'est pas moi qui serai coupable d'avoir révélé la position de ce puits, dit Sparrow.

— Que voulez-vous dire? demanda Garcia. Vous ne pensez pas que j'... »

Sparrow l'interrompit d'un regard. « M. Garcia, nous avons commencé à naviguer ensemble alors que vous n'étiez qu'un chef mécanicien et moi un tout jeune enseigne; mais, en l'occurrence, je ne vous fais confiance que dans la mesure où je vous ai sous les yeux. Un des hommes des services de Sécurité a été tué dans un guet-apens sur mon bâtiment. Les P.O. ont installé des rayons espions à bord. Il a bien fallu que quelqu'un s'en charge. Me suis-je bien fait comprendre?

— Oui, monsieur. » Garcia revint au tableau de recherche.

Dans la hutte électronique, Ramsey souleva la lampe sur laquelle il travaillait. *C'est sûrement ainsi qu'ils émettaient leur rayon espion*, pensa-t-il. *Et cela signifie qu'ils pouvaient en avoir un autre prêt à fonctionner à tout moment.*

Sa main tremblait lorsqu'il se pencha pour brancher la lampe dans une douille d'essai. Sa main fut brusquement écartée et un poing s'écrasa sur le côté de sa mâchoire.

« Espèce de sale bâtard d'espion! » grommela Bonnett. Et son poing s'écrasa de nouveau sur la mâchoire de Ramsey.

Ramsey — penché en arrière au-dessus de l'établi — tenta une esquive latérale. « Les, attendez! Je...

— Je vais nous épargner les frais d'un procès », grinça Bonnett. Il projeta son coude sur la bouche de Ramsey, leva son genou vers le ventre.

*Mon Dieu! Il veut me tuer*, pensa Ramsey. Il se défendit avec l'énergie du désespoir, en essayant de frapper du bras Bonnett à la gorge. Le coup dans le ventre lui causa la nausée.

Bonnett esquiva le coup de Ramsey, abattit une nouvelle fois son poing sur la bouche de l'officier électronicien.

« Pour l'amour du ciel, hurla Ramsey, je ne suis pas un espion!

— Espèce de sale mouchard menteur... » Bonnett recula d'un pas, frappa Ramsey du plat de la main à la nuque et du poing à la mâchoire.

Ramsey se sentit partir, agita les mains devant lui en un geste inutile. Quelque chose lui atterrit violemment sur le côté de la tête. Il éprouva au cœur comme un coup de marteau de forgeron et perdit connaissance.

Des voix.

Elles parvenaient à Ramsey d'un endroit situé au sommet d'un grand trou noir. Il essaya de les ignorer, remua la tête. La douleur le transperçait.

« Je crois qu'il revient à lui, Garcia.

— Tenez. Faites-lui avaler ça, Sparrow.

— Pourquoi la gaspiller? Bonnett.

— Je ne suis pas sûr que vous ayez raison, Sparrow.

— Je vous dis, capitaine, que je l'ai vu introduire ce rayon espion dans une douille et...

— Comment savez-vous que c'était un rayon espion? L'un de vous a marché dessus et l'a écrasé pendant la bagarre.

— Ça avait l'air bougrement douteux, capitaine.

— Douteux... coûteux... schmouteux, Garcia. »

La main sous la nuque. Quelque chose d'âcre et d'acide dans la bouche, et qui brûle la gorge.

Étouffant, toussant.

Ramsey suffoqua, eut des haut-le-cœur.

Une nouvelle fois, le liquide fut introduit de force entre ses lèvres. Il frissonna, réussit à ne pas le rejeter. Son corps n'était qu'une immense douleur.

« Pouvez-vous parler, Johnny? » demanda Sparrow.

Ramsey ouvrit les yeux. Sparrow était penché sur lui, lui soutenant les épaules.

Bonnett et Garcia se tenaient de l'autre côté.

Les yeux de Ramsey se portaient sur ce qui l'entourait en dehors d'eux trois : la salle de repos, une couchette, une table et une pharmacie de secours.

Son regard revint sur Bonnett et Garcia.

Bonnett maussade, peut-être un rien indécis.

Garcia légèrement préoccupé.

Ramsey bougea la main en direction de sa mâchoire, sentit sa tête s'embraser. « Peux par... ler... un... peu », dit-il.

Sparrow redressa les oreillers de Ramsey sur lesquels il le reposa doucement. « Que faisiez-vous dans la hutte? »

La lampe! Le rayon espion!

Ramsey s'efforça de faire franchir aux mots le seuil de ses lèvres boursouflées. « Je pense avoir trouvé comment est déclenché le rayon espion. »

L'intérêt éclaira brusquement les regards de Sparrow et de Garcia. Bonnett avait l'air plus réservé.

« Par quelqu'un à bord? demanda Sparrow.

— Non. C'est... impér... atif... Ne pas... his... hisser... le... pé... ris... cope.

— Pourquoi?

— Ça déc... lenche... un signal.

— L'air est bourré de matières. Qui est...?

— C'est spécial. Vous venez de me donner une idée. » Ramsey passa la langue sur ses lèvres boursouflées, fit un effort pour parler clairement. « Vous allez comprendre, dit-il. La résonance. Les P.O. émettent une harmonique sur la fréquence plaque de nos lampes L4. Elles se dérèglent et donnent un effet microphonique. Les tubes que nous avons découverts n'étaient que des amplificateurs. Le rayon espion est effectivement émis par les L4.

— Mais si nous avons enlevé tous les amplificateurs...

— Il suffit que les L4 émettent et elles réagiront l'une sur l'autre par rétroaction, dit Garcia. Il n'y a plus besoin d'amplificateur. Ils ont installé un émetteur qu'ils peuvent capter n'importe où.

— Pourquoi le périscope? » interrogea Sparrow. Puis il dit : « C'est évident : un signal clair et puissant leur est nécessaire à notre bord et le périscope est la seule voie sur laquelle les sons ne sont pas amortis par une coque en placticacier. » Il secoua la tête. « A supposer que vous soyez dans le vrai et que cela se passe ainsi, comment peut...

— Monter quelque chose qui se substitue aux L4, dit Garcia. C'est le talon d'Achille du système.

— C'est ce que j'étais en train d'essayer quand Les m'a sauté dessus », dit Ramsey.

Bonnett le regarda de travers. « Ce pourrait être une ruse, capitaine. »

Garcia dit : « Fermez-la, Les. »

« Que le diable vous emporte tous, hurla Bonnett. Hier, vous étiez tous les deux à me dire les soupçons que...

— Nous parlerons de cela à un autre moment », dit Sparrow. Il se tourna vers Garcia. « Qu'en pensez-vous, Joe?

— Cela me paraît exact, capitaine. » Garcia leva une main et fit le compte sur ses doigts. « Cela présente l'avantage de la simplicité : il leur suffisait de connaître la fréquence plaque d'une lampe adéquate et ils pouvaient concentrer tous leurs efforts sur le moyen de mettre cette unique unité en panne. Si le véritable signal est émis par eux, notre système se contentant simplement de le retransmettre, ils possèdent les éléments essentiels d'un système sonoran : une parfaite précision pour nous repérer. Et que pourrait-il y avoir de plus difficile à détecter? Leur émission serait un bruit constant dans l'éther; et, chaque fois que nous sortirions notre périscope, nos filtres de bord couperaient immédiatement ce signal comme ne représentant aucun danger et nous ne serions pas du tout branchés sur la longueur d'ondes qui serait la plus apte à nous dénoncer! »

Lorsque Garcia eut terminé, Bonnett lui-même approuva de la tête.

Garcia regarda Ramsey. « Est-ce ainsi que vous aviez vu les choses?

— Oui.

— Il me sera sans doute possible d'imaginer un système éliminant les L4 du circuit, dit Garcia, mais c'est vous qui êtes le spécialiste d'électronique. Alors?

— Un schéma sur l'établi de la hutte, dit Ramsey.

— Les, voyez cela, dit Sparrow. Si c'est vrai, ce sera un élément de plus pour confirmer son histoire. »

Bonnett sortit.

Ramsey ferma les yeux, essaya de se débarrasser des oreillers et de s'allonger à plat sur la couchette.

« Vaut mieux pas », dit Sparrow. Il aida Ramsey à se redresser.

« Joe, soutenez-le un moment pendant que je lui examine le nez. »

Garcia tint Ramsey par les épaules.

Sparrow palpa doucement le nez de Ramsey.

« Aïe! » Ramsey recula la tête.

« Pas de fracture, semble-t-il », dit Sparrow. Il se redressa, mit un pouce sur la paupière gauche de Ramsey, la souleva et dirigea la lumière d'une torche dans l'œil. « Peut-être une légère contusion.

— Combien de temps suis-je resté évanoui? demanda Ramsey.

— Une heure environ, dit Sparrow. Vous... »

Bonnett entra avec, à la main, une feuille de bloc tachée de graisse. Il la remit à Garcia qui, pour la prendre, dégagea une main des épaules de Ramsey.

« Qu'en dites-vous, Joe? » demanda Sparrow.

Garcia étudia le document en silence, approuva une fois de la tête, le passa à Sparrow. « Astucieuse adaptation. Simple. Cela fonctionnera et emploie une lampe ayant une fréquence plaque différente.

— Qu'est-ce que cela veut dire? demanda Bonnett.

— Cela veut dire que vous vous êtes mis le doigt dans l'œil jusqu'au coude, mon vieux, dit Garcia. En clair, que vous vous êtes lourdement trompé. »

La voix de Bonnett était presque imperceptible. « Vraiment?

— Pour être honnête, nous nous sommes tous lourdement trompés, dit Garcia. Nous avons été manifestement les instruments de notre négligence. »

Bonnett abaissa le regard sur Ramsey. « Si j'ai commis une erreur, je vous en demande pardon. » Il jeta un coup d'œil à Sparrow qui était toujours en train d'étudier le grossier schéma de Ramsey. « Mais je me réserve le droit d'avoir une opinion personnelle. »

Sparrow se releva, regarda Garcia. « Tenez-le éveillé pendant un couple d'heures, Joe. » Il s'écarta. « Venez avec moi, Les. Nous avons un “ godet ” à remplir et quelques lampes à trafiquer. Pas de temps à perdre.

— Voulez-vous que je m'occupe de la partie électronique? demanda Garcia.

— Vous, ne le quittez pas », dit Sparrow. Il s'arrêta dans l'ouverture de la porte, s'interrogea en regardant Ramsey, se retourna et partit, suivi par Bonnett.

« Pensez-vous qu'ils pourraient mettre les L4 en panne sans avoir à passer par le périscope? demanda Garcia.

— En cas de nécessité, dit Ramsey. Mais il leur faudrait alors augmenter la puissance du signal de plusieurs facteurs pour obtenir un écho qui ne soit amplifié que si notre périscope est en surface.

— Ces démons sont malins, marmonna Garcia. Comment avez-vous mis le doigt là-dessus?

— C'est le capitaine qui m'a mis sur la voie avec son idée d'imiter le bruit de notre hélice.

— Cela vous a amené à penser à la résonance, dit Garcia.

— A la création de signaux avec des harmoniques, corrigea Ramsey.

— C'est la même chose. » Garcia vint se placer face à Ramsey. « Mon gars, il vous a bien arrangé.

— Je le crois.

— Mais c'est de votre faute. »

Ramsey leva la tête pour regarder Garcia, le mouvement brusque le fit grimacer. « Pourquoi dites-vous cela?

— Pour une raison ou une autre, vous vous êtes délibérément arrangé pour que le capitaine se méfie de vous. Mais vous avez oublié une chose : la méfiance est contagieuse.

— La pression vous échauffe les esprits, dit Ramsey.

— J'aimerais savoir à quoi vous cherchiez à en venir, dit Garcia. Vous essayiez peut-être de renvoyer le capitaine à terre.

— Et merde! Vous avez trop d'imagination.

— Nous sommes tous pareils ici, Johnny. Et le temps s'écoule lentement dans un remorqueur sous-marin. Une bonne imagination a tout le loisir de se déchaîner. » Il fixa la cloison pendant un instant. « C'est vrai, c'est aussi le problème du capitaine.

— Que voilà une rare perspicacité », dit Ramsey.

Garcia fit comme s'il n'avait rien entendu. « Lorsque de trop lourdes responsabilités pèsent sur vos épaules, l'imagination est une faiblesse. »

Ils sentirent le *Ram* bouger, s'arrêter.

« Nous sommes en train d'installer la pompe à la tête du puits, dit Garcia. Il nous faudra un couple de jours pour remplir le " godet ", et en route pour la maison.

— Si seulement c'était aussi simple », dit Ramsey.

Garcia se retourna, se dirigea vers un rayon de la salle de repos, y prit un livre, le feuilleta un petit moment et l'amena à Ramsey. « Je pense que vous feriez bien de lire ceci, Johnny. C'est le passage favori de Sparrow le Pige-Tout. »

Il tendit à Ramsey une Bible et, désignant le début d'un chapitre, dit : « Isaïe, 27, 1 et 2. »

Ramsey lut tout le passage en silence, puis le reprit à haute voix :

« En ce jour, l'Éternel frappera de sa grande, dure et forte épée le léviathan, serpent fuyard, le léviathan, serpent tortueux; et il tuera le monstre qui est dans la mer. »

Garcia continua la citation de mémoire :

« En ce jour-là, chantez un cantique sur la vigne. »

Ramsey ne quitta pas le passage des yeux, secoua la tête. « Que représente cela pour lui? »

Garcia dit : « Et il tuera le monstre qui est dans la mer. » Il se baissa, reprit la Bible. « Pour Sparrow le Pige-Tout, nous sommes le monstre dans la mer.

— Donnez-moi cela », dit Ramsey. Il récupéra la Bible. « Je pense que je vais lire un moment.

— Prenez garde ou vous allez tomber dans la bigoterie, dit Garcia.

— Pas de danger, dit Ramsey. Mes maîtres disaient toujours que pour bien comprendre un sujet, il faut en étudier les fondements. C'est précisément ce que représente ce livre pour notre capitaine.

— Pour énormément de gens, dit doucement Garcia. Et un psychologue ne possédant pas une connaissance approfondie de ce livre est un docteur sans instruments. Et aveugle, par-dessus le marché. »

Ramsey regarda Garcia par-dessus son livre. « Quand renoncerez-vous à poursuivre dans cette voie?

— Quand vous serez réveillé », dit Garcia.

Ramsey dissimula un froncement de sourcils derrière la Bible, la rouvrit au passage indiqué par Garcia et fut bientôt emporté par la fureur d'Isaïe et le malheur d'Ézéchiel et les foudroyants messages de la prophétie.

Dans les eaux glaciales arctiques environnant le *Ram*, les pompes tournaient, les lances des tuyaux fouillant la fange du fond pour en faire du lest. Le « godet » de plastique commença de s'enfler avec son chargement de pétrole — comme une chose vivante s'abreuvant à une jugulaire de la terre.

Les aiguilles du loch chrono tournaient, tournaient. Cinquante et une heures au puits.

« Godet » plein. Il s'étalait sur le fond derrière le *Ram*, boursouflé par son chargement, faisant maintenant près d'un mile de long, maintenu en délicat équilibre hydrostatique afin qu'il aille à la remorque sous la surface.

Ramsey et Garcia entrèrent ensemble dans le poste central. Sparrow et Bonnett s'y trouvaient déjà.

Garcia approuvait une chose que Ramsey avait dite. « Vous avez raison. Il vaudrait mieux...

— A propos de quoi a-t-il raison? demanda Sparrow.

— Johnny était en train de dire que le compensateur du " godet " jetterait du lest si nous essayions d'opérer cette manœuvre d'immersion profonde sur le chemin du retour.

— Il a raison, dit Sparrow. Et si nous ne compensons pas, nous briserons le " godet ".

— Et nous répandrions du pétrole partout en surface, dit Bonnett. Ce serait maintenant le fin du fin.

— Il devrait y avoir un moyen d'en venir à bout, dit Sparrow. Mais espérons que nous n'aurons pas à l'essayer. » Il se tourna vers le tableau des commandes. « Les, remontons. Vitesse minimale. Droit dans le boyau. Nous l'utiliserons comme abri aussi longtemps que nous le pourrons.

— D'accord. » Les mains de Bonnett s'agitèrent au-dessus des commandes.

« N'y a-t-il pas des risques qu'ils nous attendent au tournant dans un endroit comme celui-là? demanda Ramsey.

— Nous sommes morts, vous vous en souvenez? » dit Garcia.

Sparrow dit : « Joe, prenez la relève au tableau auxiliaire de recherche et maintenez-nous en immersion au centre de ce canyon. Johnny, installez-vous au tableau principal de recherche et surveillez les " pips " de l'ennemi. » Il se croisa les bras sur la poitrine. « Le Seigneur nous a été clément, messieurs. Nous retournons chez nous.

— Une vraie promenade, dit Garcia.

— Au milieu des fous et des chiens enragés », dit Bonnett.

Le pont du *Ram* se dressa, resta un moment le nez en l'air. Lentement, le « godet » se souleva à l'arrière, suivit. Ils descendirent obliquement dans le boyau.

« Un degré à droite, dit Garcia. Comme ça.

— Comme ça, scanda Bonnett.

— C'est là que vous priez nos bonnes étoiles pour que le " godet " reste dans l'alignement de la coque, dit Ramsey. Si nous grattons la paroi latérale...

— Deux degrés à gauche, dit Garcia.

— Deux degrés à gauche », répéta Bonnett.

Sparrow lança un regard vers Ramsey. « Vous disiez?

— Je faisais juste la conversation.

— Réservons la conversation pour le camp de repos », dit Sparrow.

Il retourna au tableau devant lequel était Bonnett. « Nous nous piquerons contre la fatigue dans trois heures et nous le ferons toutes les quatre heures jusqu'à ce que nous ayons quitté le cercle arctique. Signalez-moi immédiatement si les piqûres produisent un effet Larsen à l'un quelconque d'entre vous. »

Bonnett dit : « On m'a raconté que ces piqûres font tomber les heures sans sommeil au-delà de votre espoir de vie. Je me demande s'il y a quelque chose de vrai là-dedans?

— J'ai un jour entendu dire que la lune était faite de fromage frais, dit Garcia.

— Messieurs, pouvons-nous nous occuper de choses sérieuses? » demanda Sparrow.

Ramsey sourit. Il ressentait le regain d'élan vital de l'équipage comme un vigoureux débordement de gaieté. Il se frotta la partie douloureuse du menton, là où Bonnett l'avait frappé, et pensa : *Cela m'est arrivé d'un angle auquel je ne m'attendais pas, mais la Catharsis numéro Un s'est produite et a disparu.* ET *je suis toujours vivant. Et Sparrow n'a toujours pas craqué.*

Le capitaine s'éclaircit la gorge. « Dès que nous aurons

quitté le bassin norvégien, nous serons à l'abri de tout danger immédiat. Leurs bâtiments de chasse doivent maintenant être rangés sur le passage de l'Islande et ils ne s'attendent pas à ce que quelqu'un vienne derrière eux. Ce sont les patrouilleurs, les relèves qui constituent notre souci principal : le passant de hasard.

— J'ai décidé de mourir de vieillesse, dit Garcia. Pour moi, c'est ça le principal souci.

— Vous êtes en train de vieillir avant l'âge, dit Bonnett.

— A gauche, un degré, dit Garcia.

— A gauche, un degré », répéta Bonnett.

Enfoncé dans les eaux profondes du canyon, le *Ram* avait un cap généralement ouest. Au seuil du bassin norvégien, ils quittèrent le boyau qui avait de moins en moins de fond, longèrent le bord du bassin, cap 276 degrés. La profondeur d'immersion était de plus en plus réduite. Ils étaient à 200 brasses lorsqu'ils s'orientèrent au sud afin de naviguer parallèlement au littoral norvégien, cap 201 degrés.

Quatre-vingt-une heures, cinquante-huit minutes du puits, à deux degrés encore sur le cercle arctique. Ramsey dit : « Signal! » et, d'une gifle au commutateur, il fit taire les moteurs.

« Cap, distance et direction? demanda Sparrow.

— Sud-est, en rang vers l'ouest et peut-être un rien sud. Je viens de les repérer aux limites du système de détection à longue distance : disons trente-cinq miles.

— Remettez les moteurs, dit Sparrow. Ils n'ont rien d'une telle portée.

— Je ne les verrai plus dans une minute avec le cap actuel, dit Ramsey.

— De toute façon, nous n'allons prendre aucun risque, dit Sparrow. Dix minutes plein est, puis reprenez le cap.

Garcia, à la barre, confirma l'ordre. Le *Ram* changea de cap.

« Je les ai perdus, dit Ramsey.

— Reprenez le cap », dit Sparrow.

Ils se replacèrent parallèlement à la côte norvégienne. Ils se dirigèrent vers le sud, puis prirent la direction ouest-sud-ouest pour s'éloigner des stations du littoral disposées le long des côtes méridionales de la Norvège. Et se rabattant de nouveau au sud, et de nouveau à l'ouest pour passer au large des Féroé. Ils étaient maintenant à la limite des grands fonds au sud-est de l'Islande. De quart et en appui : Ramsey et Sparrow au pont de commande.

« Vous avez bien joué le coup, dit Ramsey.

— Il ne faut jamais se vanter de sa chance, dit Sparrow. Ça la fait tourner.

— Qu'est-ce qui rend les marins si superstitieux? demanda Ramsey.

— La conscience qu'ils ont des limites de leur savoir, dit Sparrow. Et leur expérience de la réalité de la chance.

— Il est surprenant que le gouvernement ne sorte pas des fers à cheval à votre intention.

— C'est une suggestion que je ferai quand...

— Une meute! » Ramsey fit jouer le commutateur des silencieux.

« Ils sont sur nous, capitaine! Ils s'étaient mis en embuscade! »

Sparrow fit retentir le signal d'alarme, mit les moteurs en marche.

« Ils suivent exactement notre route, dit Ramsey. Distance quinze miles.

— Distance d'où ils ne peuvent nous rater », dit Sparrow. Il fit virer le remorqueur sous-marin et la remorque au nord-est, poussa la puissance à fond.

Bonnett et Garcia arrivèrent en courant au poste central.

« Une meute à nos trousses, dit Ramsey.

— Aux commandes, vous deux », dit Sparrow.

Bonnett et Garcia prirent place à leurs postes de combat, Bonnett à la barre, Garcia au tableau des torpilles. Sparrow s'approcha de Ramsey.

« Nous avons ici 8 800 pieds de fond, dit Ramsey.

— Il faudra que nous y tentions notre chance, dit Sparrow. Les, en immersion. Johnny, réglez la régénération d'air. »

Ramsey ouvrit d'un cran la vanne de commande du générateur d'anhydrase.

Le pont du remorqueur sous-marin s'inclina vers le bas.

« Joe, annoncez les profondeurs, dit Sparrow.

— 6 800 pieds et 2 880 livres... 7 000 pieds et 3 010 livres... 7 500 et 3 235... 8 000 et 3 440... 8 500 et 3 655...

— Coupez l'allumage », dit Sparrow.

Bonnett fit taire les moteurs.

Garcia continuait : « 8 600 et 3 700... variation, capitaine...

— Noté.

— 8 700 et 3 750... neuf livres au-dessus de la normale, capitaine...

— Noté.

— 8 750 et 3 780... dix-huit livres de plus...

— Noté. Les, réduisez l'angle d'immersion et branchez l'œil T.V. d'avant sur l'écran principal.

— Fond à quarante pieds, dit Ramsey. La meute se rapproche rapidement. Distance environ onze miles. »

Le grand écran au-dessus de leurs têtes montrait sa large tranche de lumière et, brusquement, la vase du fond.

« Posez-y d'abord la remorque », dit Sparrow.

Bonnett releva les barres de plongée avant jusqu'au point où ils sentirent le « godet » offrir une résistance à l'arrière. Le *Ram* se posa dans la boue du fond à 8 800 pieds.

Le gros manomètre indiquait 3 804 livres tout rond : vingt livres de plus que la normale pour la profondeur.

« Meute à neuf miles et se déploie, dit Ramsey. J'en compte seize.

— Ils se déploient, dit Sparrow. Cela veut dire qu'ils sont déroutés par notre...

— Deux se détachent vers la surface, dit Ramsey. Ils pensent que nous sommes remontés.

— Pression normale dépassée, dit Sparrow. Il y a une dense couche de froid au-dessus de nous qui brouille les bruits que nous produisons. S'ils ne décèlent pas le métal, nous sommes sauvés.

— A moins que nous n'implosions, dit Bonnett.

— Si nous avions du jambon, nous pourrions faire des œufs au jambon si nous avions des œufs », dit Ramsey.

Garcia ricana.

« L'important c'est de nous détendre, dit Sparrow. Nous ne désirons pas connaître les mêmes difficultés que la dernière...

— Diffificulcultétés, dit Garcia. Tout le le temps des pa... pa... ro... paro... paroles. Comme ça il pour... il pourra psy... psycha... Comme ça il pourra trouver ce qui nous fait dididididi... Pas vrai; Johnny, mon gars? »

Ramsey leva les sourcils, regarda Sparrow. Sparrow haussa les épaules, dit : « Venez, Joe. Vous avez besoin d'une piqûre.

— C'est une pleine bouteille qu'il m'en faut, dit Garcia. Me faut un sycha... sychanalyste comme petit Johnny. Pas vrai, Johnny?

— Je vous donne l'ordre de me suivre, Joe », dit Sparrow.

Les yeux de Garcia se remplirent de larmes. « C'est d'une conscience que j'ai besoin, sanglota-t-il. Je veux me confesser, mais personne...

— Venez! » Sparrow empoigna Garcia par le bras, le conduisit vers le sas de l'arrière.

« Doucement, capitaine », dit Ramsey.

Sparrow respira profondément. « Vous avez raison.

— Je vous suis calmement, dit Garcia. Pas besoin de s'énerver. Je ne veux pas être une gêne. Je l'ai été suffisamment. Je l'ai été terriblement. Je ne me le pardonnerai jamais. Jamais. »

Il se laissa conduire hors de la salle, continuant de marmonner : « Jamais plus... jamais... jamais... jamais.

— Il récite le Corbeau [1] », dit Ramsey. Il passa machinalement la main sur la partie encore sensible de sa mâchoire où Bonnett l'avait frappé.

« Je comprends, dit Bonnett.

— Hein?

— Fractureur de cerveaux. Le Bureau psychologique vous a détaché auprès de nous.

— Non, pas toi aussi, Brutus [2], dit Ramsey.

— J'ai vraiment compris, dit Bonnett. Hepp est devenu dingue, et on vous a délégué près de nous pour en découvrir les raisons.

1. Allusion au *nevermore* (jamais plus) du conte d'E. Poe : *Le Corbeau. (N. d. T.)*

2. Référence au *Jules César* de Shakespeare, acte III, scène 1. *(N. d. T.)*

— Quoi?

— C'est évident. Vous voulez savoir à qui c'est maintenant le tour.

— Est-il possible d'entendre de telles sottises! J'ai...

— Sinon, vous êtes un espion, dit Bonnett. J'imagine que vous n'en êtes pas un.

— De tout ce...

— Je tente de m'excuser, dit Bonnett. Ce n'est pas facile. Au fond, je n'aime pas les fractureurs de cerveaux. Vous, les médecins taraudeurs, vous êtes tous les mêmes. Supérieurs... des " je-sais-tout ". Capables de tout expliquer : la religion est une manifestation d'inquiétudes subconscientes qui...

— Oh, fermez-la, dit Ramsey.

— Ce que je voudrais vous dire, c'est que je me sens mieux depuis que je vous ai cassé la gueule. Vous pouvez, si ça vous chante, appeler ça une catharsis. Pendant une minute, j'ai tenu l'ennemi entre mes mains. C'était un insecte que je pouvais écraser.

— Alors?

— Alors, je n'avais jamais, auparavant, tenu un ennemi entre mes mains. » Il leva les mains et les regarda. « Là, j'ai appris quelque chose.

— Quoi?

— Cela peut paraître stupide.

— Dites toujours.

— Peut-être ne vaudrait-il mieux pas.

— Il est pour vous de la première importance d'exprimer nettement votre pensée », dit Ramsey. Et il pensa : *Quoi que je fasse, on me considérera comme un psychanalyste!*

Bonnett s'essuya les mains à sa chemise, regarda le tableau de commande. « Quand on se trouve face à l'ennemi, qu'on le reconnaît, qu'on le touche, on s'aperçoit qu'il n'est pas différent de vous : qu'il fait peut-être partie de vous-même. » Il secoua la tête. « Je ne m'exprime pas bien.

— Essayez.

— Je ne peux pas. » Bonnett baissa la tête, regarda fixement le pont.

« A quoi cela ressemble-t-il? Tâchez de trouver une comparaison. »

A voix basse, à peine perceptible, Bonnett dit : « C'est comme si vous étiez le gamin le plus jeune et le plus faible dans la cour de récréation. Et si le plus grand gosse vous tape dessus, c'est très bien parce que cela prouve qu'il vous a remarqué. Cela veut dire que vous êtes vraiment un être vivant. Cela vaut mieux que de passer inaperçu. » Il leva les yeux sur Ramsey. « Ou c'est comme lorsque vous êtes avec une femme, qu'elle vous regarde et que ses yeux disent que vous êtes un homme. Ouais, c'est ça. Si l'on est vraiment vivant, les autres s'en aperçoivent.

— Qu'est-ce que cela a à voir avec le fait de tenir l'ennemi entre ses mains?

— Il est vivant, dit Bonnett. Par le diable, il est vivant et de la même vie que la vôtre. Chacun de nous est l'ennemi — la voix de Bonnett devint plus ferme — d'autrui et de soi-même. Voilà ce que je veux dire : je porte l'ennemi en moi. Et si je ne parviens pas à le maîtriser, c'est moi qui suis toujours le vaincu. »

Ramsey considérait Bonnett avec étonnement.

« Vous ne vous attendiez pas à ce genre de réflexion de ma part », dit Bonnett.

Ramsey secoua la tête.

« Pourquoi pas? Je ressens les choses comme tout un chacun. Je le dissimule la plupart du temps. Aux yeux de qui? » Il eut un sourire ironique. « Aux miens. Moi, c'est cela.

— Qu'est-ce qui vous a mis sur le chemin des confidences?

— J'ai trouvé quelqu'un à qui je pouvais parler, quelqu'un qui était professionnellement tenu de se taire parce que...

— Une minute. » Les yeux de Ramsey, qui ne quittaient jamais plus de quelques secondes les instruments du tableau de détection, avaient noté une brusque déviation de l'aiguille. « Explosion d'un engin de détection acoustique. Une autre. Si c'est après nous qu'ils en ont, notre coque va leur apparaître comme le pouce tendu et dressé d'un auto-stoppeur : un gros doigt de métal.

— Ils ne nous rechercheront pas dans ces profondeurs.

— Ne comptez pas trop là-dessus. En voici une au...

— Que se passe-t-il? » Sparrow se pencha pour franchir la porte du poste central.

« Des bombes de détection acoustique, dit Ramsey. Les P.O. sont en quête d'un bruit métallique appelé *Fenian Ram.* »

Sparrow s'avança à la hauteur de l'épaule de Ramsey. « En voici une qui passe au-dessus de nous.

— Vite », dit Ramsey. Il posa la main sur l'interrupteur de tir anti-torpilles.

« Laissez ça tranquille, dit Sparrow. Ils n'expédieront pas un " poisson " contre un objectif non identifié.

— C'est à moins d'un mile, dit Ramsey. A un niveau d'immersion de six mille pieds. Une autre bombe de détection. »

Ils en ressentirent le « boum » mat à travers la coque.

« Si l'un de nos appareils extérieurs implosent, l'onde de choc nous brisera comme...

— Nous avons tous lu notre manuel, Les », dit Sparrow. Il se détourna du tableau, inclina la tête. « Seigneur, nous qui en sommes indignes, nous implorons Ta grâce. Que Ta volonté soit faite... quelle qu'elle puisse être.

— Il abandonne, murmura Ramsey.

— Seigneur, n'abandonne pas Tes...

— Le sous-marin P.O., dit Ramsey. Il abandonne. »

Sparrow releva la tête. « Merci, mon Dieu. » Il regarda Bonnett. « J'ai donné un sédatif à Joe. Allez près de lui. »

Bonnett sortit par le sas de l'arrière.

Sparrow vint de nouveau se placer aux côtés de Ramsey. « C'est bien, ce que vous avez fait pour Les. »

Ramsey se raidit.

« Je suis resté sur le pas de la porte tandis qu'il se débarrassait du poids qui l'oppressait, dit Sparrow. Vous êtes beaucoup plus profond que je ne le soupçonnais, Johnny.

— Oh, pour l'amour de Dieu!

— Oui, pour l'amour de Dieu, dit Sparrow. Vous êtes un croyant. »

Ramsey ferma les yeux, exaspéré, les rouvrit. *Que cela me plaise ou non, je suis le père confesseur*, pensa-t-il. « Garcia a l'esprit dérangé, dit-il.

— J'ai navigué avec Joe un assez grand nombre d'années », dit Sparrow. Je l'ai déjà vu ivre. L'ivresse provoquée par la pression est la même. Ce n'est pas le genre d'homme à porter de fausses accusations. Ce serait porter un faux témoignage contre...

— Il ne fait que parler de...

— Le trouble est dans son esprit, dit Sparrow. Il a besoin d'une personne comme vous — un confesseur. Avez-vous jamais cessé d'imaginer que vous êtes comme des prêtres dans le sens...

— Je l'ai déjà entendu dire », déclara Ramsey qui s'aperçut qu'il venait de trahir son véritable état.

Sparrow sourit. « Il faut toujours se ménager une autre issue, Johnny. Il faut se préparer une ligne de repli sûre. Joe vous hait dès à présent parce qu'il ne veut pas admettre qu'il a besoin de vous. »

Ramsey pensa : *Qui est ici le docteur, et qui est le malade?* Il dit : « Voulez-vous insinuer que j'ai doublé ma mise au jeu de la religion?

— Il n'est pas question de mise, dit Sparrow.

— Ouais, je crois que vous avez raison », convint Ramsey. Un sourire forcé plissa sa bouche. « C'est comme si vous disiez à votre psychanalyste, je me marierai dès que mon analyse sera terminée. Elle ne sera jamais finie. » Et il pensa : *Bien, le masque est jeté. Pourquoi en éprouvé-je du soulagement? C'est curieux. Je ne devrais pas me sentir soulagé.*

Sparrow examinait le tableau de détection. « Ils sont presque hors de portée. » Il commença à fredonner, puis il chanta à voix basse : « Vous n'atteindrez jamais le paradis en patins à roulettes! Vous passerez tout droit devant ses portes nacrées.

— Jamais plus je n'offenserai le Seigneur, dit Ramsey.

— Quoi? » Sparrow se détourna du tableau.

— C'est ce que vous chantiez : Jamais plus je n'offenserai le Seigneur.

— C'est vrai. » Sparrow leva la tête vers le tableau de détection. « Ils s'éloignent dans le quadrant nord-est. Les courants de surface ont ici une direction nord-est. Ce qui signifie qu'ils sont persuadés que nous naviguons en surface. Qu'on les laisse s'éloigner d'une heure. »

Ramsey consulta le détecteur acoustique du tableau, dit : « Ce quadrant a été minutieusement exploré. Pas de sentinelles.

— Certain? »

Ramsey désigna d'un geste la bande du détecteur.

« Ils ont perdu la tête, ce qui veut dire qu'ils ne peuvent qu'accumuler les erreurs, dit Sparrow. Souvenez-vous de cela, Johnny. Conservez votre calme en toutes circonstances et vous...

— Capitaine. » C'était Bonnett dans l'encadrement de la porte derrière eux.

Ils firent volte-face.

« La tension artérielle de Joe. Elle monte et descend, l'écart devenant de plus en plus important. Il se comporte comme sous l'effet d'un traumatisme et... »

Sparrow revint au tableau. « Ils sont hors de portée Remontez, Johnny. Conduisez-nous à 6 000 pieds. Vite! » Il se précipita vers la porte. « Les, suivez-moi.

— Que fait-on de la remorque? » demanda Ramsey.

Sparrow s'arrêta un pied en l'air, se retourna vers Ramsey. « Je dois suivre ma propre idée. Les, faites ce que vous pouvez pour Joe. Johnny, déverrouillez les câbles de halage. » Sparrow se rendit aux commandes principales. « Nous allons devoir faire remonter le *Ram* et laisser le " godet " au fond jusqu'à ce que nous n'ayons plus de câble.

— Puis nous essaierons de le faire décoller, dit Ramsey.

— Si nous pouvons le faire démarrer, le système d'équilibrage fera le reste, dit Sparrow.

— Si..., dit Ramsey.

— Lancez deux poissons », dit Sparrow.

Ramsey abaissa deux interrupteurs de torpilles à bandes rouges.

Le remorqueur sous-marin s'inclina, demeura au fond.

« Deux autres », dit Sparrow.

De nouveau, Ramsey choisit deux interrupteurs de torpilles de même genre, les abaissa.

Le remorqueur leva doucement le nez, sembla hésiter, puis le mouvement s'accentua. L'arrière se souleva. Ramsey augmenta la puissance, releva les barres de plongée avant.

Le *Ram* glissa vers le haut. Ils sentaient le léger bruit que faisait le câble géant en se déroulant à l'extérieur de la coque.

A 1 700 pieds, Sparrow dit : « Essayez au frein! »

Ramsey exerça une pression sur le moyeu du touret. Le *Ram* se battait contre les câbles.

« Encore cinq cents pieds de câble », dit Ramsey.

Sparrow mit les moteurs à plein régime. « Verrouillez le touret. »

Ramsey ferma l'interrupteur du frein magnétique.

Le remorqueur s'immobilisa presque totalement, puis, lentement, reprit son ascension. Ramsey surveillait le tableau de remorque.

« Cela l'a libéré, capitaine. Et maintenant, combien de vase faudra-t-il rejeter du système d'équilibrage? » Il s'inclina vers la droite pour régler les commandes de régénération d'air. « Si nous jetons du lest, ce sera...

— Capitaine? » C'était Bonnett, au sas de l'arrière.

Sans détourner le regard des commandes, Sparrow dit : « Comment va-t-il?

— Il est plus calme. » Bonnett consulta le gros manomètre. « Il n'y a plus que 2 790 livres. Nous avons bien décollé.

— Pas encore, dit Sparrow. Remplacez-moi à la barre. » Il remit le volant à Bonnett, traversa pour rejoindre Ramsey.

« Le cap, demanda Bonnett.

— Comme ça pour 197 degrés.

— Comme ça pour 197 degrés, répéta Bonnett.

— Il faut que la chance nous soit fidèle, dit Ramsey.

— Saint Christophe a déjà fait pas mal d'heures supplémentaires pendant cette traversée, dit Bonnett.

— Il semble que l'équilibre hydrostatique soit maintenu, dit Ramsey.

— Demeurez à ce tableau, dit Sparrow. On ne peut encore rien dire.

— Le compartiment vingt-sept oscille un peu, dit Ramsey.

— De combien?

— Cinq pour cent, peut-être.

— Continuez à le surveiller. » Sparrow retourna vers Bonnett. Il leva les yeux sur la carte sonoran. « Cette meute nous a quittés au détour du quadrant nord-est.

— Ils se sont trompés », dit Bonnett.

Sparrow dit : « Êtes-vous sûr que Joe aille bien?

— Tout était redevenu normal lorsque je l'ai quitté.

— Hum, hum. » Sparrow agita la tête. « Il ne faut pas sous-estimer ce commandant ennemi. Il n'avait pas de renseignements convenables. Les courants de surface sont orientés dans cette direction. » Sparrow indiqua la partie inférieure de la carte. « L'eau est radioactive au sud — contaminée par les îles Britanniques. Il sait que nous ne nous dirigerions pas à l'est à portée de leur station côtière. *Ergo* : nous avons suivi le courant. »

Bonnett indiqua du doigt le secteur radioactif, entouré de rouge, à l'ouest des îles Britanniques. « Il y a, dans ce secteur, des courants froids en profondeur orientés vers le sud, capitaine.

— Vous lisez dans mes pensées, dit Sparrow.

— Ils ne seront pas aussi contaminés que les couches de surface, dit Bonnett.

— Cela dépendra de la façon dont nous pourrions suivre la couche thermique, dit Sparrow.

— Ce sera comme si nous circulions dans un tunnel à une seule voie, dit Ramsey. Nous devrons suivre le courant thermique de l'eau non contaminée. Et que se passerait-il si nous avions à faire surface au milieu de toutes ces eaux radioactives? Ah, ah! »

Sparrow dit : « Laissez-moi calculer ça. » Il sortit une feuille de papier de sa poche, griffonna dessus, la considéra, y ajouta quelques gribouillis, puis réexamina son œuvre, « Comme ça à 197 degrés, dit-il. C'est notre meilleur moyen d'en sortir. »

Bonnett dit : « Joe?

— Je vais retourner le voir. Restez ici avec Johnny. Si l'eau d'alentour dépasse 1 000 milliröntgens, avertissez-moi.

— D'accord. »

Le *Ram* mit le cap sur le sud-est, se rapprochant de plus en plus de la côte brûlée d'Écosse, les eaux se faisant de moins en moins profondes. Le courant thermique relativement propre s'amincit jusqu'à n'avoir plus qu'une largeur égale à deux fois le diamètre vertical de la coque du *Ram :* environ 120 pieds.

Sparrow revint de la salle de repos. « Il va bien maintenant. Pas de séquelles. » Il se rendit au tableau de remorque. « D'autres variations dans le compartiment vingt-sept?

— Négatif. Nous ne sommes pas restés assez longtemps en immersion à un seul endroit pour qu'il m'ait été possible de contrôler la constance de pression. » Ramsey regarda le tableau de détection, observa la face verte du scope de distance. « Pas de " pip " en provenance de ces bandes de P.O. » Il se tourna vers Sparrow. « Pourrions-nous prendre le risque d'une émission commandée dans la remorque? J'aimerais avoir une mesure exacte des densités relatives. »

Sparrow allongea sa lèvre inférieure, regarda le scope de distance. « Bien. Une seule. »

Ramsey brancha les cadrans enregistreurs sur le tableau de remorque, pressa le bouton de commande d'émission du sonar. Les aiguilles du cadran bondirent : le compteur de mesure du rapport temps/densité se mit à ronfler.

Sparrow dit : « Le compartiment de lest est un peu en avance. »

Ramsey compara les enregistrements des horloges extérieure et intérieure. « Il y a du pétrole dans le ballast, dit-il. Il y a une rupture de pression à l'intérieur.

— Et nous sommes en train de peindre notre route au pétrole en surface, aboya Sparrow. Si les P.O. ont une patrouille aérienne dans le secteur, ils repéreront la nappe. Ce sera comme s'ils possédaient une carte en relief du chemin que nous suivons. »

Ramsey se tourna vers le loch chrono. « Quatre heures à courir avant de faire surface. Quelles sont les consignes de la Sécurité concernant les patrouilles aériennes des P.O. au-dessus de ces eaux radioactives?

— J'en sais rien. Je souhaite qu'ils...

— Qu'est-ce qui ne va pas? » Garcia se tenait dans l'encadrement du sas de l'arrière.

Sparrow dit : « Vous n'êtes pas censé être debout. Retournez à l'infirmerie.

— Je vais très bien. » Il avança sur le parquet de manœuvre. « Qu'est-ce qui se passe?

— Nous perdons du pétrole », dit Bonnett.

Le regard de Garcia se dirigea sur la carte sonoran. « Jésus Marie! Qu'est-ce que nous faisons ici? »

Sparrow dit : « Les, remontons. Johnny, contrôlez la radioactivité extérieure. Signalez toutes les augmentations de 1 000 mR. Avisez-moi immédiatement au cas où la brèche du compartiment de pétrole commencerait à s'aggraver. » Il se tourna vers Garcia, scruta son visage pendant une minute. Joe, vous sentez-vous assez bien pour nous mettre en état de réparer la remorque? »

Garcia haussa les épaules. « Pourquoi pas? J'ai simplement fait une bonne sieste. Que dois-je faire à présent?

— Ivrogne de pas grand-chose, dit Bonnett. Où avez-vous caché la bouteille? » Il se pencha pour tourner le volant sur les barres de plongée avant.

« Deux degrés! Pas plus, aboya Sparrow.

— Deux degrés », reprit Bonnett.

Garcia se dirigea vers l'avant, traversa la porte conduisant à la coursive de la salle des machines.

« 2 000 mR, dit Ramsey. Pression 690 livres au pouce carré. »

Sparrow dit : « Perte de pétrole?

— 55 gallons [1] à la minute. Constant. »

Sparrow dit : « Je vais vous relever, Johnny. Allez à l'avant aider Joe.

— Bien. » Ramsey céda sa place, se rendit au sas avant, le franchit pour aller sur la coursive. Les moteurs électriques au milieu desquels il se trouvait étaient comme

1. 1 gallon = 4,5434 litres.

quatre ruches bourdonnantes, le métal gris de leurs bâtis ayant un morne reflet à la lueur des lampes de secours. A travers le réseau de poutrelles, de coursives et d'échelles, Ramsey apercevait Garcia, bien au-dessus de lui, en train de dérouler, près de l'écoutille de secours, un câble de sécurité qu'il préparait pour les tambours extérieurs.

Ramsey gravit les échelles, parvint derrière Garcia. « On dirait que je vais prendre un nouveau bain, Joe. »

Garcia jeta un coup d'œil en arrière, reporta son attention sur son travail. « Cette fois, c'est mon tour. »

Ramsey se pencha, immobilisa le tambour. « Pourquoi?

— Je suis le meilleur nageur à bord. Il m'ap...

— J'avais comme une idée que vous aviez peur de l'eau. »

Garcia grimaça un sourire, puis fronça les sourcils. « Je suis responsable de la mort d'un homme au cours d'un match de water-polo. Il s'est fracturé la nuque. Il s'agissait, paraît-il, d'un jeu. C'est du sérieux en ce qui nous concerne.

— Mais vous venez tout juste de souffrir d'un malaise dû à la pression.

— Je me suis bien reposé. » Il se redressa. « Descendez-moi donc cette trousse du bricoleur du râtelier de la cloison. Ce sera gentil de votre part. »

Ramsey se tourna vers la cloison, trouva la caisse pour les réparations sous-marines, la retira. Dans son dos, il entendit Garcia parlant à l'interphone.

« Le compartiment vingt-sept?

— Oui. Pourquoi? » La voix de Sparrow, dépersonnalisée par l'appareil.

« Comment vais-je réparer...

— Je m'en occupe; Joe. C'est...

— Je suis reposé, capitaine, et en pleine forme. Souvenez de moi? Champion de natation? »

Silence. Puis : « Êtes-vous certain de vous sentir tout à fait bien?

— De première, capitaine. Jamais été aussi bien.

— Ramsey? »

Ramsey se tourna, la réaction le fit sourire, puis il poussa le bouton de son micro de poitrine. « Oui, capitaine.

— Quelle mine a Joe? »

Ramsey regarda Garcia. « Comme d'habitude.

— Parfait, Joe. Mais si vous commencez à vous sentir un peu drôle, revenez immédiatement. C'est un ordre.

— D'accord, capitaine. Combien perdons-nous de pétrole?

— Cela s'est ralenti au fur et à mesure que nous remontions. Actuellement, c'est environ trente gallons à la minute. Demandez à Ramsey de vous passer une combinaison détersive. Ce pétrole est une vraie saleté pour y travailler. »

Garcia dit : « Vous vous rappelez, lors d'une période de perfectionnement, le système de votre combinaison s'est détraqué? Vous aviez l'air d'un...

— Ça va, Joe. Une autre fois.

— Quel est le taux de radioactivité extérieure, capitaine?

— Vous pouvez la supporter une heure environ, Joe. Ce qui veut dire que vous entamerez votre retour dans quarante minutes.

— Cela ne me laisse pas beaucoup de temps, capitaine. Ya-t-il une marge?

— Je ne le pense pas. Surveillez le compteur de votre combinaison. Nous sommes stabilisés maintenant à 150 pieds. Nous gagnerons en immersion et achèverons la pesée à la pompe. La pression extérieure est de 650 livres au pouce carré. Milliröntgens... 9050. A vous Joe. Soyez prudent. »

Ramsey dit : « Ne devrais-je pas l'accompagner, capitaine?

— Si je peux l'éviter, je préférerais ne pas avoir deux hommes sur la liste de radioactivité maximale, dit Sparrow. Tenez-vous prêt à intervenir en cas d'urgence.

— Bien. » Ramsey sortit un vêtement détersif du placard, aida Garcia à l'enfiler, vérifia les fermetures.

Garcia dit par son micro de combinaison : « Assurez-vous que je suis serré à bloc. Le vêtement me donnera une petite marge. »

Ramsey contrôla une fois de plus les fermetures. « Bien bouclé.

— Pont de commande, m'entendez-vous?

— Cinq sur cinq, Joe.

— J'entre dans l'écoutille.

— Nous vous suivrons sur l'écran de T.V. Soyez prudent.

— D'accord. » Garcia ouvrit l'écoutille de secours, la franchit, la referma derrière lui.

Ramsey entendit l'eau entrer dans le caisson. Il se retourna, sortit un autre vêtement détersif, l'enfila. Il en contrôla à deux reprises les fermetures. Il entendit la voix de Bonnett par l'interphone : « Pression dans le sas équilibrée. Panneau extérieur ouvert... fermé. »

La voix de Sparrow : « Johnny?

— Oui.

— Dans le sas dès que l'eau sera évacuée. Fermez l'écoutille et tenez-vous prêt à l'inonder. »

L'air surpressurisé ronronnait et la lampe verte près de l'écoutille projetait une lumière claire. « J'entre », dit Ramsey. Il fit jouer les commandes de crampons extérieurs, ouvrit l'écoutille, monta dans le compartiment de secours, ferma l'écoutille derrière lui. La lampe témoin de l'ouverture de la vanne continuait de clignoter. Il s'adossa à la rambarde à portée de la prise d'eau, se mit en position d'attente.

« Restez en permanence en communication avec nous, dit Sparrow.

— C'est à moi que vous parlez? demanda Ramsey.

— Oui. L'œil T.V. ne peut plus suivre Joe. »

Ramsey observa l'eau s'égouttant de la commande humide de la vanne, jeta un coup d'œil à son détecteur de combinaison. Quelques radiations résiduelles : une dose d'environ vingt-trois heures. Il promena son regard tout autour du compartiment ovale, jusqu'au dôme ovoïde de l'écoutille supérieure. Garcia se trouvait par là, sans doute, à l'heure actuelle, dans l'étranglement de la vanne et dans le pétrole brut visqueux du compartiment vingt-sept. Ramsey se représentait la patiente recherche à tâtons dans la boue noire du pétrole. Ses paupières devinrent lourdes et il ouvrit un peu le régulateur d'oxygène de son scaphandre autonome.

Les aiguilles du loch chrono tournaient : cinquante-cinq minutes.

« Ramsey ! »

Il se réveilla, comprit qu'il s'était assoupi. « Oui, capitaine.

— Nous avons donné à Joe tout le temps possible. Trop, en vérité. Allez voir ce qui se passe... et soyez prudent.

— D'accord. » Ramsey tourna le gros volant de la vanne, sentit l'eau monter jusqu'à ses chevilles. Elle bondissait autour de lui, tiraillant son vêtement. Les signaux lumineux et sonore de son détecteur se déclenchèrent simultanément. L'aiguille rouge sauta dans la zone des soixante-quinze minutes.

La pression du compartiment s'équilibra. Ramsey décramponna l'écoutille extérieure, la dégagea et la bloqua en position ouverte. Il pourrait, si cela était nécessaire, libérer le verrou magnétique intérieur et cela gagnerait du temps. Il prit une torche électrique sur une étagère, donna un coup sur ses palmes et franchit l'écoutille ouverte. Il fut aussitôt submergé par un sentiment d'isolement. Il n'y avait pas ici d'interphone d'où les signaux pourraient être perçus par l'ennemi.

La torche électrique éclaira le câble de sécurité de Garcia serpentant dans l'obscurité. Ramsey y accrocha l'anneau de sa combinaison et nagea en le suivant. L'eau avait une couleur d'encre qui absorbait la lueur de la lampe. Il sentit la masse du « godet » devant et au-dessus de lui avant même de le voir réellement et il fut frappé par l'étrangeté du sentiment qu'il éprouvait. Le câble filait vers l'arrière en longeant la cloison de plastique, et formait une boucle jusqu'à un crochet extérieur situé au-dessus.

Ramsey tira le câble. Pas de réaction. Il nagea jusqu'au crochet. Un enrouleur était pris dans une demi-clé autour de la saillie, l'extrémité disparaissant dans un petit trou traversant la paroi de la remorque.

Cela gênait le contrôle de la vanne. Ramsey dégagea la demi-clé, tira de nouveau sur le câble. Il s'accrocha à la saillie, sentit de l'autre côté la commande de vanne, la poussa et tourna.

Un flot de pétrole se répandit autour du câble de sécurité au moment où le trou s'agrandit. Le pétrole se dirigeait vers la surface, une forme sombre se détachant dans ce nuage. La forme sombre avançait dans la direction de la lampe de Ramsey ayant dans son sillage un flot gras et sale. Ramsey ferma la vanne, tendit la main et toucha la forme mouvante. Une main agrippa son épaule à travers la combinaison : une fois, deux fois, trois fois.

Tout va bien.

Ils firent demi-tour ensemble, rentrèrent en s'aidant du câble de sécurité. La lampe de l'écoutille perçait l'obscurité d'un pâle rayon qu'ils suivirent pour remonter à bord. Ramsey détacha le câble tandis que Garcia pénétrait dans le compartiment et remonta l'enrouleur derrière lui. Garcia rabaissa l'écoutille, la fixa. Ramsey ouvrit la conduite d'air surpressurisé, se retourna pour regarder Garcia en face.

« Tout va-t-il bien là-bas? » La voix de Sparrow par l'interphone.

Ramsey dit : « On le dirait, capitaine.

— Joe est resté vingt-cinq minutes de trop », dit Sparrow.

Ramsey considéra la forme ruisselante de pétrole qui était devant lui. L'eau finissait de s'écouler hors du compartiment avec un bruit de succion. Ramsey ouvrit les bouches de détergent, sentit le dur bruit sourd des flots de pression. Leurs vêtements furent débarrassés du pétrole évacué par le canal de vidange.

« Parfait, Joe », dit-il.

Garcia demeura immobile.

« Venez, Joe, allons-y. »

L'immobilité, toujours.

« Il y a quelque chose qui ne va pas chez Joe, capitaine. »

Pas de réponse.

Ramsey se dirigea vers l'écoutille entre leurs pieds.

Garcia bougea la tête, s'écarta. Ramsey déverrouilla l'écoutille. Elle fut rejetée en arrière avec une aide extérieure et Ramsey vit Sparrow qui le dévisageait. Sparrow fit un geste en direction de la gorge de Ramsey.

Puis Ramsey identifia le silence. L'interrupteur de micro était fermé. Il le chercha à tâtons avec sa main gantée, capta la voix de Sparrow au milieu d'une phrase. « ...infirmerie au pas de course, Joe.

— Le jet de détergent a fermé mon micro, expliqua Ramsey.

— Il fallait y faire attention, dit Sparrow. Sortez de là. »

Ramsey suivit Garcia, aida Sparrow à débarrasser l'officier mécanicien de sa combinaison. Le capitaine aida Garcia à monter jusqu'à la coursive, lui enleva ses palmes. Ramsey recula, enleva son casque d'écouteurs.

« Suis fatigué, dit Garcia. Je savais que quelqu'un viendrait me tirer de là. Je n'aurais pas pu m'en sortir autrement. » Il descendit en tête les escaliers de la coursive.

Ramsey enleva son scaphandre, rangea les deux, dévala les marches. Garcia et Sparrow avaient disparu par la porte du poste principal. Les moteurs se mirent en marche au moment où Ramsey arrivait à la coursive. Il se précipita à l'arrière et dans le poste principal.

Bonnett se tenait à la barre, seul dans l'amas de bras de commande et de cadrans. Il dit sans se retourner : « Allez au tableau et aidez-moi à trouver ce courant thermique. »

Ramsey se rendit à son poste, vérifia la température extérieure. Le compteur de radiations attira son regard. « Qui a coupé le signal d'alarme?

— Le capitaine. Il n'en décollait pas les yeux.

— Avons-nous été pris là-dedans?

— Non. Vous aviez fermé l'écoutille avant que la radioactivité n'augmente. »

Ramsey fut secoué par un frisson, fixa le cadran : 42 000 mR. Presque un taux d'auto-sustentation. Si ce n'était la diffusion normale.

« Où est ce courant thermique? » demanda Bonnett.

Ramsey essaya une émission courte, vérifia l'onde de retour.

« Essayez deux degrés tribord... bien.

— Sapristi, nous sommes dans la saumure, dit Bonnett.

— Nous y sommes, dit Ramsey. La radioactivité a baissé, elle aussi. » Il consulta le gros manomètre : 262 par pouce carré.

Le pont du *Ram* restait penché en avant.

« Nous y sommes, répéta Ramsey. Assiette zéro.

— Flottabilité dans la remorque », grinça Bonnett. Il actionna le bouton de son micro portatif : « Capitaine, flottabilité dans la remorque. »

La voix de Sparrow se fit entendre en retour : « A quelle profondeur sommes-nous?

— Nous sommes dans le courant thermique — environ 600 pieds.

— Virez par ouest — 260 degrés.

— Que fait-on si nous perdons le courant thermique?

— Veillez à ce que ça ne se produise pas.

— Comment va Joe? demanda Ramsey.

— Plein de trous d'aiguilles », dit Sparrow.

Bonnett fit tourner la barre, releva les barres de plongée avant, les abaissa, trouva le point de stabilisation. Le pont piqua du nez de trois degrés.

« La remorque veut lâcher les chiens à nos trousses, dit Ramsey.

— Pourquoi le pétrole n'est-il pas une gentille matière lourde comme le plomb? » demanda Bonnett. Il modifia l'inclinaison des barres de plongée arrière, redressa les barres de plongée avant, jeta un coup d'œil au loch de profondeur. « La drague réduit notre vitesse de moitié. »

Sparrow franchit en se baissant la porte du poste central, jeta un coup d'œil au réglage des barres de plongée arrière, promena son regard sur les cadrans des indicateurs.

Ramsey prit brusquement conscience de ce que, d'un seul coup d'œil, Sparrow avait saisi tous les éléments de la vie du bâtiment.

*C'est un rouage de la machine*, pensa Ramsey.

« La remorque porte lourdement à l'arrière, dit Bonnett. Nous avons perdu du lest à l'avant. Nous aurions besoin de trouver une bonne petite vase non contaminée pour refaire du lest. »

Ramsey regarda la carte sonoran. Le point rouge indiquant leur position se situait au nord des rochers brûlés d'Écosse, le cap orienté vers Terre-Neuve. « Le mont sous-marin Olga est juste sur notre route, dit-il. Son versant occidental sera parcouru par des courants propres et...

— Il se peut que ce versant soit plus radioactif que nos tiges d'amortisseur, dit Sparrow. Mais il existe une bonne chance. C'est pourquoi nous avons changé de cap.

— Radioactivité extérieure supérieure de quelques points, capitaine. Le courant thermique est ici inférieur à notre diamètre.

— Comme ça, dit Sparrow. Les parois des ballasts ont repris ici une dose proche du maximum admissible. De toute façon, il faudra les faire passer à la décontamination. Notre souci est maintenant d'amener ce pétrole à bon port.

— Lui aussi est contaminé, dit Bonnett.

— Mais utilisable », lui rappela Ramsey.

Sparrow dit : « Dans l'immédiat, le problème est de savoir comment nous ferons pour arracher du lest au fond lorsque nous y serons. Je crois qu'il nous faudra gaspiller une nouvelle torpille. » Il se tourna vers Ramsey. « Johnny, vous sentez-vous assez calé en matière de télécommandes pour brancher notre tuyau d'admission de lest sur les griffes d'aileron de l'une de nos torpilles NCO-5? »

Ramsey se souvint du professeur Reed à la base des torpilles de Boca Raton. Il avait caressé le dessus d'agathe lisse d'une mince torpille. « *Ceci est la NCO-5. Ces boutons à l'avant, sont les yeux du radar et de la télévision. Par leur intermédiaire, vous êtes installé dans le cône même de cette torpille tandis que vous la dirigez vers son but.* » *Et il s'était alors tourné vers un coffre noir de radio d'où émergeait une petite antenne.* « *Ce sont les commandes. Voyons ce que vous êtes capable de faire. Celle-ci a été ratée en fabrication, vous pouvez donc faire des tas d'erreurs.* »

« Alors, qu'en pensez-vous? demanda Sparrow.

— Dès que cette enfant est sortie de son berceau, elle est chargée et prête à exploser. Si je heurte la goupille contre quelque chose près de la coque, ce sera pour nous.

— Vous pensez que vous ne pourrez pas vous en débrouiller?

— Je n'ai pas dit cela. » Ramsey se regarda les mains. Elles ne tremblaient pas. « Si un autre peut le faire, pourquoi pas moi, mais...

— Il y faut la jeunesse, dit Sparrow. Les et moi nous faisons vieux.

— Oui-da, grand-père, dit Bonnett.

— Je parle sérieusement, dit Sparrow. Le bout de ce tuyau ne dépasse que d'un pied environ. La NCO-5 devra filer plus de quinze nœuds pour le nouer solidement. Cela signifie...

— Cela signifie que je ferais mieux de ne pas me tromper, dit Ramsey.

— Et de réussir du premier coup », dit Bonnett.

Ramsey haussa les épaules. « Bon, à Boca Raton on m'a dit que je m'y étais pris comme il fallait avec la NCO-5...

— Boca Raton? demanda Sparrow. Qu'est-ce que c'est que Boca Raton? »

Et Ramsey se rendit compte qu'il venait de commettre une nouvelle erreur. Boca Raton était une école des torpilles... pour les spécialistes de la Sécurité.

« N'est-ce pas un établissement de la Sécurité? demanda Bonnett.

— Je n'avais pas pu suivre mes cours normaux pour raison de maladie, dit Ramsey. Alors on m'a envoyé là-bas. » Il fit une prière en lui-même pour qu'on avale ce mensonge.

« Nous surplomberons Olga dans vingt minutes, dit Bonnett.

— Je retourne jeter un coup d'œil à Joe », dit Sparrow. Il vira et sortit par le sas de l'arrière.

« Garcia est en train d'essayer d'obtenir la concession de l'infirmerie, dit Ramsey.

— J'espère qu'il va bien, dit Bonnett. A mon avis, le capitaine n'aurait pas dû l'autoriser à faire cette réparation dans le " godet ". J'aurais pu m'en occuper.

— Moi aussi, dit Ramsey. Mais j'imagine que le capitaine avait ses raisons. » Il fronça les sourcils. « Par contre, je voudrais bien connaître la raison pour laquelle il m'a désigné pour ce boulot de jonction.

— Avez-vous jamais participé à un exercice de NCO-5? » demanda Bonnett.

Un sourire se dessina aussitôt sur les lèvres de Ramsey.

« Bien sûr. Mon instructeur pensait qu'il était le spécialiste des spécialistes. Aussi avait-il décidé que nous prendrions deux de ces NCO-5, lui en commandant une, moi l'autre. Ce fut un match serré, le vainqueur étant celui qui toucherait le premier. J'ai pris.

— Ça va, ça va, dit Bonnett. Je voulais seulement me renseigner. Je n'ai pas besoin d'un compte rendu coup par coup. C'est un jeu de jeunes, ou au moins un exercice d'instruction. Il y a un bon moment que nous avons fini nos études. Pas vous.

— Oh! »

Bonnett ricana. « Moi aussi, j'étais assez bon à ce jeu-là. Je vais vous dire : quand nous serons de retour, nous lèverons un banc de poissons et nous vous lancerons un défi pour un match de ce genre. On s'amusera. »

Ramsey reprit son sang-froid. « Le capitaine ne commet pas d'erreurs, n'est-ce pas?

— Pas en ce qui concerne les gens, dit Bonnett. Ni en ce qui concerne les machines. » Il s'interrompit pour corriger la position des barres de plongée avant. « Et quand nous serons rentrés, on le mettra sur le tapis pour avoir gaspillé trop de poissons. Et que dire de toutes ces pièces détachées? »

Ramsey pensa : *Un psychiatre de première année sait que le chef d'un groupe est la force intégratrice... le logos. Il est bien normal que cet équipage jouisse de la meilleure réputation. Sparrow est...*

« Mon sang ne fait qu'un tour quand je pense à cela », dit Bonnett.

Sparrow entra sur le parquet de manœuvre. « Pourquoi votre sang ne fait-il qu'un tour?

— Toute cette stupide paperasserie au retour à la base.

— Elle est censée vous faire bouillir. Elle a été faite pour cela. A combien sommes-nous de ce mont sous-marin?

— Cinq minutes.

— Parfait, Johnny. Voyons un peu ce que vous valez dans la jonction des torpilles. » D'un geste, Sparrow désigna le tableau de lancement à la gauche de Bonnett.

« Comment va Joe? demanda Bonnett.

— Je viens juste de lui injecter une bonne dose de décalcifiant. Si la matière radioactive atteint les os, ce sera un mécanicien foutu. »

Ramsey s'approcha lentement du tableau des torpilles.

Bonnett dit : « Nous l'avons récupéré à temps. Il sera remis sur pied dans quelques jours. Pas de calcium, pas de carbonate, pas de...

— En somme, des os en caoutchouc, dit Ramsey. Et si je pouvais obtenir un petit peu de calme?

— Le maître s'apprête à entrer en scène », dit Bonnett.

Ramsey leva les yeux sur l'alignement des commutateurs à poignée rouge, des écrans de guidage, des manettes d'armement. Et là, devant lui, le petit bâtonnet bleu qui déclenchait une NCO-5. Il en choisit une qu'il retira du haut du râtelier, la relia aux commandes, dit : « Prêt. Distance du fond?

— Deux mille deux cents pieds, dit Bonnett. Vous pouvez y aller quand vous voudrez. Elle est juste au-dessus de nous. » Il ralentit les moteurs et ils ne bougèrent plus qu'à peine.

« Nous aurons plus de tuyaux qu'il nous en faut, dit Sparrow.

— Faut-il aller reconnaître le fond pour voir si je peux trouver de la vase pour le détecteur de notre coque? demanda Ramsey.

— Non. Il faut agir vite. Un P.O. pourrait capter notre émission de contrôle. Si le fond est contaminé, alors le pétrole le sera aussi et ils pourront l'utiliser pour graisser les moteurs atomiques.

— On y va? demanda Ramsey.

— En route, dit Sparrow. Les, posez les lampes de secours sur le dévidoir du tuyau.

— Elles y sont », dit Bonnett.

Ramsey accorda l'écran de guidage à l'œil de T.V. du cône de sa NCO-5, mit en marche l'émetteur multi-ondes près de l'œil de T.V. Les contours de la coque du *Ram* apparurent sur l'écran, captés par des ondes au-delà du spectre normal. En surimpression, il y avait le pâle reflet de la lampe de secours éclairant le dévidoir du tuyau. En seconde surimpression, on voyait les positions relatives du *Ram* et de la minuscule NCO-5.

« Accélérez légèrement la vitesse du bateau, dit Ramsey. Cela nous donnera plus d'assiettes. »

Bonnett bougea d'un rien la commande d'accélérateur et le *Ram* prit de la vitesse.

Ramsey rapprocha la torpille meurtrière. Il ne pouvait voir les griffes d'aileron sur sa torpille, mais il savait où elles se trouvaient — sur les bords saillants avant des ailerons de stabilisation, destinés à assurer l'équilibre hydrostatique et disposés juste à l'arrière du creux de l'aiguille, dans le nez de la torpille.

« Faites clignoter la lampe de secours », dit Ramsey.

Bonnett ferma, ouvrit, ferma, ouvrit le commutateur.

Sur l'écran de guidage de Ramsey, la lueur apparaissait et disparaissait selon la position du commutateur.

« Je voulais m'assurer que c'était bien la bonne lampe », dit Ramsey. Il approcha rapidement la NCO-5 et la souleva à la lumière. On voyait, devant, le renflement du tuyau formant un angle de quarante-cinq degrés avec la base du tambour.

« Parfait, dit-il. Ça part. » Il rabaissa la NCO-5 de dix pieds, poussa à fond le moteur de la torpille. Elle bondit en avant, s'abattit sur le tuyau, parut hésiter, puis s'éloigna du *Ram.*

« C'est réussi, dit Bonnett.

— Pouvait-il en être autrement? » demanda Ramsey. Il ralentit la vitesse de sa torpille, regarda le cadran du compteur indiquant à quelle vitesse se déroulait le tuyau. Brusquement, le cadran indiqua un ralentissement et tomba à zéro.

« Vous l'avez perdue », dit Sparrow.

Ramsey fit exécuter un demi-tour à la NCO-5. C'était le serpentin du tuyau qui était maintenant en surimpression. Il ramena rapidement la petite torpille, la retourna à la dernière minute comme un requin affamé, le tuyau étant de nouveau dans la remorque. « Cette fois, j'aurai plus de prise.

— Je vous conduis sur ce mont sous-marin, dit Bonnett.

Je vous vois sur le tableau de détection. Je vous avertirai lorsque nous serons à cent pieds du fond. Vous pouvez le prendre visuellement de là-bas.

— J'ai saisi le tuyau à environ dix pieds du bout, cette fois, dit Ramsey. Actionnez la pompe dès que j'établirai le contact entre la lance et la vase; cela fixera la remorque Je ne veux pas garder cet engin près d'une cible plus de temps qu'il ne sera nécessaire.

— Pompe parée », dit Sparrow.

Ramsey jeta un coup d'œil de côté, vit Sparrow au tableau de remorque. Les mains de Sparrow s'agitaient sur les commandes. « Câble dégagé au compartiment de lest », dit-il.

Ramsey vit les tuyauteries de lest s'étendant à l'arrière, au milieu des commandes de la remorque et du réseau de câbles qui reliaient le *Ram* au « godet ». Si cette liaison tenait le coup... s'il pouvait plonger cette extrémité du tuyau dans la vase de lestage... si...

« Cent pieds, dit Bonnett. Vous arrivez le long du versant oriental du mont.

— Je vois ses contours », dit Ramsey, les yeux sur l'écran. Il ramena la torpille plus près du fond.

« Un banc de rochers, dit-il. Il y aura de la gadoue.

— Prions le ciel qu'elle soit propre, dit Sparrow.

— Prions le ciel que ce soit du lest », dit Ramsey.

Il ramena la torpille et le bout du tuyau plus près du fond, encore plus près, plus près...

« Elle est dedans!

— Continuez de pomper et... il l'a », dit Sparrow.

Ramsey renversa la NCO-5, la libéra du tuyau, la souleva pour l'éloigner du fond.

« Tenez-vous prêt avec cette chose, dit Sparrow. On peut avoir à bouger le tuyau. » Ils attendirent.

« L'avant de la remorque descend », dit Sparrow. Il tripota le commutateur d'un détecteur de lest. « Il est propre. »

Lentement, le *Ram* tournant au-dessus du mont, le « godet » vint en position d'équilibre hydrostatique. Aussitôt, Sparrow dit : « Parfait, Johnny, trouvez un creux profond pour cette NCO-5, posez-la, déclenchez le déclic et partez. Ne la faites pas exploser.

— Bien. » Ramsey fit dévaler le flanc du mont à la petite torpille, découvrit un banc profond et y plaça le poisson de métal meurtrier. Il ferma le système de télécommande, recula.

« Le tuyau rentre, dit Sparrow. Gagnez en immersion jusqu'à ce courant thermique, Les. Cap 260. Johnny, que diriez-vous d'un petit coup d'œil sur Joe?

— D'accord, capitaine. » Il se sentit brusquement épuisé, mais une exaltation, au fond de lui, le soutenait.

« Après, reposez-vous un peu », dit Sparrow.

Ramsey se tourna vers l'arrière, alla au sas, le franchit et se rendit dans la salle de repos de l'infirmerie.

Garcia était allongé sous le grand réflecteur, vêtu seulement de son short. Il était sur le dos, les yeux abrités par un bras. Des gouttes de sueur perlaient sur sa peau sombre. Au moment où Ramsey entra, Garcia souleva le bras de ses yeux, regarda par en dessous.

« Oh, c'est vous.

— Qui espériez-vous? Le général chirurgien?

— Comme nous sommes drôles! »

Ramsey posa le dos de la main sur le front de Garcia. « De la fièvre? »

Garcia s'éclaircit la gorge. « Un peu. Ces satanées piqûres décalcifiantes. »

Ramsey regarda la feuille que Sparrow avait accrochée à la cloison au-dessus de la couchette. « On doit vous en faire une autre maintenant. Décarbonisation et déphosphatisation. Et, dans une heure, désulfurisation. » Il alla à la pharmacie de l'autre côté de la pièce, vit que Sparrow avait mis les seringues dans des tubes stériles qu'il avait étiquetés.

« Qu'avons-nous fait? » demanda Garcia.

Ramsey se retourna, seringue en main pour la piqûre, et dit : « Nous avons fait un nouveau chargement de lest pour le “ godet ”. Tournez-vous.

— Cette fois, c'est le bras gauche », dit Garcia. Il tendit le bras, regarda Ramsey nettoyer la peau, administrer le médicament, remettre la seringue dans l'armoire à pharmacie.

Garcia, dans son dos : « Est-ce que vous avez fini par percer le mystère du capitaine avec votre petite boîte noire? »

Les muscles de Ramsey se nouèrent. Il respira profondément pour apaiser ses nerfs, se retourna. « Que voulez-vous dire? »

Garcia arbora un sourire crispé. « Ne faites pas l'innocent, Johnny. Vous vous souvenez? Je suis l'homme capable de vous remplacer au compartiment d'électronique en cas de défaillance de votre part.

— Mais...

— Mon violon d'Ingres, c'est l'effraction », dit Garcia. Il mit les mains derrière la tête, grimaça en regardant le bras gauche. « Vous avez entendu parler de la boîte à Pandore? » Il esquissa un geste de résignation en levant les sourcils et en haussant d'un rien les épaules. « Il ne faut pas offrir une telle tentation à un garçon comme moi. »

Ramsey se passa la langue sur les lèvres. « Vous voulez parler du matériel de tests à longue distance...

— Vraiment, mon vieux, vous ne vous rendez pas compte que vous avez raté votre coup? » Garcia sonda Ramsey du regard. « Le mécanisme de cette boîte est relié d'une façon ou d'une autre au capitaine. Je ne sais pas comment, mais...

— Oh, en voilà assez! dit Ramsey. Vous...

— Je l'ai soumis à l'épreuve de l'acide, dit Garcia.

— A l'épreuve de l'acide?

— Vous êtes un gars fichtrement dégoûtant, Johnny. Si je n'...

— Commencez par le commencement, dit Ramsey d'un ton las. Je veux savoir ce que vous avez dans la tête.

— C'est votre droit », dit Garcia. Il adopta une position plus confortable sur la couchette.

Ramsey prit un tabouret, s'y assit.

« Tout d'abord, dit Garcia, vous ne m'avez pas offert de m'initier aux mystères de votre petite boîte noire. C'était une erreur. Tout électronicien normal n'aurait eu de cesse qu'il n'eût montré son gadget à l'autre homme à bord avec lequel il pouvait parler boutique. » La bouche de Garcia se plissa en un sourire. « Vous, soit dit en passant, vous ne parlez pas boutique.

— Alors?

— Alors, personne d'autre à bord ne parle le langage particulier de votre boutique.

— Est-ce à ce moment-là que vous vous êtes imaginé que j'étais un espion? »

Garcia secoua la tête. « Je ne me suis jamais imaginé une chose pareille. » Il fronça les sourcils. « J'en suis désolé. Peut-être vous aurais-je ainsi épargné le mauvais quart d'heure que vous a fait passer Les. J'ai toujours eu la certitude que vous n'étiez pas un espion.

— Comment cela?

— C'était trop stupide. » Garcia hésita. « En outre, ma femme est la cousine du commandant Gadsen, du *Dolphin*. Gad avait été très impressionné par un garçon nommé Long John Ramsey, du Bureau psychologique, qui les avait tirés d'un bien mauvais pas le jour où leur système d'oxygénation était tombé en panne. Il dit que ce Ramsey avait improvisé un manomètre-vampire d'un genre particulier et avait exécuté avec l'anhydrase des tours de force qu'on ne trouve dans aucun manuel. Il paraissait persuadé que ce Ramsey leur avait sauvé la vie.

— Et vous vous êtes figuré que ce Ramsey et moi ne faisions qu'un.

— Gad a été *extrêmement* impressionné par ce Ramsey auquel il ne reproche qu'une chose : il prétendait que ce satané rouquin vous tapait sur les nerfs avec ses allures de monsieur Je-sais-Tout.

— Les rouquins ne manquent pas...

— Ah, ah! » Garcia secoua la tête. « Vous appartenez au Bureau psychologique. Il y a deux choses à bord de cet égout flottant qui vous intéressent par-dessus tout : le capitaine et la boîte noire de votre cabine. Voilà pourquoi j'ai ouvert cette boîte. »

Ramsey fit un effort pour demeurer impassible. « Et? »

Un sourire mystérieux imprégna les traits de Garcia. « Elle contient une série isolée d'instruments d'enregistrement raccordés au loch chrono. J'ai copié quatre de vos bandes que j'ai contrôlées en fonction de ce que nous avons fait.

— Qu'est-ce que cela prouve?

— Quand le capitaine dort, la courbe est rectiligne. Toujours. »

Ramsey haussa les épaules, garda le silence.

« Mais j'avais besoin de connaître le fin mot, dit Garcia. A deux reprises, le capitaine s'étant fait mal — un tibia écorché et une décharge électrique — j'ai noté l'heure exacte. Les courbes de deux de vos bandes étaient tourmentées à ces instants précis. »

Ramsey se souvint qu'il avait constaté ces variations et des questions qu'il s'était posées pour les expliquer. « Intelligent.

— Merci, mon vieux. C'est ce que je m'étais dit moi-même.

— Qu'est-ce que tout cela prouve? »

Garcia leva les sourcils. « Cela prouve que vous effectuez une espèce d'enregistrement des réactions chimiques internes du capitaine. Il n'y a qu'un genre de gars pour s'intéresser aux raisons expliquant les réactions des individus.

— Oui?

— C'est ce qu'on appelle vulgairement un fractureur de cerveaux. »

Ramsey sourit malgré lui. *Me voilà donc complètement foutu*, pensa-t-il. *Me voilà donc en bonne compagnie.*

« Je ne crois pas que je vais vous dénoncer tout de suite, dit Garcia. Le spectacle n'est pas terminé. Il faudra aussi que je me souvienne de remercier le Bureau psychologique qui m'a offert l'une des croisières les plus intéressantes que j'aie jamais vécues.

— Je suppose que vous voulez faire partie de la distribution, dit Ramsey.

— Juste ciel, non! j'ai déjà un rôle à tenir. Une seule chose, vieux frère : Ne vendez pas trop vite la peau du capitaine Sparrow le Pige-Tout.

— Oh?

— C'est lui le metteur en scène. Que vous le vouliez ou non, c'est lui qui oriente le scénario. »

Ramsey fit taire la vague agitation qu'il ressentait. « Est-ce pour cela que vous ne me dénoncerez pas?

— Vous avez, de toute évidence, deviné juste », dit Garcia. Sa voix s'affaiblit, devint plus rauque. « Maintenant, faites-moi ma seconde piqûre et allez au diable! Vos airs supérieurs commencent à m'horripiler. »

Ramsey sentit la rougeur envahir ses traits. Il respira à deux brèves reprises, se leva.

Garcia se tourna délibérément, parla d'une voix légèrement étouffée par l'oreiller. « A la fesse gauche, ce coup-ci, vieille chose. Et n'essayez pas de vous passer les nerfs sur elle. »

Ramsey alla à l'armoire à pharmacie, revint avec la seringue, administra la piqûre, remit la seringue en place.

« Je n'ai rien senti, dit Garcia. Bonne maîtrise de soi. »

Ramsey traversa la pièce, se tint debout près de la couchette.

« Quels airs supérieurs? » questionna-t-il.

Garcia se remit sur le dos, fit une grimace, dit : « Je n'ai rien à redire au fait que vous n'ayez aucune sympathie pour moi ou pour Les mais, par Dieu, vous devez la vie à...

— Assez! aboya Ramsey. Vous parlez de supériorité! Mais chacun de vous, bon Dieu, a pris des airs tellement supérieurs que...

— Oh, je vois! » Garcia le regarda fixement. « Nous avons tous nos points faibles. Évidemment, le jeune enseigne...

— Vous avez attendu votre tour, grinça Ramsey.

— C'est vrai et il est venu. » Garcia secoua la tête. « Peut-être désiriez-vous simplement entrer dans la bande. Malgré... » Il se tut.

« Malgré quoi?

— Votre autre boulot.

— A cause de lui, peut-être », dit Ramsey.

Garcia prit cela dans les dents. « Je n'avais pas pensé à cela. Mais ça tient debout. Vous, les psychiatres, devez vous sentir bien seuls. Tous vos amis — en dehors de la profession, bien sûr — sont toujours sur leurs gardes de peur que vous ne vous abattiez sur eux comme un oiseau de proie. »

Ramsey s'enfonça les mains dans ses poches-revolver. « Où êtes-vous allé pêcher cette triste opinion des psychiatres?

— En vous regardant opérer, docteur. »

Ramsey renifla. « Vous ne m'avez jamais vu opérer. » D'un coup de pied, il rapprocha le tabouret de la couchette de Garcia, s'assit.

« Vous allez maintenant parler boutique. »

Garcia se dressa sur son coude. « Écoutez-moi, vieille chose, je n'ai vraiment...

— Vous trahissez votre secret », dit Ramsey.

Garcia blêmit. « Que... voulez... vous... dire... par... là?

— Vous agissez comme un homme sous la menace d'une anti-survie plus forte que la peur de la mort. Vous ne cessez d'accomplir des gestes sacrificatoires, comme si vous cherchiez à excuser... » Ramsey se tut, fixant Garcia.

« Eh bien? fit celui-ci.

— Je ne me le suis jamais représenté concrètement avant, Joe. Êtes-vous pour quelque chose dans la mort du lieutenant de la Sécurité? »

Garcia reposa la tête sur l'oreiller. « Non.

— Même indirectement?

— Je ne savais rien de lui jusqu'au moment où nous l'avons découvert! »

Ramsey se mit à balancer la tête de droite et de gauche, puis pensa : *Une minute! Ce n'est pas une franche réponse. Une manière astucieuse d'éluder la question en lui donnant une allure de réponse.* Il dit : « Un vrai mensonge ne serait-il pas préférable? »

Garcia regardait le plafond, les lèvres demeurant étroitement serrées.

« Bien, nous allons changer de sujet, Joe.

— Pourquoi ne partez-vous pas vous faire la conversation à vous-même?

— Votre compagnie est si agréable que je ne peux me résoudre à vous quitter. Dites-moi, Joe, en dehors des psychiatres qui percent le mur en toc de vos défenses mal adaptées...

— Attention, camarade ! » Garcia tourna la tête sur l'oreiller pour regarder Ramsey droit dans les yeux. « Vous êtes venu à mon secours lorsque j'étais coincé dans la remorque. C'était votre B.A. de la journée et je vous ai gentiment remercié au retour, mais...

— Vous m'avez remercié?

— Oh, j'ai oublié, vous aviez fait le Jacques avec la lance à détergent et vos écouteurs ne fonctionnaient pas. Peu importe. J'étais sur le point de vous dire que votre geste était inutile. J'aurais pu me sortir tout seul du " godet " en cas de besoin. Nous sommes donc...

— Comment?

— Hein?

— Vous aviez vidé vos poches avant d'enfiler le scaphandre. Votre couteau était sur le banc des vêtements lorsque je m'apprêtais à sortir. Avec quoi auriez-vous pu vous libérer — avec un grattoir? »

Garcia pâlit sous son hâle naturel.

« A votre disposition, dit Ramsey.

— Vous avez soudain donné à votre rôle une importance qu'il n'avait pas au premier abord, Johnny. Qui a écrit vos répliques?

— Cela tient tout simplement au fait que vous ne m'aviez jamais vu opérer, dit Ramsey. Cela dit, j'avais commencé à vous poser une question. J'aimerais que vous y répondiez franchement et nous serons quitte. D'accord? »

Garcia esquissa un sourire. « D'accord.

— Qu'y a-t-il donc dans ce service qui oppresse ainsi le sous-marinier?

— Rien ne nous oppresse, dit Garcia. Nous adorons notre travail. Il n'y a vraiment rien dans ce vaste monde qu'on puisse comparer aux remorqueurs sous-marins. On y joue à attraper par la queue les panthères qui nous emportent loin au large. Vous prenez...

— Je ne plaisante pas, Joe. Je recherche ce qui est empoisonné au plus profond de vous-même. Je pense savoir de quoi il s'agit, mais je veux qu'un autre me le dise. Un autre qui, comme vous, a l'expérience des gens et des sous-marins. Je crois que nous avons orienté nos recherches dans la mauvaise direction.

— Que voulez-vous savoir?

— Je ne vais pas vous mettre les mots dans la bouche. Je voudrais savoir ce qui se passe dans ce service, ce qui vous donne vraiment chaud aux fesses — la chose dont vous n'osez même pas parler entre vous? »

Garcia s'appuya de nouveau sur son coude. Il grimaça en remuant le bras où il avait été piqué. « Bon, Johnny. Vos qualités d'observateur — au sujet des couteaux et de choses comme ça — méritent qu'on vous réponde franchement. Vous avez vu la façon dont nous avons pris la route?

— Oui.

— En catimini. Vous savez — simple routine.

— Question de sécurité.

— Stupide sécurité. Ces grosses têtes pensent-elles que les P.O. ignorent où sont situées nos bases? »

Ramsey secoua la tête. « Bien, la Sécurité peut être certaine que les P.O. savent où se trouve *notre* port d'attache. C'est-à-dire qu'elle peut le savoir si elle reçoit notre message.

— Elle peut en être sûre sans cela! Ce jeu de routine de gendarmes et de voleurs est comme un clou à la fesse. La protection aérienne et les patrouilles en mer sont les véritables raisons de ce qu'il n'y a pas de bandes de loups embusquées aux confins de nos cinq...

— Cinq?

— Cinq bases, Johnny. Tous les sous-mariniers les connaissent. Les commandants les connaissent, les hommes les connaissent. C'est de cela que dépend notre survie et la Sécurité peut toujours trompetter que si elle ne mettait pas son sale nez partout...

— Je ne vous comprends pas, Joe. Je vous demande pardon.

— Johnny, supposons que vous soyez le seul homme à bord capable de faire marcher le bâtiment. Tous les autres sont, pour une raison ou une autre, h.s. [1]. Supposons qu'un réacteur flanche. Il est vital pour vous, Johnny, de savoir

1. h.s. hors service.

que le centre de médecine nucléaire se trouve à l'autre bout du petit tunnel de Charleston et que ce tunnel a son ouverture dans le port de Charleston, à l'intérieur même du môle et à cent pieds à gauche.

— Je vois ce que vous voulez dire. Nous avons donc cinq bases.

— Nous en avions six. Mais les P.O. ont saboté l'un de nos croiseurs sous-marins qui a explosé en descendant le tunnel — comme cela a failli nous arriver à nous. C'est le cratère Corpus Christi que vous...

— Une minute! » Ramsey secoua la tête. « C'était une roquette militaire P.O. Elle était destinée à...

— Baratin! Ça ne résout rien, Johnny. Cela n'explique pas comment la prétendue roquette militaire est parvenue à percer nos " parfaites " défenses automatiques et à atterrir sur ce tunnel.

— Quel tunnel?

— Johnny, j'ai remonté ce tunnel. J'ai donc un tas d'autres camarades dans les sous-marins. La Sécurité pourra essayer de vendre sa bouillie à quelqu'un d'autre, pas à nous. Vous ne me raconterez pas qu'une fusée lancée de Sibérie peut aboutir au milieu d'un trou du sol texan — accidentellement. C'est un peu tirer sur la corde des probabilités ou de la vraisemblance. » Il se laissa retomber sur son oreiller.

« Tenons votre raisonnement pour valable, dit Ramsey. Qu'est-ce que cela a à voir avec ma première question?

— Vous insistez pour vous frayer un chemin à travers mon crâne?

— Je voudrais que vous répondiez à ma première question. »

Garcia contempla le plafond. « Bon, Johnny. La réponse que vous désirez pourrait se formuler ainsi : il y a des hommes dans tous les services — pas seulement dans les sous-marins — qui ont assez de la guerre; les années succédant interminablement aux années, ils sont malades de vivre avec la peur pour éternelle compagne au point qu'il est peu de choses qui ne leur semblent préférables. La mort? C'est une vieille amie — une voisine habitant juste derrière cette cloison. Des tas de choses deviennent ainsi préférables. Saboter les usines, par exemple, pour laisser la victoire à l'autre camp. Simplement pour que quelqu'un soit vainqueur et que soit mis un terme à ce truc — cet interminable truc, sale, sanglant et stupide. » Sa voix s'éteignit et il se retourna, dirigeant un regard vide sur la cloison devant laquelle se trouvait Ramsey.

« Vous déraisonnez, murmura Ramsey.

— Sans doute, dit Garcia dans un souffle. Mais vous n'allez pas me démontrer que la guerre est raisonnable. Nous sommes des êtres humains, quel que soit le sens qu'on donne à cette expression. S'il existe un exemple de folie, c'est bien nous qui le donnons et vous trouverez bougrement peu de choses qui viennent à l'encontre de cette affirmation. Il n'y a que quelques miettes de raison dans lesquelles coule un sang d'une autre couleur.

— Oh?

— Le capitaine, par exemple. Vous l'avez vu prier pour l'âme de ceux qu'il tue. C'est ce que j'appelle une miette de raison. C'est une chose que vous pouvez éprouver. » Il tourna vers Ramsey des yeux pleins de colère. « Vous êtes-vous jamais demandé à quoi ils ressemblaient, les types d'en face? Malheur! Ils ne peuvent pas être différents de nous. Ils ont des épouses, des gosses, des fiancées, des espoirs, des craintes. Je suis certain, comme je le suis d'être ici en ce moment, qu'il y a chez eux des gens qui sont dans les mêmes sentiments que nous à l'égard de ce stupide conflit. » Il éleva la voix. « N'importe quoi! Pour que cesse enfin cet enfer! C'est comme une douleur qui s'est installée au fond de votre poitrine et qui ne vous offre pas de rémission. Elle continue, continue, continue...

— Calmez-vous, Joe. »

Garcia se détendit. « Okay.

— C'est la tension du combat, dit Ramsey. Je pensais à autre chose. » Il hésita. « Non, peut-être parliez-vous de la même chose?

— C'est-à-dire?

— Cela a un rapport avec les instincts de meurtre, Joe.

— Et cela est trop profond pour des gens comme moi.

— Je n'ai pas dit cela.

— C'était implicite, Johnny. Un autre aspect de votre absurde ésotérisme. J'ai étudié ce qu'il faut de psychiatrie. J'ai lu les vieux maîtres et les nouveaux : Freud, Jung, Adler, Freeman, Losi, Komisaya. Je quêtais des réponses et on m'a offert des mots à double sens. Je connais le jargon.

— De sorte que vous savez ce qu'est l'instinct de meurtre.

— Bien sûr, Johnny. Les P.O. et nous, nous nous dirigeons les yeux fermés vers notre destruction réciproque. Est-ce cela que vous vouliez m'entendre dire?

— Je ne pense pas. J'avais une autre idée en tête. Je me suis peut-être trompé.

— A moins que, moi aussi, je préfère garder les yeux fermés.

— Oui. Nous étions auparavant sur une autre voie, Joe. Vous n'avez pas répondu. Êtes-vous prêt à me dire si les P.O. vous ont jamais proposé de faire leur sale besogne? »

Garcia lui lança un regard glacial. « J'espère vous retrouver en enfer », dit-il, en articulant soigneusement les mots.

Ramsey se leva. « Votre aide m'a été précieuse, Joe. Mais vous êtes censé vous reposer vraiment. » Il arracha une couverture blanche à une patère, la jeta sur Garcia, se retourna et se dirigea vers la porte.

Garcia dit : « Me prenez-vous pour un hibernant? »

Sans se retourner, Ramsey dit : « Un hibernant se serait-il laissé contaminer pour nous mettre à l'abri des P.O.?

— Peut-être, dit Garcia. S'il n'aimait pas son boulot et qu'il fût aussi las de la guerre que je le suis. »

*Et voilà, précisément*, pensa Ramsey, *la réponse que je craignais*. Il dit : « Reposez-vous.

— Les seconds rôles se font mousser », dit Garcia.

Ramsey emprunta l'escalier des cabines et se trouva brusquement dans un couloir gris et froid — ne conduisant nulle part quelle que soit la direction prise. Il pensa : *Mon univers est devenu complètement schizoïde. La Sécurité! Son travail consiste à nous rendre de plus en plus schizoïde, à couper un maximum de lignes de communication.* Il se retourna et jeta un nouveau coup d'œil à Garcia sur sa couchette. L'officier mécanicien s'était mis sur le côté, face à la cloison. *C'est pourquoi il est tellement important d'appartenir au groupe de Sparrow le Pige-Tout. C'est la miette de raison.*

Et il se souvint d'Heppner, l'officier électronicien devenu fou. *Si l'on ne peut ni être admis ni partir, que reste-t-il?*

Les choses reprirent forme et consistance dans l'esprit de Ramsey. Il contourna l'escalier des cabines, vint au pont de commande. Il lui sembla que la pièce le saluait lorsqu'il en franchit le seuil : chaleur, scintillement des lampes rouges et vertes, murmure sibilant des moteurs, légère odeur d'ozone et d'huile sur un fond de puanteur vivante dont nul filtre ne pouvait totalement venir à bout.

Sparrow se tenait à la barre, silhouette quasi squelettique aux vêtements froissés trop amples. Un sentiment de surprise s'empara brusquement de Ramsey lorsqu'il s'aperçut que Sparrow avait perdu du poids alors qu'aucune partie de son corps ne donnait l'impression d'en avoir en excédent.

« Comment va Joe? » Sparrow parla sans tourner la tête.

*Il a vu mon reflet dans la glace du tableau de plongée,* pensa Ramsey. *Rien ne lui échappe.*

« Il va se rétablir, dit Ramsey. Le veinomètre révèle une absorption négative. Il perdra peut-être quelques cheveux, et sans doute aura-t-il des nausées pendant quelque temps.

— Il faudra le conduire à Charleston, dit Sparrow. Le veinomètre ne nous renseigne pas sur les effets sur la moelle des os. Pas avant qu'il soit trop tard.

— Tous les indices sont bons, dit Ramsey. Le calcium est évacué par lixiviation et remplacé par du calcium propre. Les sulfates sont négatifs. Il se remettra sur pied.

— Bien sûr, Johnny. C'est simplement parce que je navigue avec lui depuis longtemps. Je serais désolé de le perdre.

— Il le sait, capitaine. »

Sparrow tourna la tête, sourit, eut un geste étrange de désespoir. « J'imagine qu'il fait comme si. »

Et Ramsey pensa : *Il est impossible de dire à un homme qu'on l'aime — si l'on est un homme. Cela est aussi un pro-*

*blème. On ne possède pas le mot juste, celui où n'entre pas l'idée de sexe.*

Il dit : « Où est Les?

— Il se repose. Nous avons touché le courant arctique il y a vingt minutes. »

Ramsey prit son poste au tableau de détection, posa une main sur le volant proche commandant l'admission d'air extérieur. Les pensées trottaient dans sa tête. C'était comme si la conversation avec Garcia avait ponctionné un puits — ou avait abaissé la pression crânienne pour permettre à ce qui se trouvait au fond de faire surface.

« Les prendra le prochain quart dans une heure, dit Sparrow. Je peux m'arranger seul maintenant. Vous commencerez votre veille dans trois heures. Nous allons devoir resserrer l'horaire en l'absence de Joe.

— Bien, capitaine. »

Il fit demi-tour, gagna ses quartiers et prit soudain conscience qu'il avait les os moulus. Sortir le télémètre pour en vérifier les bandes demandait un trop gros effort. En outre, il savait ce qu'il y trouverait : cette maîtrise solide comme l'acier et qui simulait l'état normal. A moins que ce ne *fût* vraiment l'état normal. Il s'endormit sur la couchette sans se déshabiller.

Le *Ram* navigua sud-ouest en direction des eaux nationales, et les jours défilaient sur le loch chrono. Une succession monotone de quarts parmi les conduites froides, les cadrans, les volants, les leviers, les clignotements des lampes, et les signaux acoustiques des indicateurs. Les mêmes visages et le même risque. Le danger même peut devenir lassant.

Le bruit lointain des hélices dans un secteur où tous ces bruits peuvent signifier *chasseur*.

Attendre et écouter. Avancer de quelques nœuds. Attendre et écouter. Avancer de quelques nœuds. Attendre et écouter. Le bruit lointain s'est tu. Le *Ram* prend de la vitesse tandis que des yeux bordés de rouge surveillent le sonar et le calculateur de distance.

Garcia s'était levé et circulait au quatrième jour — homme devenu étrangement morose et renfrogné en présence de Ramsey.

Le remorqueur sous-marin, cependant, poursuivait régulièrement sa route vers la sécurité, entraînant la remorque ventrue : un trophée arraché à la mort elle-même.

Et une tension particulière — une pression nouvelle — se manifestait furtivement dans les gestes de l'équipage du *Ram*. Cette tension, elle exprimait : « Nous allons réussir... Nous allons réussir... Nous allons réussir... »

« N'est-ce pas? »

Ramsey, endormi sur sa couchette, se débattait contre un muet cauchemar dans lequel Sparrow, Garcia et Bonnett lui faisaient brusquement face — tous les trois sous les traits d'Heppner fou.

Lentement, le cauchemar s'évanouit pour le laisser en paix dans le silence matriciel du bateau.

Le silence!

Ramsey se redressa, droit comme un I, sur sa couchette, tout à fait réveillé; tous ses sens protestant contre ce nouvel élément étrange : le calme. Il étendit le bras derrière lui et alluma la lampe de sa couchette. La lumière était pâle ce qui indiquait qu'ils étaient sur les batteries de secours.

« Johnny! » C'était la voix de Sparrow sortant du haut-parleur mural.

« Oui, capitaine.

— Rendez-vous au pas de course à votre hutte. Nous avons un ennui de réacteur.

— Immédiatement. »

Ses pieds touchèrent le plancher, se glissèrent à tâtons dans les chaussures. Il éteignit sa lampe, franchit la porte en courant, grimpa l'échelle deux échelons par deux, dévala l'escalier des cabines et pénétra dans sa hutte, micro ouvert. « Prêt, capitaine. Est-ce grave? »

La voix de Bonnett en retour : « Importante augmentation de la radioactivité.

— Où est le capitaine?

— A l'avant avec Joe.

— Il ne faut pas que Joe s'en approche! Il est toujours contaminé!

— C'est Joe qui était de quart. Vous savez comme...

— Johnny! » La voix de Sparrow par l'interphone.

« Présent.

— Assurez le minimum de perte d'énergie dans la hutte et venez à l'avant.

— Bien. » Ramsey s'aperçut que ses mains savaient automatiquement quels interrupteurs manœuvrer. Il bénit les longues heures d'entraînement sur la maquette de tableau. C'était cela que Reed avait voulu dire : « *Il n'y a pas de danger qui soit mineur à bord d'un sous-marin.* » Il jeta le classique coup d'œil circulaire de vérification : lumière jaune de la lampe de secours, fiches dégagées, interrupteur principal relevé, circuit-relais avec le poste principal branché et vert. Il ouvrit son micro pectoral : « Les, tout est paré et à vous.

— Allez-y. »

Il franchit la porte en courant, tourna à droite et escalada l'escalier des cabines, traversa le poste principal sans un coup d'œil à Bonnett, fila à la coursive centrale. Le martèlement laborieux d'un moteur tournant lentement alimenté par les batteries pour maintenir le bâtiment en marche filtrait dans la salle des machines.

Garcia se tenait près du sas du tunnel à l'avant et à gauche, les mains tripotant la fermeture à glissière d'un scaphandre ABG.

La première pensée de Ramsey fut : *Qu'est-ce qui se passe avec Sparrow? Il ne peut pas laisser Joe entrer là-dedans!* C'est seulement ensuite qu'il saisit le sens de la scène.

La lance d'un tuyau à détergent était accrochée près de Garcia. Sparrow se tenait à une vingtaine de pieds sur la coursive inférieure. Entre eux, on apercevait des flaques de détergent. Sparrow ayant fait un pas en avant, Garcia cessa de jouer avec la fermeture à glissière et mit la main à la lance.

« Restez où vous êtes, capitaine! »

La voix de Garcia était métallique et paraissait se répercuter dans la salle des machines, et Ramsey comprit qu'il parlait dans le micro ouvert de son scaphandre.

Sparrow fit un autre pas en avant. « Ne faites pas l'idiot, Joe! »

Garcia leva la lance, la braqua sur Sparrow. « Un pas de plus et je vous fais goûter une nouvelle fois à cette chose. »

Ramsey gagna l'échelle de gauche, descendit auprès de Sparrow. Il vit que le devant de l'uniforme de Sparrow dégoulinait de détergent et fit la grimace en songeant à ce que la forte pression d'un tel jet pouvait avoir comme effet sur un homme.

« Faut-il lui sauter dessus, capitaine, demanda-t-il. Je pourrais tomber sur...

— Du diable si ce n'est pas le fractureur de cerveaux », dit Garcia. Il tira sur sa fermeture à glissière qui s'était subitement décoincée, étendit le bras en arrière, ramena le casque en avant pour s'en coiffer et le verrouilla. La plaque avant de quartz projetait sur eux une lueur glauque comme celle de l'œil mauvais d'un cyclope.

Sparrow regarda Ramsey, puis se tourna vers Garcia. « Nous ne pouvons pas bouger d'un pouce contre ce tuyau. Il faut le raisonner.

— Laissez le fractureur de cerveaux discuter avec moi », dit Garcia, dont la voix retentissait hors du haut-parleur placé au-dessus d'eux sur la cloison. « C'est son rayon.

— Il y a seulement quatre jours qu'il a été soumis à une dose excessive de radiations, dit Ramsey.

— C'est moi qui ai maintenant la vedette, dit Garcia. Voici le moment de ma grande scène. Je vais ramper dans ce tunnel et il n'y a rien que vous puissiez faire pour m'en empêcher. Sans compter que je connais ce coin du bateau mieux que quiconque. »

Ramsey abaissa le regard sur le sas ouvert du tunnel, prit brusquement conscience que c'était dans ce même tunnel qu'avait été trouvé le cadavre de l'officier de la Sécurité.

Garcia fit un demi-tour vers la porte.

« Joe, arrêtez! aboya Sparrow. C'est un ordre! » Il fit

un brusque bond en avant, fut culbuté en arrière par un violent jet de détergent.

Ramsey reçut une partie de la giclée, glissa sur les genoux. Le temps qu'ils se remettent sur pied, Garcia avait disparu dans le tunnel, fermant la porte derrière lui.

Sparrow dit : « Il a emporté une barre de relevage. Il va coincer les verrous d'écoutille à l'intérieur pour que nous ne puissions pas le suivre. »

Ils entendaient le bruit du métal frappant le métal.

La voix de Garcia sortit du haut-parleur. « Vous avez raison, capitaine. Je ne peux pas risquer de vous voir me voler ma scène. Vous êtes aux fauteuils d'orchestre; profitez du spectacle.

— A-t-il perdu la raison? » demanda Ramsey.

Sparrow se glissa jusqu'au sas du tunnel, essaya de faire jouer les verrous. « Coincés!

— Est-il devenu fou? demanda Ramsey.

— Bien sûr que non, aboya Sparrow. La radioactivité a considérablement augmenté dans le compartiment du réacteur. Il y est allé pour voir ce qu'il peut faire. »

Ramsey consulta le compteur surplombant le sas du tunnel, vit que l'aiguille était coincée dans le rouge. « Capitaine! L'atmosphère est contaminée! »

Sparrow frappa le détecteur de la main et l'aiguille regagna la zone des sept heures. « Elle s'était coincée quand il a ouvert le sas. » Il se détourna vers le râtelier à outils près de la porte. « Joe! M'entendez-vous?

— Bien sûr, capitaine. Inutile de hurler. Je suis presque au virage du tunnel.

— Joe, le refus d'obéissance est une faute grave. »

Le haut-parleur transmit l'éclat de rire de Garcia. « Eh bien, traduisez-moi en cour martiale!

— Que s'est-il passé dans le compartiment du réacteur? » demanda Ramsey.

Sparrow commença à retirer des outils du râtelier. « Nos réparations n'ont pas tenu. Les boulons d'entretoise ont cédé. Tout le réacteur a glissé vers la gauche et coincé l'ensemble de télécommande. » Il consulta sa montre-bracelet. « Les batteries nous assureront encore le contrôle de la direction pendant une trentaine de minutes. Quand nous ne serons plus maîtres de la direction, les barres de plongée ne pourront plus maintenir notre assiette et nous nous renverserons. Le réacteur se renversera. Si nous avons de la chance, il atteindra la masse critique. Si nous n'avons pas de chance, tout le bâtiment sera contaminé et nous avec lui. Ce sera la mort lente.

— Et si Joe survit à tout cela, vous aurez sa peau, dit Ramsey. Bien qu'il risque...

— Bougre d'idiot! hurla Sparrow. Qu'est-ce que ça veut dire *s'il survit?* Ne savez-vous pas qu'il n'existe qu'un moyen de replacer ce réacteur sur sa base? »

La seule chose à laquelle Ramsey put penser fut : *J'y suis arrivé! J'ai fait une brêche dans cette maîtrise d'acier! Maintenant, ses sentiments peuvent s'exprimer norm...*

« Capitaine! » C'était la voix de Bonnett sortant de l'interphone.

Sparrow ouvrit son micro pectoral. « Oui?

— Je suis branché par l'œil bâbord du compartiment du réacteur sur les plaques du tunnel. Elles se déplacent vers... Bon Dieu! Joe! Sortez de là! Capitaine! Il est dans le compartiment du réacteur!

— C'est ce que je pensais, murmura Sparrow. Notre Père, étendez sur lui votre protection. » Il considéra fixement le sas du tunnel. « L'Éternel est mon berger; je ne manquerai de rien. Il me fait reposer dans de verts pâturages. Il me dirige près des eaux paisibles. Il restaure mon âme. Il me conduit dans les sentiers de la justice. A cause de Son nom. Quand je marche dans la vallée de l'ombre de la mort, je ne crains aucun... [1] »

« Maintenant, écoutez ceci! » C'était la voix de Garcia sortant du haut-parleur. « Je peux peut-être tenir un quart d'heure. Lorsque j'aurai dégagé l'ensemble de télécommande, soyez prêt à prendre le relais.

— Bien sûr, Joe », murmura Sparrow. Il ouvrit un panneau de la cloison avant, faisant apparaître les commandes directes du côté gauche de l'ensemble. Les lampes

1. Bible, Livre des Psaumes, Psaume 23, 1 à 4. *(N. d. T.)*

de l'indicateur virèrent au rouge quand il ouvrit le commutateur.

« C'est déjà un homme mort, dit Ramsey.

— Silence! aboya Sparrow. Raccordez l'écran au-dessus de nous à l'œil du compartiment du réacteur. »

Ramsey s'empressa d'exécuter l'ordre. L'écran s'anima. La silhouette de Garcia y apparut, énorme dans son scaphandre ABG. Il était penché, installant des vérins pour replacer le réacteur sur sa base. Tandis qu'ils l'observaient, Garcia commença à tourner les vis. Lentement, le bloc meurtrier se remettait pouce à pouce en bonne position. Ils sentaient Bonnett régler les barres de plongée pour les conformer aux variations de poids.

Sparrow se pencha au-dessus des outils qu'il avait retirés du râtelier de la cloison, souleva une grosse clé.

« Voyons un de ces verrous, dit-il.

— La seule façon dont il a pu le coincer, c'est par le bas, dit Ramsey. Si nous le faisons descendre à force, nous le dégageons et... »

Sparrow ajusta la clé au verrou du haut et dit : « On vous a bien fait la leçon pour votre petit boulot. »

*Que diable veut-il dire par là?* pensa Ramsey.

Ramsey saisit la clé.

Ensemble, ils pesèrent sur le manche. Brusquement, le verrou se tordit, se dégagea. Ramsey prit un poinçon et un marteau sur le tas d'outils, fit tomber l'emboîture dans le tunnel.

Sparrow ajusta la clé à l'autre verrou.

Ramsey leva les yeux vers l'écran. Le réacteur avait repris place sur sa base, et Garcia était en train de le fixer avec de nouveaux tire-fonds.

« Allons-y », dit Sparrow.

Ils firent sauter l'autre verrou, entendirent un fracas métallique dans le tunnel, Garcia ayant fait tomber sa barre de levage. Sparrow entrebâilla la porte, puis l'ouvrit en grand.

L'aiguille du compteur de radiation se coinça dans le rouge.

« Scaphandres », dit Sparrow. Il se dirigea vers le placard.

« Capitaine. » La voix de Garcia sortant du haut-parleur. « Dites à ma femme qu'elle n'aura plus besoin d'avoir peur. Elle comprendra.

— Bien sûr, Joe.

— Dites-lui d'aller quelque part et de changer de nom.

— Pourquoi ? »

Ramsey lui passa une combinaison ABG, entreprit de s'enfiler dans une autre.

« Johnny comprendra. »

Sparrow se glissa dans son scaphandre, regarda Ramsey. « Alors ? »

Ramsey secoua la tête, incapable de dire un mot.

Sparrow parla dans le micro de son scaphandre tout en verrouillant le casque. « Joe, nous avons forcé la porte. Je vous apporte la lance à détergent et un scaphandre propre. Sortez de là.

— Je suis trop contaminé, dit Garcia. Laissez-moi là.

— Sortez, ou je vais venir vous chercher », dit Sparrow.

Ramsey tendit à Sparrow un scaphandre propre, jeta un coup d'œil à l'écran. Il y vit la silhouette courtaude de Garcia, debout près des plaques du tunnel. Au-dessus de lui, l'une des commandes manuelles géantes du contrôle télécommandé était dirigée vers l'avant. Au même moment, la voix de Bonnett sortit de l'interphone.

« L'ensemble de commande est dégagé, capitaine. Je peux le voir d'ici. Faites sortir ce sacré idiot de là-dedans. Il a encore une chance. » Bonnett était au bord des sanglots.

« Je viens vous chercher, dit Sparrow.

— Je ne comprends pas, hurla Garcia. Ne mettez pas les pieds ici, capitaine.

— J'arrive », répéta Sparrow. Il dégagea la lance à détergent de son calage de tambour.

La voix de Garcia prit presque l'ampleur d'un hurlement. « Capitaine ! L'espion c'est moi ! Ne faites pas l'idiot !

— Vous êtes mon officier mécanicien », dit Sparrow. Il se courba, s'introduisit dans le tunnel, traînant derrière lui le tuyau et le scaphandre.

La voix de Garcia leur parvint : « Vous ne pourrez... »

Il se tut, hoqueta, toussa, tomba évanoui sur le sol du compartiment du réacteur.

Autour de Ramsey, dans la salle des machines, les lampes brillèrent, les quatre moteurs reprirent leur ronronnement normal. Il ressentait par les pieds la réaction du *Ram* avec l'impression que c'était quelqu'un d'extérieur à lui-même qui la lui apportait. Il était incapable de détourner son regard de l'écran. Le bras géant de la commande manuelle se balança au-dessus du corps allongé de Garcia, l'étreignit en douceur, le transporta dans le tunnel, remit en place les plaques de recouvrement.

« Je l'ai récupéré », dit Sparrow. Un jet de détergent inonda l'embouchure du tunnel.

Ramsey bondit à la console de la cloison, mit en marche une pompe pour enlever le liquide contaminé.

« Johnny! » La voix de Sparrow.

Il parlait par son micro de scaphandre. « Présent, capitaine. »

Sparrow baissa la voix. « Vous ne devez pas intervenir, Johnny. Éloignez-vous de l'embouchure du tunnel si vous tenez à votre virilité. Joe est radioactif. Très radioactif.

— J'ai déjà deux enfants, dit Ramsey. Sortez-le.

— Le voici. »

Le corps mou de Garcia fut extrait de la bouche du tunnel comme un insecte de son trou. Ramsey le posa doucement sur la passerelle. Sparrow suivait.

« Je l'ai presque noyé dans le détergent en lui enfilant ce scaphandre qui est déjà trop radioactif. »

Ramsey se pencha, ouvrit la fermeture à glissière du devant de la combinaison de Garcia. Sparrow l'aida à en sortir le corps inerte. Ils se hâtèrent de transporter Garcia dans la chambre de décontamination. Sparrow enleva lui aussi son scaphandre et entra avec Garcia. Ramsey prit les vêtements, les enfourna dans la bouche du tunnel, se débarrassa du sien et l'ajouta aux autres. Il ferma le sas, le cala à l'aide de la clé.

La porte de la chambre de décontamination s'ouvrit avec bruit. Sparrow en sortit nu, traînant Garcia derrière lui dans le même appareil. « Il faudra remplacer son sang jusqu'à la dernière goutte, dit Sparrow. Entrez là-dedans et débarrassez-vous de vos vêtements, puis venez nous rejoindre dans la salle de repos. » Il se baissa, chargea Garcia sur l'épaule et monta l'échelle de coursive, les muscles des jambes et du dos noués par l'effort que lui imposait son fardeau.

Ramsey fit un temps d'arrêt, utilisa son micro pectoral. « Les, le capitaine remonte Joe. Vous pourriez lui donner un coup de main. » Puis, se courbant, il pénétra dans la chambre de décontamination, actionna la commande du jet de force moyenne. Les gouttes tombaient dru sur son corps qu'elles flagellaient et lardaient comme des coups d'épingle en l'absence de l'habituel vêtement de protection. Ramsey, dépouillé de sa tenue contaminée, la repoussa du pied dans un coin, arrêta le jet, sortit et suivit les empreintes mouillées des pas de Sparrow jusqu'à l'échelle.

Il eut peur de jeter un nouveau coup d'œil au compteur de radiations au-dessus du sas du tunnel. Coincé dans le rouge. *Nous en sommes sortis, pour de bon*, pensa-t-il.

Bonnett était toujours à la barre lorsque Ramsey pénétra dans le poste central. « Il n'a pas voulu que je l'aide », dit Bonnett. Il se dirigea vers le sas de l'arrière.

Ramsey continua de suivre les traces mouillées. *L'âme à nu, le corps nu*, pensa-t-il. *Nous voilà maintenant réduits aux choses strictement essentielles.*

Dans la salle de repos, Sparrow avait allongé Garcia sur une couchette, une bouteille de plasma était suspendue à son côté, son tube conduisant à une veine. Sparrow installait, de l'autre côté de la couchette, un système de renouvellement du sang, réglant les branchements de veines et d'artères, les indicateurs de circulation sanguine, la hauteur de l'appuie-bras.

Ramsey se rendit à la réserve de sang frais, vérifia les systèmes de circulation automatique et de revitalisation, constata qu'ils étaient en état de marche.

« Prêt pour le sang », dit-il. Il se retourna.

Sparrow dit « Bien. » Il brancha l'échangeur de sang sur le système de circulation de sang frais, mit la main sur le robinet. « Contrôlez la quantité que nous lui retirons. »

Ramsey se plaça à la tête du dispositif de renouvellement du sang, jeta un coup d'œil aux branchements que Sparrow avait adaptés au bras de Garcia. L'officier mécanicien respirait sur un rythme lent et faible, le mouvement de sa poitrine étant à peine perceptible. La peau du visage et du buste avait la couleur bleue tachetée que donne la cyanose.

Sparrow ouvrit le robinet de l'échangeur. Le sang de Garcia commença à s'écouler dans le système d'emmagasinement doublé de plomb tandis que le sang neuf lui était injecté dans le corps. Aussitôt, l'indicateur de contrôle de Ramsey s'orienta à l'extrême droite, s'y maintint.

« Il est hors des limites du compteur, capitaine. »

Sparrow fit un signe de tête. « Faut-il tout utiliser?

— Que voulez-vous dire?

— Il ne restera plus de sang pour nous. »

Le souvenir du détecteur du tunnel bloqué dans le rouge revint à l'esprit de Ramsey. « Nous nous débrouillerons avec le plasma, dit-il.

— C'était mon idée. Heureux que vous soyez d'accord. » Il fit le tour de la couchette, débrancha la bouteille de plasma du bras gauche de Garcia. « Pour le cas où nous en aurions besoin. Et plus probablement moi que vous. Je suis entré dans le tunnel.

— Mettez un peu de sang frais de côté pour vous, dit Ramsey. On ne peut jamais...

— Ça ira. »

Ramsey se tut, surveillant le cadran de l'indicateur. Il était fixé contre l'aiguille de droite.

« Je lui ai fait ses piqûres et j'ai eu la mienne avant que vous arriviez, dit Sparrow. Nous allons maintenant voir ce qu'il en est de vous.

— Allons-y », dit Ramsey. Il étendit le bras gauche, ne quitta pas des yeux le cadran de l'indicateur. « Il y a eu déjà certainement trois échanges et il est toujours au-delà du compteur, capitaine. Je n'ai jamais entendu...

— Celle-ci, c'est la piqûre décarbonisante, dit Sparrow. Ça va faire mal. » Il saisit le bras de Ramsey, injecta le précipité de sérum dans le muscle. « Ne vous faites pas de souci pour Joe. Il est maintenant entre les mains de Dieu.

— N'y sommes-nous pas tous, dit Ramsey.

— Capitaine. » C'était la voix de Bonnett sur l'interphone.

Sparrow prit un micro mural, actionna le commutateur. « Parlez.

— Je viens de contrôler le réacteur. Tout est en ordre.

— Mettez le cap sur Charleston, dit Sparrow. En avant toute.

— Bien. Comment va Joe?

— Il est encore trop tôt pour se prononcer.

— Tenez-moi au courant si...

— Ce sera fait. » Sparrow ferma l'interrupteur.

Garcia bougea sur sa couchette; ses lèvres remuèrent et il tournait la tête de droite et de gauche. Brusquement, il se mit à parler d'une voix étonnamment forte. « Il faut que je le fasse, Béa! Ils me tiennent par les enfants, tu comprends? »

Il parut écouter.

« Je ne peux en parler à personne! On me fusillerait!

— Calmez-vous, Joe », dit Sparrow.

Les yeux de Garcia clignotèrent, s'ouvrant et se fermant alternativement. Il regarda Sparrow sans le voir. « Où est Béa? Lui ont-ils fait du mal?

— Elle va très bien », dit Sparrow.

Garcia frissonna. « Si seulement nous pouvions aller quelque part et changer d'identité. C'est tout. » Il ferma les yeux.

« Savez-vous où vous êtes? » demanda Sparrow.

Garcia fit un signe de tête. « Un cauchemar.

— Il est dans les limites du compteur, dit Ramsey. Mais, jusqu'à présent, on ne peut encore écarter...

— Taisez-vous », dit Sparrow. Il vérifia le cadran du compteur d'échange du système sanguin. « Il a baissé de huit.

— Il en reste seize », dit Ramsey.

Sparrow réduisit la vitesse d'écoulement.

« Vous auriez dû me laisser là-dedans, dit Garcia.

— Ne dites pas de bêtises, dit Sparrow.

— J'ai suivi des cours d'espionnage à Buenos Aires, dit Garcia. Il y a vingt ans. Puis je suis venu ici et j'ai rencontré Béa. J'ai donc abandonné. Facilement. On m'avait appris à me cacher en pleine lumière.

— Il ne devrait pas parler, dit Ramsey. La tension artérielle monte.

— Il faut que je parle, dit Garcia. Ils m'ont retrouvé il y a six mois et m'ont dit : " Tu marches, ou alors! " Nos gosses. Vous comprenez?

— Bien sûr, Joe, dit Sparrow. Maintenant, calmez-vous. Ménagez vos forces.

— La première fois de ma vie où j'ai vraiment appartenu à un groupe quelconque — vraiment appartenu —, cela a été votre équipage, dit Garcia. A Béa aussi, bien sûr. Mais c'est différent.

— Il faut ménager vos forces, dit Sparrow.

— Pourquoi? Pour que Johnny la Sécurité puisse me traîner devant un tribunal?

— Je n'appartiens pas à la Sécurité, Joe.

— Il est du Bureau psychologique, dit Sparrow. On l'a placé là pour me surveiller. »

Ramsey demeura bouche bée.

« Je m'en suis aperçu le jour où pour la première fois nous avons dépassé notre limite d'immersion, dit Sparrow. A la façon dont il a traité Les.

— De la Sécurité aussi, dit Garcia.

— D'adoption seulement, dit Ramsey. Et je ne peux...

— Si vous crachez ce morceau, dit Sparrow, je...

— Je voulais dire que je n'ai pas l'ouïe si fine », dit Ramsey. Il sourit, puis fronça les sourcils et baissa les yeux sur Garcia.

« Êtes-vous pour quelque chose dans la mort de cet inspecteur de la Sécurité?

— Pour rien, Dieu m'assiste, dit Garcia.

— Et dans le sabotage?

— C'étaient mes anciens amis pour qui deux sûretés valent mieux qu'une. » Il secoua la tête. « Mon rôle se bornait à les renseigner sur la situation du puits au moment où nous l'atteindrions. Au lieu de cela, j'ai déclenché le système alors que nous étions encore dans nos propres eaux. J'ai pensé qu'ils nous prendraient simplement en chasse et nous feraient prisonniers.

— Comment vous y êtes-vous pris? demanda Sparrow.

— En intensifiant le système d'impulsions sonores relié à une mince plaque de tête.

— Quand avez-vous décidé de ne pas leur indiquer l'endroit où se trouvait le puits?

— Je n'avais jamais décidé de le faire. »

Sparrow parut se détendre.

« J'avais dit à Béa de prendre nos enfants et d'aller à la Sécurité dès que le *Ram* ne pourrait plus être pris en chasse. » Il se tut.

« Essayez de vous reposer », dit Sparrow.

Garcia renifla. « Que dit l'aiguille, Johnny? »

Ramsey regarda Sparrow, qui fit un signe d'accord.

« P.F. », dit Ramsey.

« Probablement fatal, traduisit Garcia.

— L'aiguille s'est un peu inclinée vers le bas, dit Ramsey.

— Voulez-vous prendre le risque d'une surdéphosphatisation et d'une surdécalcification? » demanda Sparrow.

Garcia leva les yeux sur lui. « Pour que le combat final dure un peu plus longtemps, hein? » Il sourit. « Puisque vous le dites, capitaine. Mais gardez-moi sous morphine, voulez-vous? » Son sourire s'amincit, comme celui d'une tête de mort. « Les convulsions ont quelque chose de tellement dégoûtant! »

Sparrow prit une profonde inspiration, hésita.

« C'est sa seule chance, dit Ramsey. Si on peut appeler ça une chance.

— Très bien », dit Sparrow. Il alla à l'armoire à pharmacie, prépara les piqûres, revint.

« La morphine », lui rappela Garcia.

Sparrow leva une ampoule.

« Merci pour tout, capitaine, dit Garcia. Une grâce : voulez-vous vous occuper de Béa et des gosses? »

Sparrow fit un bref signe de tête, se pencha et administra les piqûres — une, deux, trois. Ils regardèrent agir la morphine.

« Il reste huit changements de sang dans la machine, dit Ramsey.

— Qu'on mette l'écoulement au maximum », dit Sparrow.

Ramsey régla le robinet.

« Maintenant, Johnny, je veux que vous me racontiez tout », dit Sparrow. Il avait parlé sans détacher son regard de Garcia.

« Évidemment, vous savez déjà tout, dit Ramsey.

— Pas en détail. Et c'est ce que je désire maintenant. »

Ramsey pensa : *Ce rôle de drame de cape et d'épée est une farce. Il y a un certain temps que Sparrow m'avait démasqué — et Garcia probablement aussi. Je volais à l'aveuglette et je ne le savais pas. Ou bien le savais-je?* Il se souvint de ses vagues sentiments d'incertitude.

Sparrow dit : « Alors? »

Pour se donner le temps de réfléchir, Ramsey dit : « Quel genre de détails?

— Commencez par le commencement », dit Sparrow.

Ramsey invoqua mentalement la chance, pensa : *Le moment de la crise est venu. Si Sparrow est vraiment un psychopathe, il va se dévoiler. Mais il faut courir le risque. Je ne sais pas tout ce qu'il a découvert. Je ne peux pas retenir mes coups.*

« Vous pouvez commencer immédiatement, dit Sparrow. C'est un ordre. »

Ramsey respira profondément, débuta par le message du Dr Oberhausen et la conférence avec l'amiral Belland au Premier Bureau de la Sécurité.

« Ce matériel de contrôle à distance, dit Sparrow, que vous a-t-il appris sur moi?

— Que vous êtes comme une pièce de ce sous-marin. Vous réagissez comme l'un de ses instruments et non comme un être humain.

— Je suis une machine?

— Si vous voulez.

— Avez-vous confiance en votre petite boîte noire?

— Les courants qui traversent le corps ne mentent pas.

— Je le crois. Mais les interprétations sont sujettes à erreur. Par exemple, je pense que vous n'avez pas calculé exactement les adaptations qui sont nécessaires pour vivre ici dans les profondeurs.

— Que voulez-vous dire?

— Vous souvenez-vous du jour où vous vous êtes effondré dans la hutte? »

Ramsey se rappela sa peur, son incapacité de faire un geste, l'influence rassurante de Sparrow. Il approuva de la tête.

« Comment appelleriez-vous cela?

— Une dépression mentale provisoire.

— Provisoire?

— Qu'est-ce que cela est censé vouloir dire?

— Voulez-vous dire que votre façon d'agir à bord du *Ram* a toujours été conforme à la raison? »

Ramsey rougit, sentit le chaud afflux de sang au visage. « Quel genre de machine êtes-vous maintenant, capitaine?

— Une machine à calculer, dit Sparrow. Maintenant, écoutez-moi et écoutez attentivement. Dans les remorqueurs sous-marins, nous nous sommes adaptés à une tension mentale à peu près à la limite de ce que peut supporter un être humain pour pouvoir continuer à agir. Nous nous sommes *adaptés*. Certains à un plus haut degré que d'autres. Certains d'une façon, certains d'une autre. Mais quelle que soit la méthode d'adaptation, il y a un fait qui demeure et c'est celui-ci : aux yeux de ceux qui vivent en subissant des pressions moins fortes, notre adaptation n'apparaît pas saine.

— Comment le savez-vous?

— Il m'a fallu m'en rendre compte, dit Sparrow. Comme vous l'avez remarqué, mon adaptation personnelle s'est faite dans le sens d'une assimilation à la machine. Vu sous l'angle de la normalité humaine, vous, les psychiatres, possédez un mot pour désigner ce genre d'adaptation.

— Schizophrène.

— J'ai donc compartimenté ma vie, dit Sparrow. Il y a une partie de moi-même — appelez ça un circuit, si vous voulez — qui me fait descendre ici. Cette partie croit dans l'au-delà parce qu'elle le doit. »

Ramsey remarqua cette façon de parler de soi à la troisième personne; il redoubla d'attention.

« Qui peut me dénier le droit d'être ce que je dois être ici? » demanda Sparrow. Il se gratta la joue de ses longs doigts. « Il me fallait comprendre ce qui me faisait agir comme j'agissais. Je me suis donc étudié. Je me suis analysé. Je me suis donc apprécié par rapport à tout ce qui me passait par la tête. J'ai été absolument impitoyable à l'égard de moi-même. » Il se tut.

Prudemment, Ramsey dit : « Et?

— Je suis fou, dit Sparrow. Mais fou d'une façon qui convient parfaitement à mon univers. De telle sorte que c'est mon univers qui est fou et moi qui suis normal. Pas raisonnable. Normal. Adapté.

— Vous prétendez que le monde est schizophrène, qu'il est morcelé.

— N'en a-t-il pas toujours été ainsi? demanda Sparrow. Où se trouvent ici-bas les lignes absolument ininterrompues de communication? Montrez-moi une parfaite intégration sociale. » Il secoua sa longue tête de droite à gauche en un lent mouvement de négation. « C'est la pression, Johnny. »

Ramsey procéda à un mini-réglage du compteur contrôlant le renouvellement du sang de Garcia. Il jeta un coup d'œil à l'officier mécanicien sous l'effet de la drogue. Visage détendu, paisible. Aucune trace de tension pour l'instant.

« Nous considérons comme raisonnable de vivre au royaume d'Utopie, dit Sparrow. La survie ne connaît pas de tension. C'est pourquoi nous éprouvons une rêveuse nostalgie lorsque nous songeons aux vieilles mers du Sud. Menace minimale contre la survie. » Il secoua de nouveau la tête. « Quelle que soit la pression et quelle que soit l'adaptation, cette adaptation est qualifiée par votre science de déraisonnable. Il m'arrive de penser que c'est ainsi qu'il faut interpréter la phrase de la Bible : « Qu'un enfant les conduise. » Les enfants ne connaissent généralement pas les tensions qu'occasionne l'idée de survie. *Ergo :* ils sont plus raisonnables que les adultes.

« Ils ont leurs propres contraintes, dit Ramsey.

— D'un caractère différent », dit Sparrow. Il se pencha,

tâta le pouls de Garcia. « Combien reste-t-il d'échanges?

— Deux.

— Que dit le compteur de radiations? »

Ramsey tourna brusquement la tête pour voir le cadran en plein.

« Cinquante-cinquante.

— Il vivra », dit Sparrow. Le ton était celui d'une décision sans appel, d'un jugement irrévocable.

Ramsey se défendit contre une irritation non motivée. « Comment pouvez-vous en être aussi diablement certain?

— Vous avez été surpris en consultant le compteur, dit Sparrow.

— Il est miraculeux qu'il en soit arrivé là. » Ramsey ne put éviter de trahir son irritation par sa façon de s'exprimer.

« Exact, c'est un miracle, dit Sparrow. Écoutez-moi, Johnny. En dépit de toute votre science et de toute votre médecine, il y a une chose que vous autres refusez souvent d'admettre.

— Quoi? » Son ton était devenu franchement hostile.

« Quelque chose comme d'être dans le camp de Dieu. D'être juste vis-à-vis du monde. C'est cela qu'il y a en réalité derrière les miracles. C'est très simple. Vous branchez... phase. C'est la façon mécanicienne de s'exprimer. Vous naviguez sur la vague au lieu de vous y opposer. » Sparrow s'exprimait avec calme et détachement.

Ramsey se comprima les lèvres pour ne pas dire ce qu'il pensait. Et, par-dessous tout cela, sa propre formation psychologique alimentait tout un cortège d'idées : *Fanatisme religieux. Éparpillement. Foi insondable en son propre jugement. Les signes en faveur d'un diagnostic de paranoïa sont très forts.*

« Votre adaptation personnelle est fonction de votre formation psychologique, dit Sparrow. Vous avez une fonction à remplir : ne pas cesser d'exercer. Appelez cela normal. Vous êtes tenu de croire que je suis mentalement malade et que votre diagnostic de folie est juste. De cette façon, vous êtes au mieux; vous êtes maître de vous-même. C'est votre manière de survivre. Vous pouvez me guider et me diriger comme l'animal que je suis, et je vous reconduirai là où les pressions sont les moins fortes.

— C'est stupide, aboya Ramsey. Psychologiquement stupide! Vous ne savez pas de quoi vous parlez!

— Si votre diagnostic est correct, quelle voie va probablement emprunter mon existence? » demanda Sparrow.

Avant d'avoir pu se contenir, Ramsey dit : « Vous allez devenir un parfait psychopathe! Complètement... » Il s'interrompit.

Sparrow éclata de rire. Il secoua la tête. « Non, Johnny. Je retournerai là où les pressions sont moindres. Et je prendrai une profonde inspiration. Et je jouerai un petit poker à Garden Glenn. Et je me soûlerai une fois ou deux parce qu'on n'en attend pas moins de moi. J'aurai une nouvelle lune de miel avec ma femme. Très concrète à cause de toutes les fois où elle m'a cocufié pendant mes absences. C'est son adaptation à elle. Cela ne me fait pas vraiment mal. Pourquoi faudrait-il que cela m'en fît? »

Ramsey le regarda, éberlué.

« Et, bien entendu, je me poserai d'autres questions : A quoi tout cela rime-t-il? Que sommes-nous, nous les animaux humains? Quel est le sens caché de tout ceci? Si sens il y a. Mais mes raisons sont solides, Johnny. J'ai vu des miracles. » Du menton, il désigna Garcia. « J'ai connu l'issue des événements avant même que les événements se produisent. Cela me donne un... »

L'avertisseur de l'échangeur sanguin retentit. Ramsey appuya sur le commutateur de transfert. Sparrow fit le tour de la couchette, retira les branchements des veines et des artères.

« Soixante-quatre, dit Ramsey.

— Nous serons à Charleston dans vingt-deux heures », dit Sparrow. Il regarda Ramsey. « Qu'avez-vous l'intention de raconter aux gens de l'amiral Belland au sujet de Joe?

— Je ne me souviens de rien à son sujet qui vaille d'être rapporté », dit Ramsey.

Un sourire se dessina lentement sur les lèvres de Sparrow. « C'est normal, dit-il. Pas raisonnable, mais normal. »

Ramsey renifla. *Pourquoi suis-je irrité?* se demanda-t-il. Et sa formation de psychologue lui fournit l'inévitable réponse : *Parce qu'il y a quelque chose me concernant que je ne considère pas. Il y a quelque chose que je ne veux pas voir.*

« Parlons d'Heppner », dit Sparrow.

Ramsey réprima une envie de hurler : *Au nom du Christ! Pour quoi faire?* « Il avait l'habitude de se poser des questions au sujet de la santé mentale, poursuivit Sparrow. Et, un jour, la vérité se fit jour en lui selon laquelle je n'étais pas spécialement sain d'esprit. Alors il se mit à s'interroger : qu'est-ce que la santé mentale? Il parlait quelquefois des réflexions qu'il se faisait. Et il découvrit qu'il ne pouvait en donner une définition. Pas de façon certaine. Ce qui, à ses yeux, signifiait qu'il était lui-même déséquilibré. » Sparrow ferma les yeux.

« Alors? murmura Ramsey.

— Alors il demanda à être muté ailleurs que dans les sous-marins atomiques. Il m'avait remis la demande à transmettre à notre retour à terre. Ce dernier voyage. »

Ramsey dit : « Il partit à la dérive. »

Sparrow fit un geste d'acquiescement. « Et il avait déjà reconnu en lui-même qu'il ne possédait pas d'ancre, pas de point de repère non plus pour naviguer. »

Ramsey éprouva un curieux sentiment d'excitation intérieure, comme s'il était à la lisière d'une grande révélation.

« Et, dit Sparrow, voilà pourquoi je dois former un nouvel officier électronicien. Vous retournerez au Bureau psychologique où vous avez vos racines. C'est un océan dans lequel vous pouvez naviguer. »

Ramsey ne put retenir sa question plus longtemps. « Quelle est votre définition de la santé mentale, capitaine?

— L'aptitude à la natation », dit Sparrow.

Ramsey se sentit frappé par le froid comme s'il avait été brusquement plongé dans l'eau glacée. Il dut faire un effort pour continuer à respirer normalement. Comme venant de très loin, il entendit la voix de Sparrow :

« Cela veut dire que la personne saine doit comprendre quelque chose aux *courants*, qu'elle doit savoir ce qu'il convient de faire dans les différentes eaux. »

Ramsey entendit un grand coup de tonnerre, en contrepoint au ton réaliste de Sparrow.

« La folie est assimilable à la noyade, dit Sparrow. Vous

coulez; vous flottez à la dérive; vous... Johnny! Qu'est-ce qui se passe? »

Il percevait les mots, mais ils étaient dépourvus de sens. La pièce était une centrifugeuse tournoyante, lui-même étant au bord... plus vite... plus vite... plus vite... Il voulut se raccrocher au système d'échange sanguin, le rata, tomba sur le sol. Une partie détachée de lui-même sentait des mains sur son visage, un doigt soulevant une paupière.

Sparrow émettait des sons aigus et fous à travers un entonnoir renversé : « Commotion! »

Floc! Floc! Floc! Floc!

Bruits de pas.

Claquement de porte.

Tintement de verres.

Il flottait dans un hamac de gélatine, dont les bords étaient noués au-dessus de lui. Une scène miniature apparut devant ses yeux. Sparrow, Garcia et Bonnett se tenaient bras dessus bras dessous, poupées dont le regard franchissait une rampe lilliputienne.

Des marionnettes.

D'un ton morne et monotone, le mini-Sparrow dit : « Je suis commandant, sous-marin, mobile, Mark I. »

Le mini-Garcia dit : « Je suis officier mécanicien, sous-marin, mobile, Mark I. »

Le mini-Bonnett dit : « Je suis officier en second, sous-marin, mobile, Mark I. »

Ramsey tenta de parler, mais ses lèvres n'obéirent pas.

Sur le théâtre de poupées, Sparrow dit : « Je ne suis pas sain d'esprit; il n'est pas sain d'esprit; vous n'êtes pas sains d'esprit; nous ne sommes pas sains d'esprit; ils ne sont pas sains d'esprit. »

Garcia dit : « Je regrette d'avoir à signaler la déficience d'un organe : moi-même. » Il s'évapora, laissant un espace vide entre Sparrow et Bonnett.

Bonnett dit : « Ce Ramsey est un catalyseur. »

Sparrow dit : « Je ne peux pas vous aider; il ne peut pas vous aider; nous ne pouvons pas vous aider; ils ne peuvent pas vous aider; vous ne pouvez pas vous aider vous-même. »

La voix de Garcia jaillit de l'espace vide : « Je regrette de ne pouvoir vous remercier personnellement. »

Bonnett dit : « Ma génération ne croit pas aux vampires. »

Ramsey tenta une nouvelle fois de parler, mais il n'émit aucun son.

En chœur, Sparrow et Bonnett se mirent à déclamer : « Soyez calme... soyez calme... soyez calme... soyez calme... soyez calme... soyez calme... »

plus faiblement

plus faiblement

plus faiblement

La voix de Garcia faisait légèrement écho, pas tout à fait en mesure :

profonde obscurité enveloppante

obscurité amniotique

Ramsey sentit un mouvement, un ronronnement : les moteurs. Voix de Bonnett : « Je crois qu'il revient à lui. »

Sparrow : « Johnny, m'entendez-vous? »

Il ne voulut pas répondre. Cela exigerait de l'énergie. Cela donnerait une substance au monde. Ses années de formation psychologique lui dirent brusquement : *Vous êtes en étroite position fœtale.*

Sparrow : « Essayons de l'allonger. Cela peut lui faire du bien. »

Bonnett : « Annoncez-le-lui avec ménagement, capitaine.

Des mains lui touchaient les jambes, les bras, pour lui faire abandonner sa position recroquevillée. Il aurait voulu résister, mais il avait les muscles en pâté de foie.

*M'annoncer quoi avec ménagement?*

Le ton de Sparrow était impératif : « Johnny! »

Ramsey passa sur ses lèvres sèches une langue qui n'y tenait pas. *M'annoncer quoi avec ménagement?* D'une voix éteinte : « Oui?

— Ouvrez les yeux, Johnny. »

Il obéit, il regarda droit devant lui un entrecroisement de tuyaux et de conduites. Le poste principal. Il sentit la présence de Sparrow à son côté, tourna la tête. Le capitaine avait les yeux sur lui, l'inquiétude se lisant sur son visage. Au-delà, leur tournant le dos, Bonnett était aux commandes.

« Qu'est-ce... qu'est-ce... » Il essaya de s'éclaircir la gorge.

Sparrow dit : « Nous vous avons porté ici d'où nous pouvions vous surveiller. Nous sommes presque arrivés à Charleston. »

Ramsey sentait autour de lui les battements de la vie du remorqueur sous-marin et s'y plongea un instant. *Annoncer quoi avec ménagement?* Il dit : « Qu'est-il arrivé?

— Vous avez réagi à quelque chose, dit Sparrow. Peut-être aux piqûres décalcifiantes. Cela peut être lié à nos plongées au-delà de la pression maximale, à l'augmentation d'anhydrase. Comment vous sentez-vous?

— Mochement. Comment va Joe? »

Sparrow parut rentrer en lui-même. Il prit une profonde inspiration. « Joe était à bout de globules rouges. Nous n'avons rien pu faire. »

*Et c'en fut fait de votre miracle*, pensa Ramsey. Il dit : « Cela me fait de la peine, capitaine. »

Sparrow se passa la main sur les yeux. « Peut-être est-ce mieux ainsi. » Il haussa les épaules. « Il était trop...

— J'ai quelque chose sur le scope de distance », dit Bonnett.

Il brancha les circuits IFF, les contrôla. « C'est un Monitor. De chez nous. Arrivant à pleine vitesse. »

Sparrow fit demi-tour, alla au tableau de communications, contrôla les relais à partir de la hutte. « Sommes-nous assez près pour communiquer à la voix? »

Bonnett étudia ses instruments. « Oui. »

Sparrow fit tourner un rhéostat, ferma la clé de micro. « Ici Able John. Répétons. Ici Able John. Notre remorque est pleine. Un homme couché, contaminé par les radiations. Demandons autorisation débarquer à Charleston. Terminé. »

Une voix sortit du haut-parleur mural avec le curieux tremblement de la modulation d'impulsion. « Salut, Able John. Vous êtes un peu radioactif. Attendez qu'on procède au contrôle. Terminé. »

Bonnett abaissa la barre de commande et ils ralentirent.

De sa couchette, Ramsey apercevait le scope de distance,

les lignes lumineuses se creusant de plus en plus à mesure qu'avançait le Monitor.

La voix tremblotante sortit une nouvelle fois du haut-parleur.

« Monitor à Able John. Autorisation accordée, Able John. Avancez à immersion d'entrée. Nous vous accompagnerons. Terminé. »

Bonnett releva la barre de commande. Le *Ram* bondit en avant.

« Donnez-nous les yeux de T.V. avant », dit Sparrow.

Le grand écran surplombant le tableau de détection s'anima. L'eau verte et du varech par-ci par-là.

Sparrow se tourna vers Ramsey. « Nous allons vous remettre entre de bonnes mains bien vite, Johnny. Avant que vous ayez eu le temps de vous en apercevoir. »

Ramsey éprouva l'étrange sentiment que ses sens ne lui obéissaient plus. Il tenta d'imaginer l'entrée du tunnel de Charleston — trou noir dans la paroi d'un canyon sous-marin. Son esprit prit le large. *Pourquoi cela s'est-il produit ?* se demanda-t-il. Puis : *Annoncer quoi avec ménagement ?* Une partie de lui-même semblait se tenir à l'écart, prenant des notes cliniques. *Vous ne voulez pas revenir à vous. Pourquoi ? Il y a quelques instants, vous étiez en rond comme une balle. Vous vous souvenez ? Très intéressant.*

Il eut l'impression de tenir la réponse, dit : « Capitaine.

— Oui, Johnny?

— Je suis devenu catatonique, n'est-ce pas? Une commotion catatonique? »

Sparrow prit un ton léger. « Une simple commotion. »

Le ton même renseigna Ramsey sur ce qu'il voulait savoir. La partie clinique de son cerveau lui disait : *Catatonique. Bien, bien.* Il fut brusquement très conscient de la couchette qu'il avait sous lui, de la pression exercée par son propre poids sur son dos. Au même instant, les pièces du puzzle commencèrent à se mettre en place. Il respira profondément.

« Allons, calmez-vous », dit Sparrow.

Bonnett jeta un coup d'œil en arrière, une certaine méfiance dans l'œil.

« Je vais très bien », dit Ramsey. Il fut surpris de constater à quel point cela était l'expression de la vérité. Les forces lui revenaient. « Je me suis entièrement replié sur moi-même, dit-il. Mais je sais maintenant pourquoi. »

Sparrow avança près de la couchette, posa sa main sur le front de Ramsey. « Vous devriez essayer de vous détendre. »

Ramsey réprima une envie de rire. « Joe m'en avait parlé, capitaine, mais je ne l'avais pas cru. »

La réponse de Sparrow ne fut guère plus que chuchotée. « Que vous avait dit Joe?

— Que vous étiez au courant de la situation et que vous n'avez cessé d'en demeurer le maître. » Il acquiesça de la tête. « Ce tunnel maritime est un aqueduc de Fallope. Quand on le traverse, c'est comme si on venait au monde. Ce submersible est une matrice ambulante en quête d'un endroit où nous vomir.

— Peut-être serait-il préférable que vous ne parliez pas maintenant.

— Je veux parler. Nous sommes nés dans un autre cadre de réalités. Il existe une sorte de folie, ici au fond; une autre, là-haut. Jetons simplement un coup d'œil sur ce vieux *Ram*. Un monde clos avec son écologie particulière. Atmosphère humide, présence permanente d'une menace extérieure, rythme constant dans le mouvement...

— Comme les battements d'un cœur », dit Sparrow. Calmement.

Ramsey sourit. « Nous naviguons dans un liquide amniotique.

— Comment cela?

— De l'eau salée. Elle est, chimiquement parlant, à peu près identique au liquide dans lequel baigne le bébé à naître. L'inconscient ne l'ignore pas. Et nous sommes ici sur le chemin de la naissance.

— Vous faites une comparaison beaucoup plus poussée que je ne l'ai jamais faite, dit Sparrow. Qu'est-ce qui est le cordon ombilical?

— L'expérience. Cette sorte d'expérience qui vous lie à votre bateau, qui fait que vous en êtes une pièce. Petite perception. Vous formez la symbiose parfaite. Nous devenons des enfants de mêmes parents, des frères, avec tous les liens émotionnels et la rivalité qui...

— Premier point de contrôle, dit Bonnett. Nous nous dirigeons maintenant vers le môle de Charleston. Voulez-vous reprendre la barre, capitaine?

— Menez le bâtiment au port, dit Sparrow. Vous en avez acquis le droit. »

Bonnett étendit le bras, régla le cadran de l'indicateur de distance. Ses épaules parurent prendre une attitude nouvelle, plus positive. Ramsey se rendit brusquement compte que Bonnett était parvenu à terme au cours de ce voyage, qu'il était prêt à couper son propre cordon ombilical. Cette pensée provoqua chez Ramsey une sympathie possessive pour Bonnett, une émotion teintée de nostalgie à l'idée de la séparation.

*Vraiment comme des frères*, pensa-t-il.

Sparrow abaissa les yeux sur Ramsey. « Pourquoi ne vous faites-vous pas muter du Bureau psychologique aux remorqueurs sous-marins? demanda Sparrow.

— C'est vrai, dit Bonnett en écho. Nous avons besoin d'hommes de qualité. »

La tristesse étreignit le cœur de Ramsey. « C'est le plus beau compliment qu'on m'ait jamais fait, dit-il. Mais c'est impossible. On m'a envoyé résoudre un problème : Pourquoi les sous-mariniers faisaient-ils des dépressions? Vous m'avez fourni la réponse. Maintenant, il va falloir qu'on m'assiste pour tirer les enseignements pratiques de cette réponse. » Il avala la boule qui s'était formée dans sa gorge. « Le Dr Oberhausen, du Bureau psychologique, a promis qu'il créerait pour moi un service qui traitera des problèmes des sous-mariniers. »

Sparrow dit : « C'est merveilleux, Johnny! Une situation de premier plan à terre.

— Nous allons vous regretter, dit Bonnett. Accepterez-vous encore de parler à des gars comme nous lorsque vous serez du genre important galonné?

— Ne craignez rien, dit Ramsey.

— Quelle est cette solution? demanda Sparrow.

— Les dépressions sont un rejet de la naissance par des

hommes qui, inconsciemment, se sont réfugiés dans un univers prénatal. Quel est l'enfant qui désirerait venir au monde s'il savait que, de l'autre côté, l'attendent douleurs et crainte — une constante menace?

— La menace est présente ici-bas, dit Sparrow.

— Mais notre petit monde sous-marin se moque de l'inconscient et se joue de lui », dit Ramsey.

Bonnett approuva avec une petite note de sarcasme dans la voix.

« Ça tient debout, même à mes yeux... je crois. » Il garda une main sur la barre, fit un pas de côté pour régler les commandes de remorque.

« Il faut que nous rendions attrayant l'ensemble du cycle. Je me propose de recommander une procédure toute nouvelle : les meilleurs quartiers pour les sous-mariniers. Une forte augmentation de la paye pour chacune des missions.

— Ça me va! dit Bonnett.

— Il faudra procéder à certaines modifications, dit Ramsey.

— Johnny, accordez-moi une grâce, dit Sparrow.

— Dites toujours. »

Sparrow regarda au loin, avala sa salive. « Il semble que vous allez devenir un VIP [1] et... ». Il hésita. « Voulez-vous faire tout ce qui sera en votre pouvoir pour présenter les choses de la façon la moins brutale à la femme de Joe?

— Je n'épargnerai rien pour cela, dit Ramsey. Je vous le promets. »

Il prit une profonde inspiration. « Qui va se charger du sale boulot de le lui dire?

— Moi, dit Sparrow. Je le lui annoncerai avec tous les ménagements possibles. »

Ramsey fut parcouru d'un frisson. *Annoncer avec ménagement!* Il s'éclaircit la gorge. « Capitaine, à propos. J'ai entendu Les dire qu'on aurait une nouvelle à m'annoncer à moi. De quoi s'agit-il? »

Sparrow s'humecta les lèvres de la langue, regarda Bonnett s'affairer aux commandes.

1. VIP : Very Important Person. Une personnalité très importante. *(N. d. T.)*

« M'annoncer quoi avec ménagement? répéta Ramsey.
— La mort de Joe.
— Mais...
— Chaque fois que nous essayions de vous ramener à vous, vous...
— Chaque fois?
— Nous l'avons tenté à quatre ou cinq reprises. Chaque fois, vous vous emportiez contre Joe en lui intimant l'ordre de revenir. Nous avons attribué cela au délire, mais... »

Le silence s'abattit entre eux.

« Le subconscient saisit bien des choses », dit Ramsey. Il éprouva un sentiment de vide profond et se rappela brusquement son cauchemar. La voix de Garcia : « *Je regrette de ne pouvoir vous remercier personnellement.* »

*De quoi?*

Ramsey dit : « Nous avions beaucoup de points communs. Joe me comprenait. Il voyait la vérité sous mon jeu... c'est ce qu'il disait. Je crois que j'en étais irrité. Joe était meilleur que moi à mon propre jeu.
— Il vous admirait », dit Sparrow.

Les yeux de Ramsey lui cuisaient.

« Il était éveillé à la fin, dit Sparrow. Il s'inquiétait de vous. Il disait qu'il avait agi d'une manière déloyale avec vous en nourrissant nos soupçons. Joe pensait que vous avez l'étoffe d'un excellent sous-marinier. »

Ramsey détourna la tête.

« Ferez-vous tout ce qui sera en votre pouvoir pour sa femme? » demanda Sparrow.

Ramsey fit signe « oui », incapable d'articuler une parole.

« Nous approchons du môle », dit Bonnett d'une voix curieusement insouciante. « Le repère inférieur numéro deux apparaît. » Il montra l'écran au-dessus de lui.

Deux lampes du haut du tunnel, reliées à leurs circuits IFF, clignotaient à travers une brume d'eau verte.

« Sommes-nous parés pour un accrochage automatique? demanda Sparrow.
— Paré, dit Bonnett.
— Nous avons décroché la timbale », dit Ramsey.

Bonnett prit inconsciemment l'accent gouailleur de Garcia. « Nous sommes une bande de sales héros ! »

Le calme régnait dans le bureau du Dr Oberhausen à Charleston. Le chef sec et ridé du Bureau psychologique était assis à un bureau semblable à tous les bureaux du service, penché en arrière, les mains formant coupole sous son bouc. Son œil de radar, déconnecté de son harnais d'épaule, reposait sur le dessus de son bureau en bois orné de dessins. Les yeux aveugles du Dr Oberhausen semblaient fixer Ramsey, qui était assis en face de lui.

Ramsey se passa la main sur la tête pour sentir la brosse des cheveux qui repoussaient. « L'histoire se présente bien à peu près de cette façon dit-il. Elle se trouvait en grande partie dans mes notes. Vous les avez eues bien que les médecins m'interdisaient de vous parler. »

Le Dr Oberhausen approuva d'un geste, en silence.

Ramsey s'adossa dans son fauteuil. Il grinça et Ramsey prit soudain conscience de ce que le Dr Oberhausen s'entourait exprès de sièges qui crissaient — signaux rassurants pour un aveugle.

« J'ai un lien étroit avec vous, Johnny. La maladie due à la radioactivité est une chose spéciale. » Il se passa la main sur les yeux que les radiations avaient éteints. « Il est heureux que les agents du Bureau psychologique soient virtuellement indestructibles.

— Cela corrobore-t-il mes notes et les bandes télémétriques ? » demanda Ramsey.

Le Dr Oberhausen fit un signe affirmatif. « Oui. Sparrow est devenu, à la lettre pourrait-on dire, une pièce de son bateau, sensible à tout ce qui le concerne — y compris l'équipage. Le rare assemblage d'un esprit juste et de justes expériences a fait de lui un maître psychologue. Je vais voir à l'engager dans le service.

— Que pensez-vous de mes recommandations en vue d'éviter ces dépressions mentales ? »

Le Dr Oberhausen fit la moue, tira sur son bouc. « La

vieille thérapeutique napoléonienne des uniformes fantaisie : la fanfare allant et venant. » Il secoua la tête. « La Sécurité va jurer ses grands dieux qu'elle préservera le secret des départs, mais on a déjà fait une concession.

— Laquelle ?

— On a annoncé officiellement que nous montions des opérations pirates pour nous procurer le pétrole des P.O.

— De toute façon, ce n'était qu'un secret de polichinelle.

— On n'en répugnait pas moins à en informer le public.

— Tout irait mieux sans la Sécurité, marmonna Ramsey. Nous devrions nous employer à nous en débarrasser. La Sécurité étouffe la communication. Elle engendre une schizophrénie sociale. »

Le Dr Oberhausen secoua négativement la tête. « Non, Johnny, il ne faut pas nous débarrasser de la Sécurité. C'est une illusion vieille comme le monde. Prenez l'analogie du capitaine Sparrow : dans une société malade, le fou est normal. La Sécurité possède cette sorte de folie qui en fait un organisme normal en temps de guerre. Normal et nécessaire.

— Mais *après* la guerre, Obe ! Vous savez bien qu'elle continuera sa besogne comme devant !

— Elle essaiera, Johnny. Mais la Sécurité sera alors placée sous le contrôle du Bureau psychologique. Nous pourrons la neutraliser de façon tout à fait efficace. »

Ramsey le regarda, rit sous cape. « Voilà pourquoi vous vous en êtes pris à Belland.

— Pas seulement à Belland, Johnny.

— Vous me faites peur, parfois, Obe. »

Le Dr Oberhausen tirailla son bouc. « Bon. Cela prouve que mes allures de potentat impressionnent même ceux qui sont au courant. »

Il sourit.

Ramsey riota, s'agita sur son siège. « Si vous n'avez plus rien à me dire, Obe, je vous demanderai la permission de me retirer. On n'a autorisé ni Janet ni les enfants à venir me voir tant que j'étais à l'hôpital, et maintenant que...

— Moi aussi, j'ai attendu, Johnny. La petite dictature du service médical a barré la route même au puissant

Bureau psychologique. La médecine des radiations a un domaine autonome qui... » Il secoua lentement la tête.

« Eh bien? demanda Ramsey.

— L'impatience de la jeunesse, dit le Dr Oberhausen. Nous n'avons plus que quelques points à élucider. Pourquoi, selon vous, n'a-t-on jamais senti la nécessité d'utiliser cette thérapeutique des " uniformes fantaisie "?

— La Sécurité est partiellement responsable, dit Ramsey. Mais, elle n'avait en vérité rien de probant. Faux symptômes. Napoléon cherchait à multiplier les enrôlements et à empêcher ses canonniers de faire le mur. Nous n'avons jamais eu ce souci. De fait, nos sous-mariniers paraissaient impatients de retourner à leur besogne. C'est là qu'est le paradoxe : ils ont découvert la menace dans l'une et l'autre sphère — à terre et en mer. Lorsqu'ils étaient à terre, ils paraissaient oublier la menace qui pesait sur eux en mer, leur subconscient la leur masquant. Le bâtiment signifiait abri et sécurité, retour dans la matrice. Mais en descendant à terre, les hommes venaient au monde : danger. Le ciel est une chose horrible pour ceux qui désirent éviter son regard. »

Le Dr Oberhausen s'éclaircit la gorge. Il adopta un ton sec d'homme d'affaires.

« Je voudrais maintenant revenir sur vos notes un moment seulement. Vous dites que le Bureau psychologique devrait mettre l'accent sur l'éducation religieuse. Expliquez vos raisons. »

Ramsey se pencha en avant et le siège informateur grinça. « Parce que c'est la santé morale, Obe. C'est le...

— Cela a un goût de panacée, Johnny. Un remède universel.

— Non, Obe. L'Église constitue un lien commun entre les gens, une voie de communication claire. » Il secoua la tête. « A moins qu'il n'ait la possibilité de régler les mystères de la télépathie ou d'établir la preuve formelle qu'il existe un au-delà, le Bureau psychologique ne peut se substituer à la religion. Plus vite nous nous en rendrons compte et plus vite nous serons à même d'offrir... »

Le D$^{r}$ Oberhausen frappa de la main le dessus de son bureau.

« La religion n'est pas une science! C'est une foi! »

Il prononça le mot *foi* du ton qu'il aurait pris pour dire *dégoûtant*.

*Il se moque de moi*, pensa Ramsey. Il dit : « Parfait, Obe. Je n'ai qu'une chose à dire : nous n'avons rien qui puisse tenir lieu de religion. Mais, à titre de remplacement, nous offrons ce qu'on appelle la science. C'est tout ce que je...

— Ce qu'on appelle?

— Combien d'écoles différentes de psychologie pouvez-vous énumérer? »

Le D$^{r}$ Oberhausen sourit discrètement. « Au moins autant qu'il existe de religions différentes.

— Même sur ce point, nous prenons exemple », dit Ramsey.

Le chef du Bureau psychologique ricana. « Ai-je interrompu un enchaînement d'idées? »

Ramsey prit un temps. « J'ajouterai seulement que je n'ai jamais rencontré un psychanalyste qui n'ait — au moins subconsciemment — proposé son système comme se substituant à la religion. Sans exclure les personnes présentes. Nous nous prenons pour de petits dieux — omniscients, omnipraticiens. Les gens s'en irritent, et à juste titre. Nous avons de jolies étiquettes pour nos échecs. Nous sommes convenus entre nous que quiconque porte l'une de ces étiquettes est évidemment incurable. »

La voix du D$^{r}$ Oberhausen donna l'impression de venir de loin.

« C'est un réquisitoire en règle, Johnny. Dois-je en déduire que notre bon capitaine Sparrow vous a *converti?* »

Ramsey se rejeta en arrière, éclata de rire. « Diable, non! Simplement, j'ai décidé de ne plus jouer au messie. »

Le D$^{r}$ Oberhausen prit une profonde inspiration : « Voilà qui est rassurant.

— Et j'imagine que je vais continuer à fourgonner dans le cerveau des gens. Si c'est bien cela que nous faisons. » Il sourit. « Je resterai un psychologue.

— Que vous attendiez-vous à découvrir? »

Ramsey garda le silence un moment, puis :

« Un savant honnête *ne s'attend pas* à découvrir quelque chose, Obe. Il rend compte de ce qu'il constate. »

Le Dr Oberhausen applaudit. « Si vous découvrez Dieu, ne manquez pas de me le faire savoir.

— Comptez sur moi. » Ramsey s'efforça de mettre quelque gaieté dans sa voix. « Puisque nous en sommes à remettre un peu d'ordre, qu'est-ce que je deviens ? Quand quitterai-je ce satané uniforme pour prendre possession de mon nouveau service au Bureau psychologique? »

Le Dr Oberhausen repoussa son siège, les mains sur le bord du bureau. Il baissa la tête avec l'air de fixer l'écrin d'œil de radar. « Tout d'abord, il vous faut aller jusqu'au bout de votre rôle de héros. Le président va épingler des médailles sur la poitrine de chacun de vous. Ça, c'est à Belland que vous le devez. Soit dit en passant, l'amiral a procuré un emploi à Mme Garcia dans son service — une façon polie de la garder sous surveillance. Mais comme cela, tout se termine pour tous les intéressés de la façon la meilleure.

— Dans le meilleur des mondes possibles », dit Ramsey. Il avait le sentiment d'une certaine hésitation chez le Dr Oberhausen. « Mais quand vais-je *effectivement* quitter le service? »

Le Dr Oberhausen leva le menton. « Il se peut que je ne sois pas à même de vous en dégager dans l'immédiat, Johnny. »

Ramsey se sentit gagner par une sorte d'oppression. « Pourquoi?

— Eh bien, vous êtes un héros. On va vouloir exploiter cela. » Le chef du Bureau psychologique se dégagea la gorge. « Certaines choses sont difficiles, même pour le Bureau psychologique. Regardez, je n'ai même pas pu franchir les barrières dressées par le Bureau médical pour aller vous voir alors que...

— Vous m'avez promis un...

— Et je tiendrai ma promesse, Johnny. Le moment venu. » Il se pencha en arrière. « En attendant, il y a un commodore sur le tableau de classement et d'avancement.

C'est un assistant du président et il a besoin d'un... aide de camp.

— Oh, non! » Ramsey fixa le Dr Oberhausen.

Le petit docteur haussa les épaules. « Bien, Johnny, il a découvert que vous êtes l'astucieux Long John Ramsey qui a improvisé un manomètre-vampire avec une seringue et deux éprouvettes et qui a sauvé le *Dolphin* lors de cette dépression au cours d'une mission d'entraînement. Il désire... »

Ramsey émit un grognement.

« Vous serez nommé lieutenant, dit le Dr Oberhausen.

— Merci », dit Ramsey d'un ton amer. Il fit la moue, imita la voix du Dr Oberhausen : « C'est certain, Johnny. Vous obtiendrez votre nouveau service.

— Vous êtes jeune, dit le Dr Oberhausen. Vous avez le temps.

— Il me fera cirer ses godasses.

— Oh, non. Vos talents l'impressionnent beaucoup. Il dit que vous valez mieux que le Bureau psychologique. Et le fait d'avoir ramené ce pétrole n'a pas contribué à diminuer son admiration. » Le chef du Bureau psychologique s'éclaircit une nouvelle fois la voix. « Et quand vous serez avec ce commodore, il y a certaines choses concernant ce service dont j'aimerais...

— Voilà le fin mot de l'histoire! aboya Ramsey. Encore un de vos satanés boulots d'espionnage! Vous attendez de moi que je mette la main sur le tuyau grâce auquel vous pourrez avoir ce commodore à votre merci. Je suis prêt à parier que c'est vous qui avez pensé à cet emploi d'aide de camp.

— Je suis certain que sa nécessité ne vous échappe pas, dit le Dr Oberhausen. C'est de ce côté qu'est la raison.

— Je n'en suis pas tellement persuadé, dit Ramsey.

— J'aime la comparaison de votre capitaine Sparrow entre la santé mentale et la natation, dit le Dr Oberhausen. Mais j'y ajouterai que le nageur doit être prêt, à tout moment, à s'agripper à une pagaie. »

Ramsey sourit, même lorsqu'il eut compris que le

Dr Oberhausen l'amusait pour diminuer la tension entre eux. « Okay, Obe. Une fois de plus. Mais je vous le dis tout de suite : ça suffit.

— Ce n'est que juste, Johnny. Si vous vouliez simplement... »

Une porte claqua dans le corridor extérieur derrière Ramsey. Des bruits parvenaient en rafale à son oreille. Une voix féminine criait : « Vous ne m'empêcherez pas d'entrer!

*Janet.*

Son pouls s'accéléra.

La voix féminine prenait les proportions d'un hurlement : « Je sais qu'il est là avec ce diable de Dr Oberhausen! Et, par le ciel, j'entrerai! »

La porte du bureau s'ouvrit avec bruit derrière Ramsey. Il se retourna. C'était une secrétaire. « Excusez-moi, dit-elle. Il y a là...

— Qu'elle entre », dit le Dr Oberhausen.

Ramsey se leva, brusquement pris de vertige. Janet franchit le seuil en courant et se jeta dans ses bras. Une odeur familière. Les contours d'un visage familier se pressant contre sa joue, un corps familier collé au sien.

« Johnny! Oh, Johnny! »

Il entendit le Dr Oberhausen se lever, le vit passer devant eux en direction de la porte, fixant, en marchant, son œil de radar.

« Johnny, tu m'as tellement manqué.

— Toi aussi, tu m'as manqué, dit-il.

— Je ne savais pas que c'était dangereux à ce point. Pourquoi m'ont-ils dit...

— Ce n'était pas terrible, Janet. Crois-moi.

— Mais tu es resté si longtemps à l'hôpital! »

Le Dr Oberhausen s'arrêta sur le pas de la porte. Sa silhouette, apparaissant dans une nouvelle perspective, parut soudain se rétrécir, et il s'en dégageait une impression de solitude. Ramsey aurait voulu exprimer quelque chose, mais il ne savait ni quoi ni comment. Il dit : « Obe. »

Le chef du Bureau psychologique tourna la tête.

« A très bientôt », dit Ramsey.

Le docteur sourit, fit de la tête un signe « oui », sortit en fermant la porte derrière lui.

Et Ramsey dut alors expliquer à Janet pourquoi il voulait faire entrer « cet horrible vieil Obe » dans ses projets concernant la reprise de la vie commune.

*Achevé d'imprimer sur les presses de*

**BUSSIÈRE**

GROUPE CPI

*à Saint-Amand-Montrond (Cher)*
*en mai 2004*

POCKET - 12, avenue d'Italie - 75627 Paris Cedex 13
Tél. : 01-44-16-05-00

— N° d'imp. : 42715. —
Dépôt légal : juin 2004.

*Imprimé en France*

